FARCRY®
ファークライ
アブソリューション
アーバン・ウエイト
URBAN WAITE
阿部清美［訳］
KIYOMI ABE
竹書房文庫
UBISOFT

FAR Cry® ABSOLUTION
by Urban Wainte

Original English language edition first published by Titan Books., London
Japanese translation rights arranged with UBISOFT® Entertainment
through Japan UNI Agency, Inc., Tokyo

日本語出版権独占
竹書房

謝辞

イヴ・ギルモ
ローラン・デトク
アラン・コー
ジョフロワ・サラダン
ヤニ・マーラ
ジェラルド・ギルモ
ジャン＝セバスチャン・デカ
ダヴィ・ベダール
マニュエル・フルーラン
ダン・ヘイ
アンドリュー・ホームズ
ネリー・コング
マリー＝ジョエル・パキン
ジュリア・パング
セバスチャン・ロイ

アンドレ・ヴェルリ
サラ・バズビー
クレメンス・デュルズ
カロリーヌ・ラマシェ
ヴィクトリア・リネル
アンソニー・マルカントニオ
フランソワーズ・タレック
ジョシュア・マイヤー
ヴィルジニー・グリガートン
マルク・ムラッシーニ
セリーヌ・ルセール
ラハ・ブダ
ストーン・チン
ホリー・フア
ジョーダン・アーチャー

ベイリー・マカンドリュー
アダム・クライマン
ヘザー・ファフナー
バーバラ・ラッツィウォン
マリ＝ピエル・テベルジェ
ダミアン・デイル
トム・カーチス
ジャンカルロ・ヴァラニーニ
ローラン・ジャック
デレク・ソーントン
ティナ・キャメロ

——全ての方々に
感謝の意を表する。

本著はフィクションである。

物語に出てくる名前、登場人物、場所、出来事は、作者が作り出した架空のものであり、実在の人物、企業、イベント、土地に似ていたとしても、完全なる偶然である。

ファークライ　アブソリューション

『ファークライ』の世界にリアリティを与えてくれたファンに捧《ささ》ぐ

PROLOGUE

収穫とはこの世の終焉《しゅうえん》のことで、

それを刈り入れる者は天使たちである。

——マタイの福音書　13章39節

保安官が入ってきて、椅子に腰を下ろした。帽子を取ると、足を机の上に投げ出し、真向かいにいた彼女に目を向けた。

「これは一体どういうことだね？」

「どういうことかわかってるでしょ」

問われたメアリー・メイ・フェアグレイブは即答した。「私はただ、保安官の今後の出方を知りたいだけ」

保安官は帽子の帯を指でなぞり、ツバから糸くずか何かを摘まみ上げて払いのけた。

この男は、かつてロデオの雄牛乗り《ブルライダー》だったことがある。メアリー・メイはまだ子供だったが、よく覚えていた。両親が自分と弟のドリューを連れ、彼の参加するロデオを見に行っていた。柵の前に立ち、彼がゲートから飛び出してくるのを今か今かと待ったものだ。当時の彼は痩せていて、もちろん若かった。

彼を乗せた牛が勢いよく競技場の中央に駆け込んでくると、場内は一気に沸いた。牛の足元では埃が舞い上がり、激しく揺れる背の上で、彼は大きく飛び跳ねている。怒り狂った牛は乗り手を振り落とそうと必死に駆け回り、あまりの振動で、彼はいつ宙に放り出されてもおかしくない状態だ。しかし、片手でしっかりと手綱《たづな》を握り、もう一方の手を上に伸ばして巧みにバランスを取っていた。牛の凄まじい怒りを全身で受け止めながら、その瞬間の彼は、全く恐れを感じていないかに見えた。それどころか、余裕の笑みすら浮かべていたのだ。

　暴れ牛など物ともしない勇敢なヒーロー。子供の目に、牛を乗りこなす勇姿はそんなふうに映っていた。しかし今、目の前にいる保安官は、とても同一人物とは思えない。あのときの輝きは、すっかり消え失せている。

　帽子を机の上に放り、彼は足を床に降ろしてメアリー・メイの目をまっすぐに見返してきた。

「いいか、メアリー・メイ。私が何もできないのは、君も承知しているはずだ。確かに、あれはただの事故とは言い切れないかもしれない。とはいえ、事故でなかったとしても、不審な証拠は何も上がってないんだよ。わかってるだろう？」

「何よ、それ。結局、ただの事故だったって言いたいわけ？」

　メアリー・メイは心の底から込み上げてくる感情に折り合いをつけようとしたが、無駄だった。怒りと悲しみが綯《な》い交ぜになり、言葉とともに口からどっとあふれ出る。

「父さんはドリューを取り戻すために、あそこへ出向いたのよ！　四十年以上、自家用であろうが、仕事用であろうが、いろんなトラックを運転してきたわ。父さんのお気に入りの〝ウィドウメーカー〟がどれだけ大型でパワフルか、保安官も知っているはず。だけど、擦《す》り傷ひとつ付けたことがなかった。なのに、あれをただの事故の一言で片づけようっていうの？」

「親父さんを失った君の辛さは理解できる。だが、手は尽くした。これ以上、何もできない」

そう語る保安官の目には、哀れみの念が浮かんでいる。おそらく、その気持ちに偽りはないだろう。メアリー・メイは、急に胸が締めつけられた。保安官は真実を告げているに過ぎないのだと、悟ったからだ。

「彼らに突き落とされるとでも、思ってるの？　背中を押され、崖から真っ逆さま。そんな自分を想像してるんじゃないの？」

「何を言ってるんだ？」

眉をひそめる相手を見て、メアリー・メイはほくそ笑んだ。保安官事務所の室内をぐるりと見回してから、机に再び視線を落とす。ふたりを隔てる木製の卓上には、帽子が置かれていた。この秋、彼女は二十五歳になる。すでに、大切にしていた人のほとんどを失っていた。それは、たったひと晩の出来事だったかに思える。残されたのは、切り盛りするバーと己の内側でくすぶり続ける怒りだけだった。

「ドリューはまだあそこにいるのよ」

メアリー・メイは声を抑えて言った。だが、握る拳に力が入る。「私は弟を取り戻す。それか、少なくとも父が死んだことを本人に直接伝えるわ。私が言いたいのは、そういうこと」

椅子を後ろに引き、彼女は立ち上がった。Tシャツにジーンズという軽装で、今日はここに来た。まあ、いつも似たような格好をしているが。肩まで伸びたブラウンの髪は、ひとつに結んでいる。髪がかかる首筋に、血がたぎるのを感じた。憤怒が噴き出すのは時間の問題だ。そして、自分ではそれをコントロールしようがない。ここは退席した方がいいだろう。

「私は一度あ、そ、こ、に出向いた」と、保安官が答えた。

その声が彼女の動きを止めた。ドアノブを握った手に、金属の冷たさが伝わってくる。目の高さの扉のガラス部分には、ステンシルで〝保安官事務所〟と書かれていた。ガラスに映る保安官は立ち上がり、背後から彼女を見ている。

「招かれたんだよ。伝道集会に参列しないかと誘われたんだ」

メアリー・メイは振り返った。

保安官は数歩進んで、机の向こうから出てくるところだった。

「教団の掘っ建て小屋には、プレッパーズもいれば、終末論フリークもいるし、家族全員で住んでいる連中もいる」

　彼はそう語り始めた。

　プレッパーズに、終末論フリーク……。確かにこの世は不安だらけだ。異常気象、テロ攻撃、謎の病原菌、核戦争の恐怖。世界の終焉に備えて自衛を志す生存主義者《サバイバリスト》は、プレッパーズとも呼ばれるのだ。世界が終わりを迎えて人類が審判されるという終末思想を心から信じる者たちは、確かにあの教団とは相性がいいかもしれない。教祖の〝ファーザー〟は『崩壊』の日が近いと繰り返し、人々の不安を煽ってばかりいるのだから。

　保安官の言葉は続いた。

「あそこには、電力もなけりゃ、水もない。婆さんと孫三人がひとつの寝床で寝てる間、父ちゃんと母ちゃんがさらに子作りに励んだりしているんだ。なのに、シェルターがあるし、捕虜収容所も建っている。メンバーの顔ぶれは、銃《ガン》マニアはもちろんのこと、自由思想家《フリーシンカー》、無政府主義者《アナーキスト》、虚無主義者《ニヒリスト》、民主主義者《デモクラット》……他にもいろいろだ。言っておくが、私があそこで……〈エデンズ・ゲート〉で見たのは、奴らの強い信念と、奴らがファーザーの言葉に与えるとてつもないパワーだ。なんていうか……あの異様な空気は伝染する。皮膚の下に入り込んでくるような感覚だった。言わずもがな、連中は信者だ。あそこにいる者は、ひとり残らず。向こうの悪い点を言っているわけでも、その信仰心を疑問視しているわけでもない。だがな、あそこまで恐ろしいと感じたのは、生まれて初めてだ。あいつらに関して、私ができることは何もない。エデンズ・ゲートがやってることは、完璧に合法だからだ。おまえもそれはわかってるだろう?」

ようやく口を閉じた相手に目をやり、メアリー・メイは息を吐いた。

「それ、私に言うために自分に言い聞かせてた」

「毎晩寝る前に、自分に言い聞かせてた」

保安官の返事に肩を落とし、ドアに向き直ってノブを回す。

「ドリューは私の弟。今の私に残されている家族は彼だけなの」

そう言い残し、彼女は事務所を出た。

†　†　†

丘の中腹まで登ったところで、メアリー・メイの目は、バックミラーに映った白い教団のピックアップ・トラックを捉えた。どうやら、こちらをつけてきているらしい。それから十キロ弱、トラックは後を追ってきた。角を曲がるたびに視線を上げ、後方を確認したものの、相手は決して進路を変えなかった。カーブの向こうから、やはり白い車体は現われ、二台――彼女の赤いフォード製のピックアップ・トラックと教団の白いトラック――はあたかもロープでつながれ、彼女が教団の車を牽引しているかのごとく、前と後ろで走行し続けた。

さらに一キロ半ほど走り、メアリー・メイは道端に車を寄せてエンジンを切った。父親のクロムメッキの38口径のリボルバーを持ち上げ、ダッシュボードの上に置く。もし大声で叫ぶ何者かがいたなら、その場ですぐに対処しただろうが、叫ぶ者はおらず、ホープ郡《カウンティ》全体に呼びかける警告もなかったので、最後のカーブを曲がってくる白いトラックを待った。

小石を飛ばしながら、トラックが砂利道《じゃりみち》に入ってきたとき、運転席に座る男の顔を確認した。

――ジョン・シード。

これまでの半生、ずっと彼を知っている。ひと頃は、この世にいる人間のひとりに過ぎないと思っていた。というか、そんなことすら気に留めていなかった。しかし、今は違う。ジョン・シードは、自分にとって危険な何か。自分だけではない。彼の道と交わる可能性がある誰にとっても危険な存在だ。彼と彼の兄弟がエデンズ・ゲートを取り仕切っている。自分の父の身に一体何があったのか、あるいは弟をどこで見つけられるかを知っている者がいるならば、それはジョン・シードだ。

彼が車のドアを開け、外に降り立つ一挙一動を、メアリー・メイはミラー越しにじっと見つめていた。彼女より七歳年上で、身長は百八十センチを優に超える。髪の色はブラウンで、顔の下半分は髭で覆われていた。向こうもこちらから視線を離していない。後部座席に回り、中から何やらを取り出している。銃？　だが、定かではない。シャツの裾をめくり、車から取った何かを隠した後、ジョンがゆっくりと近づいてきたので、彼女は少しだけ窓を開けた。

「怖がらせてしまったかな？」

この男の落ち着いた口調は、やけに癇《かん》に障《さわ》る。メアリー・メイは視線を上げ、相手を睨みつけながら低い声で返した。

「まさか」

しばしその場に佇《たたず》み、ジョンは片手を伸ばし、窓の縁を指で撫でた。指先が車の内側に入っている。

「そいつの許可証は持っているんだろうね？」

そう問いつつ、彼はダッシュボードに置かれた銃を顎で示した。しばらく窓の内側を指で触っていたが、彼はようやく手を引っ込めた。

銃を一瞥してからジョンに視線を戻すと、彼は数歩後ずさりし、車から少し離れていた。まるでこちらがそれを使うとでも思ったかのようだった。

「父さんの銃なの」

メアリー・メイはぽつりとつぶやき、男を見た。相手は、うまく受け答えようと言葉を探しているように思えた。

「――お父さんのことは、残念だった」

ふん、一応人間らしく聞こえるじゃない。

「父がドリューを取り戻しにここに来たときよ、あれが起こったのは」

「本当か？」

「だから、今日は私がドリューを迎えに行くわ。家に帰ろうって言うつもりよ」

「それは聞いている」

「知ってるの？」

「もちろんだとも」

ジョンは誇らしげに胸を張った。「知り合いの者たちから、あらゆる情報を得ているからね。我々がやめてくれと頼んだにもかかわらず、君は酒を提供し続けているそうじゃないか。まあ、それはこちらが把握してる情報のほんのひとつに過ぎないが」

馬鹿じゃないの？

そう言い返したかったが、ジョンは馬鹿ではない。彼の抜け目なさは重々承知している。

「アルコールを出さなくて、どうやってバーを経営しろって言うの？」

「経営しなければいい」

ジョンは平然と即答したが、その言葉が本心であることは、彼女にはわかっていた。

「ドリューの居場所を知ってるんでしょ？」

メアリー・アンは話題を切り替え、単刀直入に訊ねた。

「ああ、知っているとも。彼は我々とともにいる」

「弟は、父の一件を聞かされてるの？」

「すでに教えられている」

「弟が山から降りたって構わないでしょ？」

「それが彼の幸福なら、いつでも彼は山を降りられる。私は彼の保護者じゃない」

「それ、本気で言ってる？」

「言葉通りに受け取ってくれ」

メアリー・メイは鍵を回して車のエンジンをかけ、ハンドルを握った。ダッシュボードの上の銃が、車の振動に合わせて揺れ始める。

「どこへ行く気だ?」

「弟を連れ戻しに行くのよ」

「いいか」と、男は続けた。「君は賢い女性だ」

あたかも、俺の方が物事をよく知ってるんだぞと言わんばかり。彼女はジョンの物言いに嫌気が差した。

彼はやや前傾姿勢になったが、こちらが再び銃に視線を向けるや否や、片手を上げた。

「そんなこと、する必要などない。車をUターンさせ、町に帰ってくれ。避けられない何かが起きる前に」

返事をする代わりに、メアリー・メイはトラックを発進させ、ジョンを置き去りにした。バックミラーに映る彼はどんどん小さくなっていったが、シャツの下に隠していた何かを取り出すのが見える。それは、無線機だった。口元に無線機をあてたジョンが、口角を上げるのもわかった。それを使う理由がなんであれ、こちら絡みのはずだ。そして、決して良い前兆ではないだろう。

一キロ余り走り、メアリー・メイはリボルバーを摑んで太ももの下に置いた。こうすれば、登り坂でも、身体の重みで滑り落ちることはない。カーブを曲がるたび、バックミラーで後方を確認した。ジョン・シードがまだつけてきているかもしれないと思ったからだ。

次のカーブに差し掛かったとき、教団のトラック二台が交差路で待機しているのが見えた。車の脇には四人の男が立っており、遠目に見たところ、それぞれがライフルかマシンガンのような銃器を抱えていた。彼女はトラックを止め、太ももの下から銃を取り出した。回転式弾倉《シリンダー》をスイングアウトさせ、薬室《チャンバー》を確認する。引き返したい気持ちがなかったわけではないが、ここで引き下がるつもりはなかった。今諦めれば、ドリューを見捨てることになり、自分にとっての弟の存在価値も、家族の意味も、父が必死に守ろうとしていた全ても投げ出してしまうことになる。

ギアをバックに入れたメアリー・メイは、その手をベンチシートの背もたれに置き、後方を見ながらアクセルを踏んだ。タイヤがスピンし、道をバックしていく。ここに来る途中で見かけた、小さな採石場が頭に浮かんだ。砂利道手前のカーブを曲がると、ジョンの白いトラックがやってくるのが見えた。

ほんの一瞬、彼女は父親のことを思った。連中が発見したときの父の様子を——。割れたフロントガラス。激しくひしゃげたトラックの車体。運転席でハンドルに突っ伏していた父は、車と同じくらい傷だらけだった。目撃者はおらず、そうなった明確な原因もわからなかった。しかし、父は死んで、もういない。それだけは紛れもない事実だ。今の彼女同様、彼はドリューを連れ戻しにやってきた。ジョンの言葉が脳裏に蘇る。あの男はなんと言っていたか。それが何を意味していたか。ただし、メアリー・メイにはわかっていた。父は事故死したのではない。絶対に違う。

白いトラックが近づいても、彼女はスピードを落とさなかった。それどころか、アクセルを全開させたのだ。砂利だらけの横道が見えるや、左に急ハンドルを切る。エンジンが金切り声のような音を立て、車は弾みながら道を進んでいった。赤いトラックは逆向きで山を登り続け、飛び跳ねた砂利が車体の底に当たって軽快な音を立てている。フロントガラスから進行方向とは反対側を見ると、彼女のタイヤが巻き上げる埃の向こうにジョンの車が見えた。

白いトラックの後ろに、新たな教団のトラックが一台、さらにもう一台現われ、ジョンのトラックに従っている。

メアリー・メイは、車を運転しながら、全てを受け入れた。耳をつんざくようなエンジン音が響き、スピードメーターは時速六十五キロを指している。もちろん、バックのまま走行中だ。道は細く、トラックをターンさせられるだけの余裕はない。だから、彼女はアクセルを踏み続けた。片腕はベンチシートの背もたれに置いたまま、目は道路を見つめている。すると、突然砂利道が終わり、湿った土の道を車は進み始めた。両側には広がるのは、豊かな高山帯の森林だ。高速で回転するタイヤは泥を跳ね上げ、リアウィンドウに黒い泥の飛沫《しぶき》を叩きつけていく。まるで茶色の荒波を掻き分けて進むボートのごとく、トラックの荷台は泥だらけになっている。リアウィンドウは、跳ねた泥が降り注ぎ、次第に視界が悪くなっていく。

次の瞬間、彼女はいきなり衝撃を覚えた。岩か、それとも道に転がる木の枝なのか、車にぶつかったものがなんであれ、とにかくトラックは何かに衝突した。しかも、時速六十五キロのままで。赤いトラックは唐突に脇道にスライドした。ブレーキを踏み、タイヤをグリップさせようとしたが、何かに引っ掛かってバランスを崩してしまったようだ。あっと思ったときには、すでに車体は宙に浮いていた。道路脇の草地を飛び越え、車は下方に果てしなく広がる針葉樹林に突っ込んでいった。

CHAPTER 1

我々の方舟《アーク》を手に入れようとする者。
洪水で我々を溺死させようとする者。
我々に耐えがたいほどの
骨折り仕事をさせておきながら、
我らを捨てようとする者。
それらの者たちは、
我々に触れるいかなる手でも、
腕から切り落とされると気づくだろう。
農夫が汗水垂らして農作業をした後、
今度は小麦を刈り取ろうと
身を屈めるのと同じくらい、
いとも簡単に切断されるのだ。

——モンタナ州ホープカウンティ、
　　エデンズ・ゲート教祖“ファーザー”

　一週間前……。


その熊は、カナダから南下してきた巨大なグリズリーベアだった。

　雷鳴に起こされたウィル・ボイドは、目が冴えてしまい、なかなか寝つけなかった。部屋の外に出て北の方角に目を向けると、空一面に広がる雲のわずかな間から、月が見え隠れしている。その下に佇むロッキー山脈のシルエットは、グレーの空を背にした歩哨《ほしょう》たちの大きな影のようだった。

　今、ウィルが目にしているのは、ロッキー山脈の北部。ロッキー山脈とひと口に言っても、その規模は並外れている。カナダのブリティッシュコロンビア州最北部から、アメリカのニューメキシコ州まで複数の山が連なる山系で、その長さは五千キロに近い。山々から流れ出した水は、イエローストーン川、コロラド川、ミズーリ川など様々な河川の水源となり、やがては太平洋、大西洋、北極海に注がれる。豊かな自然が広がっているのは言うまでもなく、ロッキーマウンテン国立公園、イエローストーン国立公園、グレイシャー国立公園を含む多数の国立公園が山脈内に存在しているのだ。

　昼間、仕事をしている間、空気が湿って重くなるのを肌で感じていた。案の定、雲はどんどん分厚くなり、雨粒が落ちてきた。ひとしきり降ると湿度は下がり、空が明るくなった。凍った湖にひびが入るように雲が割れ、漏れ出た月明かりが、雷雨の置き土産の大きな水溜まりをきらめかせている。一度は北のどこかに立ち去った嵐だが、大きな雷が聞こえてきたということは、またひと荒れしそうだ。

そう思いながら山の稜線《りょうせん》に沿って視線を滑らせていくと、十キロほど離れた斜面で、土砂降りの雨が降り始めたのがわかった。風に煽られて横殴りになっているほどだ。ウィルは丘の上に建つ山小屋で、その様子を立ったまま眺めていた。辺り一帯は森に囲まれている。ロッジポールパイン、シロトウヒといったマツ科の常緑樹だ。そのとき、山麓の丘で稲妻が閃き、広大なミノボロの草地が一瞬照らされた。

これまでの十二年かそこら、彼はその草地を幾度となく横切ってきた。だから、四季の変化もよく知っていた。春には、紫色のイトシャジンや青い亜麻の花が咲き誇り、夏場は、伸びた草が金色がかった緑になる。秋へと季節が進むと、草地一面が茶色と化し、やがて白銀に覆われて半年にも及ぶ長い冬に耐えるのだ。極寒の時期も、草いきれに包まれる真夏も、あの野原を通り、教団からあてがわれた山小屋と教会を行き来する。移動の際は、水を汲むためのプラスチックのバケツを二個、必ず携えた。鹿とは頻繁《ひんぱん》に遭遇する。立派な角を持つアメリカアカシカにも出会うことも少なくない。視線を上げれば、空高く、鷹や鷲が円を描きながら悠々と飛ぶ姿もよく見かけた。

ウィルは、いつもベッドで使っているウールの毛布に包まり、眼下に広がる馴染みの深い草地から、尾根から尾根と激しく揺れ動く雨に目を戻した。強風に翻弄される雨粒のダンスを見ていると、まるで風が目に見えて、触れることができる何かのように思えてくる。最初の雷の轟音で眠りの世界から引きずり出された彼は、青味がかった暮夜《ぼや》の中へと歩き出て、こうして遠くの山を見晴らしているわけだが、ほどなく二度目の稲光が走り、数秒遅れて雷鼓が続いた。見慣れた周囲の丘と山も、青白い雷光に照らされると普段とは趣が全く違う。思わず、羽織った毛布の端を肩口でギュッと寄せた。少し身を乗り出し、放電された光の残像が褪《あ》せていくのを見つめてから、彼は目を閉じた。それでもなお、まぶたの下の暗闇で、いくつも枝分かれした稲妻の形が見える気がする。今度は、ゆっくりと開けた目が再び暗がりに慣れるのを待った。

そのとき、最初に見えたのは鹿だった。十分に成長した雄鹿で、ちょうどその年の角が生えてきたばかりらしい（鹿の角は毎年生え変わる）。三度目の稲光が閃いたとき、鹿は野原を横切る途中だった。天から降り注ぐ光に驚いたのか、一瞬動きが止まったかに思えた。前足を大きく伸ばし、後ろ足を力強く蹴り上げる姿は、宙に浮いたまま移動しているようだった。すぐにその姿は松の木の裏に潜り込み、雷光も消え、雷鳴の重厚な音が辺りに響き渡った。嵐はどんどんこちらに近づいてくる。麓《ふもと》の丘は豪雨に煙《けぶ》って見えなくなりつつあった。

雄鹿の行方が気になり、ウィルは草を踏んで数歩進んだものの、ほんの数秒、姿が木々の間から覗いただけで、再び見えなくなってしまった。

だが、今宵の来客は、鹿だけではなかった。今度は、巨大なグリズリーベアが草地に現われたのだ。嵐が迫る暗闇でも、大きな身体が蠢《うごめ》いているのがわかる。ふさふさの毛皮の下には、隆々の筋肉とたっぷりの脂肪が付いているはずだ。上空で稲光がスパークし、その明かりの中で浮かび上がった熊は、博物館のホールの奥で立っている剝製と同じ——でかくて獰猛《どうもう》——だった。

暗さが戻り、雷鳴が轟いても、熊はそこにいた。開《ひら》けた草の台地の真ん中まで出てきている。最初は数滴の雨粒が落ちてきただけだったが、嵐の前触れとなる強風が吹き始めた。空気の変化を確認するかのように、熊は鼻先を上げ、遠くの木々に向けて匂いを嗅いでいる。やがて雨脚が強くなると、後ろ足二本で立ち上がり、降り注ぐ雨に顔を向けた。

なんてでかさだ！

ウィルは改めて、グリズリーベアの巨体に感嘆した。その威風堂々とした立ち姿に見入っているうち、太古の昔に、熊と人間の半身半獣の生き物がいて、当時の世の中を牛耳《ぎゅうじ》っていたかに思えてくる。

森の上に注がれる豪雨が木々の合間で白い飛沫《ひまつ》を上げ、水の壁のようになって草地を移動する間、熊はそのままの姿勢――二本足で立ち、空を仰いで雨を顔で受け止める――を崩さなかった。勢いを増した猛烈な雨は、山、丘、森の全てを覆い尽くし、何もかもがぼやけてしまっている。もはや熊の輪郭も曖昧で、そこに最初からいなかったのではないか、という気さえした。

ウィルはしばらく呆然と立ち尽くしていたが、雷雨が丘を登り、自分の方に向かってくるのがわかった。すぐに彼の周りも、分厚い雨の壁で包囲されるだろう。暴風雨があと十メートル山肌を駆け上がり、周囲の木の枝に体当たりするのも時間の問題だ。さっきまで見えていた草地も森林も、もはや嵐に完全に掻き消されてしまっている。ウィルはようやく山小屋に向き直ると、部屋に戻ることにした。毛布は、瞬く間に雨水を吸って重くなっていく。ドアを開けて室内に飛び込むと、彼はため息をついた。

山小屋のトタン屋根に勢いよく雨粒がぶつかる音と、強風が窓ガラスを激しく揺さぶる音を小一時間聞いた後、ウィルは入り口を開け、ドア枠の額縁に収まった夜景を見つめた。空には、金色の月が再び姿を見せていた。松の針状の葉から滴る水滴が、あちこちで銀色に輝いている。はるか上空では、ジェット旅客機のライトが、満天の星を散りばめた漆黒の闇を切り裂くように横断していた。嵐が去った後の森の景色は、なぜか普段とは違って見えるのだ。結界が破られ、別世界からの訪問者があの飛行機でやってきたのだろうか。ふと、そんなことを考えてしまう。

そして、三日後。彼はあの巨大グリズリーベアの痕跡を再び捉えた。

† † †

最初に見つけたグリズリーベアの形跡は、山小屋から東に一キロ半ほど行った小川近くのぬかるみに残された足形だった。しばらくそれを見つめてから、彼は顔を上げ、川の向こう岸に密集している籔に視線を向けた。みっしりと生い茂った緑。立ち入るのはまず無理だろう。再び川の脇の足跡を見下ろす。グリズリーベア自体を目撃したあの夜は別として、今の今まで、この周辺のカウンティであの種の熊の痕跡を見たことは一度もなかった。ウィルは野生動物の痕跡をたどり、罠を仕掛けて回る。それは、教団のためにしていることだ。教会か、人気《ひとけ》のない森の中か。彼の居場所は、いつもそのどちらかだった。毎月三週間は、山中で獣を追って狩りをし、残りの一週間はエデンズ・ゲートで過ごしている。グリズリーベアに遭遇してからの三日間、彼はなんらかの残痕——毛、糞、地面や木の幹に刻まれた爪痕——を見つけられるかもしれないと考えて歩き回ったが、徒労に終わっていたのだった。

六十二年の人生で、あれだけ巨大な熊を見た記憶などない。おそらくカナダ側から降りてきたのだろうが、どうしてはるばるこの渓谷にやってきたのだろう。動物の多くは、さんざん狩られたり追われたりした挙句、種の存続のために何年も時間をかけて生息地を変える。その結果、この山間の土地では、牧畜が狩りに取って変わって久しい。鹿、アメリカアカシカ、ビーバー、ウサギといった獲物を捕獲するためには、ウィルは森の奥へ奥へと入る必要があった。

彼が外に出るときは、必ず愛用の広縁の帽子を被《かぶ》る。使い古してクタクタで、内側には汗の染みが白くこびりついているが、これでないと居心地が悪いのだ。顎髭を生やしているので一見わからないが、実はエラが張った角ばった輪郭をしている。服の下の筋肉は、連日丘を登り降りしているおかげで、今も頑強だ。ウィルは辺りを見回し、森の奥から小川の向こう岸の藪まで視線を滑らせていく。それから、もう一度泥の上の足形を見ようとひざまずく。リュックの重みが背中にのしかかるのを感じながら、大きさを確認するために片手を開いて足跡の上にかざした。肩から下げた古いレミントン製ライフルがずり落ちないよう、スリングベルトをもう片方の手で固く握る。

足跡は、自分の広げた手よりも上下左右とも二センチ半ほど大きい。これは、おそらく右の前足だと彼はにらんだ。泥に残った形から、間違いなくどの指にも長い爪が生えている。それぞれ五センチはあるだろうか。

ウィルは立ち上がり、小川に沿い、爪が向いていた方角に向かって歩き出した。四百メートルくらい上流に進むと、ビーバーが作ったダムがあった。彼はしゃがんで身を隠し、その太った小型哺乳類たちが泳ぐ様子を観察した。

ダムで堰《せ》き止めた溜池のやや中央には、小枝を積み上げたビーバーたちの巣ができている。水面《みなも》から顔を出した一匹が、前足に抱えた枝を齧《かじ》り始めた。巧みに歯を使い、新居にふさわしい長さに調節しているらしい。中をほじくろうとしたのか、そこで見かけたたくさんの古い丸太には、熊の爪痕が残っていた。

しばらくの間、ウィルは川縁を歩き続けた。丘をなだらかに下っていく山水。耳に心地よいせせらぎ。針葉樹の香り。森の中にいると気持ちが落ち着くが、危険な野生動物との接近遭遇はいつ起きるかわからない。自然は友にも、敵にもなり得る。油断した瞬間に、命を奪われることとてあるのだ。彼は常に警戒を怠らなかった。ハンターとしては、当然の鉄則だ。結局、彼はそれ以上熊の痕跡を見つけることはなく、前日に仕掛けておいたウサギ用の罠を見て回ることにした。六ヶ所のうち三ヶ所の輪縄《わなわ》に、尾の白い野ウサギが掛かっていた。

長年の経験から手早く三羽を絞める。スキルと知識は祖父から父へ、父から自分へと受け継がれた。全ての罠を仕掛け直した後、下処理をするため、川まで獲物を運ぶ。水際に比較的大きな平岩があり、いつもここで黙々と捌《さば》いて、死体を水で洗うのだ。

ここはウィルのお気に入りの場所だ。彼にとっては風呂場でもあり、洗濯場でもある。洗濯した衣類を岩の上に並べ、太陽が乾かしてくれる間、全裸でのんびりと泳ぎ回るのだ。一日のほとんどの時間を野外で過ごすため、春と夏には腕も顔もかなり（部位によってはそれなりに）日焼けするが、服の下に隠れた身体は――タトゥーを除去した胸の傷口は別として――真っ白で、透明な雪解け水の中ではほとんど冷光色に見えた。

水辺で膝をつき、ウィルは野ウサギの内側をきれいにすすいだ。最後の赤い一筋が煙のように流れていき、すぐに水流に掻き消されて見えなくなった。今まで何度を繰り返していることなので、もはや機械的になっていた。何も考えず、勝手に手が動いてくれる。ひと通り作業を終え、彼は顔を上げた。そのとき、川向こうでこちらを見ている何かがいた。

――グリズリーベア！

隆起した肩の筋肉。土手の端に食い込む力強い前足。ウィルに向けられた黒い目。鼻先は濡れており、近くで何かを漁《あさ》っていたのか、土と草が付いている。ウィルは動きを止めたまま、頭の中でライフルを置いた場所を思い浮かべた。二十年来の相棒であるボルトアクション式のレミントンM700は、リュックと輪縄の残りと一緒に一メートル半離れたところに置いてある。川岸の岩の上にしゃがみ、片手に野ウサギの死体、反対の手に狩猟用ナイフを摑んだまま、今後の出方を考えるしかない。

すると、熊は鼻をクンクンさせて空気の匂いを嗅いでいたが、向きを変え、浅瀬にある溜まり水へと移動し出した。今のうちだ。ウィルは立ち上がり、リュックとライフルの場所へと後ずさりを始めた。ところが、目ざとくこちらの動きを察したのか、グリズリーベアは再びこちらに向き直り、唸り声を上げて川縁に戻ってきてしまった。水に片手を突っ込み、水深を確かめている。しかし、川底が見つからず、諦めたようにすぐに手を引き上げた。ウィルの目は、野生の熊の長く鋭い爪に釘づけになった。あれで土を掘り、獲物の肉を引き裂くのか。彼は思わず唾を飲み込んだ。巨大な猛獣との距離はそれほど離れていない。サラサラと流れる川の音と己の心臓がドクドクと脈打つ音を聞きながら、ウィルはその場に固まっていた。しかし、グリズリーベアは少し後退し、水際から離れた。今回は、川の深さと相手のためらいに助けられたようだ。

リュックを摑んだ彼は、もどかしげにスリングベルトに腕を通し、身体を曲げてライフルを摑み上げた。胸の鼓動は速いままだが、相棒の存在は心強い。熊はまだ立ち去ってはいなかった。相変わらず鼻を上に向け、空気の匂いを嗅いでいる。ライフルを見せたくらいでは、あいつをひるませることはできないらしい。突如、熊は咆哮を上げ、黄色い牙を覗かせた。唾液が長く糸を引く口は思った以上に大きく、ウィルの頭さえ簡単に飲み込めそうだ。

彼はもう一度身を屈め、熊と視線を合わせないようにしながら、野ウサギを拾い集めた。その毛皮でナイフを拭き、腰ベルトの鞘《シース》に収める。そして慎重に、ウサギ一羽を向こう岸に放り投げた。小動物の死体はクルクルと回転して川を飛び越え、グリズリーベアの一メートルほど手前の低木の茂みに落ちた。

熊がウサギに気づく前に、ウィルは平岩から後ずさって川に沿って生える藪まで下がっていた。そのまま林に入るなり、彼は回れ右をし、まっすぐに歩き出した。熊の注意を引かぬよう、できるだけ音を立てないようにしなければ。彼は慎重に、なおかつできるだけ足早に歩を進め、どんどん川から離れていく。小さくなる水流の音を背中で聞きながらも、百メートルほど歩いたところで振り返った。目を凝らしたものの、長く伸びた松の枝にさえぎられ、川向こうの様子はよくわからない。耳を澄《す》ませても、微《かす》かな水音しか聞こえなかった。しばしの間、ウィルは佇み、今歩いてきた道をじっと見つめていた。右手の方からは、遠くで鳴くアメリカオオモズの声が聞こえてくる。鳥は止まっていた枝から羽ばたき、木々の間をすり抜けて森の先に広がる草原へと飛んでいった。

ウィルは鳥の後に続き、歩調を速めて歩き出した。森を抜ける前に、もう一度足を止め、後ろを確認する。あとはひたすら前進した。自分の小さな山小屋に到着し、二羽の野ウサギを流しに置き、リュックを下ろす。それからドア越しにロッキー山脈の雄姿を眺め、ようやく彼は安堵した。

しかし、レミントンはまだ肩から下げたままだった。家の前に広がる景色を見下ろしつつ、スリングを摑んで銃を手にした。照準器《スコープ》のカバーを外し、ライフルを構える。スコープを覗き込み、彼は森の遠端を目でなぞっていく。さっきの川は、そこから約一キロ先を流れているはずだ。針葉樹林の頭頂部を揺らす風が、ミノボロの草原の表面も撫でているのがわかる。一斉に穂が同じ方向になびく様は、金色の湖が波立っているようだった。

ライフルを下ろし、彼はぼんやりと森、丘、その向こうの山を見つめた。そして、「姿が見えないからって、相手がそこにいないわけじゃない」と、つぶやいた。

ウィルは、雷雨の夜に目撃した雄鹿を思い出した。ビーバーの巣と丸太に残された爪痕を思い浮かべた。あの熊があそこで何をしていたのか。なぜ熊がやってきたのか。彼はわかっていた。

† † †

三時間後、ウサギの皮を剝ぎ、肉を塩漬けにしてから、ウィルは地下室から出てきた。夜空を見上げれば、森のはるか上で星々と欠けた月がきらめている。どんなに歳月が流れても、同じ空がそこにあった。彼は食事を済ませ、仕事も終えていた。今回は野ウサギの他に、この三週間で罠や銃で仕留めた他の小動物も彼らに提供できる。ウィルは彼らのために働いている。彼が今ここにいるのは、彼らのおかげだ。人生が終わったと思ったとき、彼らはこの生活を与えてくれたのだ。

動物の皮は売ることもできる。そうして得た金の大部分は教団のものとなるが、少しはウィルの手元に残る。それで、輪縄、ライフルの弾薬筒《カートリッジ》、バター、小麦粉、森では得られない他の必需品を揃えるのだ。彼はあらゆる点で慎重だった。この小屋と地下室にある全ての品を把握しており、使った分を紙切れに書いて記録しているかのように、正確な残数、残量も知っている。

ウィルは、自分が維持している小さな小屋を見渡した。エデンズ・ゲートの最初の数年で、彼が建て、管理してきた家だ。少し前にビスケットを焼くのに熾《おこ》した火はまだ点《つ》いており、複数の小さな炭の塊が真っ赤に輝いている。火に近づくと、赤く点滅する炭から白っぽい灰が舞い上がったものの、燃えくすぶる炭の上に積み重なっていく。

一時間、火のそばで座り、彼は例の熊のことを考えていた。もし川を渡ってきたなら、奴は簡単に自分を殺せたはずだ。あの爪、牙、あの前足で瞬殺されていただろう。だが、自分は死んでいない。こうやって、赤々と燃える火を見、暖かさを感じることができる。

そう、この瞬間も、俺は生きているのだ。

† † †

二日後、丘を登って小屋に戻ってきたとき、教団の白いトラックが敷地内に止まっていた。ウィルは、野外で内臓を抜いた雄鹿を手製のソリに乗せて運んできたところで、これから皮剥ぎ用のハンガーに獲物を吊るすつもりでいた。ソリは、やや細いポプラの丸太二本と枝を何本かパラシュート用の紐で結びつけて造ってある。これのおかげで鹿を仕留めた場所から運ぶのが楽にはなったが、狩りは、獲物を殺すだけではなく、その後の処理や運搬といった作業も含まれる。依然として重労働であることに変わりはない。

汗だくのウィルは立ったままトラックを見つめ、それから自分の小屋が建つ敷地全体に目をやった。トラック以外のものは見当たらず、他の何者かがここに来ている気配はない。急に疲労感を覚え、彼は咳き込みながら鹿をソリから下ろした。それから、燃えかすが残った焚き火台《ファイヤーピット》の方に歩いていき、冷え切った炭の上に唾を吐いた。肩越しに雄鹿の死体を見やると、王冠を思わせる角が目に留まり、続いて黒いガラス玉のような目と視線が合った。このまま皮剝ぎを始めるべきか、それともトラックの主を探しに行った方がいいのか。

次の行動を決めかねていたウィルだったが、彼が肩からライフルを下ろして地面に置いたとき、地下室からロニーがウサギを持って表に出てきた。ロニーは、トラックの脇にあったクーラーボックスの蓋を開け、ウサギを放り込んだ。ボックスには、他の動物の肉がすでに収められている。そこでようやく、相手はウィルが立っていることに気づいた。

「この三週間、ずいぶん忙しく働いたんだな」

そう言ってロニーはクーラーボックスを顎でしゃくり、それからウィルに視線を戻した。ロニーはメッシュ素材の野球帽を被り、教団の他の男性メンバーと同じく顎髭を生やしている。Tシャツの袖から伸びたそれぞれの腕には蛇のタトゥーが彫られており、前腕に沿って尾が伸び、手の甲でとぐろを巻いている絵柄だった。

「ここに来るのは明日だったはずだ」と、ウィルは答え、もう一度小屋の周りを見回した。本当にロニーだけなのか、やや疑心暗鬼だったからだ。

「あることが起きてね」

「あること？　一体なんだ？」

「それであんたを思い出したのさ」

ロニーはニヤリとし、十歩かそこら進んでウィルが立っている場所に歩み寄ってきた。

「ちょっとやってほしい仕事があるんだ」

「俺は今の仕事が気に入っている」

ウィルの答えを無視して、ロニーは彼の周りをひと回りし、雄鹿に目を向けた。短く口笛を吹き、「見事な鹿だな」と称賛した。

「皮を剝いで骨を外した後でも、三十キロ以上の肉が取れるだろう」

「頭は取っておくのか？」

「剝製にして部屋に飾ろうかと思ってる」

ロニーはこちらをじっと見ながら上唇を舐め、さらに舌で上の歯茎をなぞっている。それから歯に挟まっていた食べかすを取り出し、指で弾いてどこかに飛ばした。

「ジョンかファーザーへの贈り物として最適じゃないか」

「心臓を撃ち抜いて仕留めたから、肉はいい状態のままだ。フックに吊るして作業しなきゃならない」

互いに相手の答えを微妙に無視しながら、会話は進んでいく。まだ若いロニーは、身長が百八十センチを少し超えており、背の高さはウィルとほぼ同じだが、痩せて骨ばっていた。蛇のタトゥー入りの両腕は筋肉と腱だけで、脂肪は付いていないに等しい。腕《うで》っ節《ぷし》が強いと耳にしたことがあるものの、この男が誰かを実際に痛めつけているのを見たことはない。ただ、武勇伝を聞かされたことはあった。まるでガラガラヘビが噛みつくときのように、両の拳がものすごい速さで繰り出されたとか、そういう話だ。

「皮を剝いで骨を抜き取るのに、二十分はかかる。それから、硬い筋と筋肉を削ぎ取るのに、さらに一時間。待てるか？」

「皮だけ剝いで、トラックに荷台に乗せてくれ。肉の処理をやってくれる人間は、エデンズ・ゲートに山ほどいる。あと、頭は付けたままで頼むよ」

何も返事をせず、ウィルは空《から》の水筒を持って小屋に向かい、水を張ったバケツに水筒を沈めた。気泡が消えたところで水筒を取り出し、立ったまま水をがぶ飲みした。それからもう一度水筒をバケツに入れて水で満たす。ロニーと鹿のところに戻ると、彼はライフルをしげしげと眺めていた。

「308口径のライフル弾を撃つのか？」

「ああ」

「グリズリーベアに十分な大きさか?」

ウィルは口をつぐみ、答えなかった。この会話が向かう先が気に食わなかったからだ。

ロニーは、ポケットの小さなポーチからタバコの葉をひとつまみと巻き紙を取り出した。そして、葉をクルクルと器用に紙で巻いていく。

「問題が起きた。それを解決できる人間は、あんただと思ってる」

手巻きタバコを口にくわえ、相手は「あんたも吸うかい?」と訊いてきた。

ウィルは首を横に振って断り、雄鹿へと歩み寄って身体を縛っていた縄を切り始めた。

背後でライターを点ける音が鳴り、続いて煙を吐き出す気配もした。タバコの煙が辺りに満ちる中、彼は黙々と鹿の臀部《でんぶ》と下腹部を持ち上げて縄を回収していった。

「州道224号線にあるカーショウの家を知ってるか?」

その質問には、即座に首を縦に振る。

「カーショウ一家のことは知っている。彼らの家は、ここから八キロくらいだ」

そう返しながら、ウィルは腰からナイフを抜き、鹿の左右の膝と膝裏の腱に小さな穴を開けた。フックに掛けるための穴だ。皮剝ぎ用のハンガーにフックで吊るした鹿の身体は、大股開きで揺れている。これで作業がぐんとしやすくなった。

「彼らは今も牛を飼育してるのか？」

「日曜日のファーザーの説教に来てれば、聞かされてただろうに。あんたはちっとも教会に来ないからな。自分では誰にも気づかれてないと思っているかもしれないが、俺は気づいてたぞ。じゃあ、数週間前に教団が牧場の経営を引き継いだのも知らないな？」

「引き継いだ？」

「まあ、経営を改善するための当然の成り行きだったとでも言うべきか」

ロニーはさらに一口吸って、煙を吐き出した。そして、敷地の外れまで歩き、眼下に広がる丘を見下ろした。戻ってくると、さらに話を続けた。

「昨日、あそこで子牛が食われた。巨大グリズリーにな。そいつをあんたに仕留めてもらいたい」

その言葉に、ウィルは作業の手を止めた。すでに皮は足から尻まで剝がれている。彼はロニーを見やって答えた。

「この土地でグリズリーを狩るのが合法かどうか、定かじゃない。つまり、俺に山ほどある法令を見直せと頼んでるのか？」

「何を狩っていいのか、何を狩ってはダメなのか。それを知っておくのもハンターの仕事だろ？　それに、教団の土地であるこの場所にあんたを住まわせているのは誰かわかってるよな？　そのおかげであんたは好きな獲物を選んで狩れるわけだろう？」

そんなふうに言われるのは好きではない。とはいえ、自分がここで安楽に暮らせているのは事実。ロニーと言い争っても、結局、彼の頼みを聞くことになるのはわかっていた。

「何か考えがあるのか？」

こちらの問いかけに、ロニーは頬を緩めた。

「だから、俺はここに来た」

「グリズリーは生きた獲物も死骸も食らう」と、ウィルは説明した。「奴らは神出鬼没で臨機応変だ。向こうの出方を読むのはハンターでも簡単じゃない。しかも、相手は獲物に対して、情なんてもんは持っていない。必要なら、自分の子供でも殺して食うんだ。連中はサバイバーなんだよ。おまえが俺に殺してほしいと思っている熊は、偶然その場所を通りかかり、たまたま子牛を見かけて襲っただけかもしれない。今頃は、何キロも遠くに行ってしまった可能性だってある」

「だけど、そうじゃなかったら？」

「そんな曖昧な理由で違法な狩りをしたら、俺たちが刑務所送りになる場合もある。そのくらいわかってるよな？」

「俺たちの土地で起きることは、俺たちの問題だ」

ロニーの無責任な物言いに、ウィルは苛立ちを覚えて唇を噛み、手の中の血の付いたナイフを強く握り締めた。改めて、自分の小屋が建っている空間をぐるりと見回す。ここから抜け出せる道はない。

「俺がベトナムに派兵されていたとき、米軍基地内の人間を数人殺した虎がいた。その虎を退治しようとできる限りの手を尽くしたが、虎は戻ってきて、さらに犠牲者が出た。なのに、虎を目撃した者はいないんだ。まるで幽霊と同じ。足跡も血痕も残っていたが、誰も姿を見たことがなかった」

こちらの経験談に聞き入っていたロニーは、「で、あんたがそいつを殺したのか？」と、半ば身を乗り出して訊ねた。

「いいや」

ウィルは首を振った。「見えない何かをどうやって殺すんだ？」

手巻きタバコを吸い終え、ロニーは吸い殻をファイヤーピットに放った。

「あんたは、あの熊が超常現象か何かだと言いたいのか？　神が与えた天罰とでも？　ファーザーはその言い分を気に入るだろうよ。聖書に出てくる人類に対する教訓的な話だしな」

「超常現象なんかじゃない」

ウィルは少し語気を荒らげた。「こっちがどうすることもできない存在だって言ってるんだ」

ポケットから今度は小さなフラスコ瓶を取り出したロニーは、蓋を開けて中身を飲んだ。だが、その目はウィルを見つめたままだった。

「あんたも景気づけにどうだい？」

フラスコ瓶を差し出されたが、手でさえぎって断った。

ロニーは肩をすくめ、再びフラスコ瓶を口に運んだ。それからファイヤーピットのそばの丸太に腰を下ろし、こちらを見上げてこう言った。

「事態はますます悪くなっている。あんたにとってもだ。ここにいる時間が長いせいで、俺が見聞きしている情報を、あんたは逃している。彼らが最近俺たちに何をさせてるか知らないだろう？」

「俺がここにいるのは、ファーザーの選択だ」と、ウィル。

「ファーザーは、〝時〟が近づいていると言っている」

「本当なのか？」

ウィルは眉をひそめた。

「彼は、前触れとなる兆しを察せよと言っている。兆候は、極めて明白らしい。地獄絵図のような大混乱が、東で起きつつあるそうだ。やがて、それはここにもやってくる。国全体が恐怖に覆われてしまうんだ」

ロニーはそこで一旦言葉を切った。眼光はさっきよりも鋭くなっている。「ウィル、俺は知っている。あんたが新参者のような信者じゃないことを。だが、いずれはそうなる。あんたも他の信者たちと同じく、救済が必要になるはずだ」

「おまえはあそこで信念を貫いているようだな」

ウィルは、フラスコ瓶を一瞥してからロニーに視線をずらす。

「古い習慣はなかなかなくならない」

「確かにそうだ」

ロニーはさらに酒を煽った。相手の目はこの敷地を見回していたが、やがて遠くの山々に向けられた。低く射し込むわずかな陽光は、迫る日没に必死で逆らっているように思える。柔らかい暖色の陽だまりで、小さな羽虫の群れが踊っていた。

「例の虎は、その後どうなったんだ?」

そう問われ、ウィルはロニーとしばし目を合わせていたが、事の顛末を語ることにした。

「当時の上層部の人間たちも腰を上げ、地元の村人に話を聞きに行った。で、落とし穴を勧められたんだよ。敵も、よく使う手だった。穴に落ちた者たちは全員あの世行き。おそらく聞いたことがあるかもしれんが、穴の底に先を尖らせた竹や木の棒を何本も立たせておき、細い枝を格子状に穴の上に渡し、落ち葉などを被せて隠すっていう原始的な罠だ。あとは、何も知らずに足を置いた人間の体重と重力に任せれば済む」

そこまで話し、彼は鹿の皮剝ぎ作業を再開させた。肉と皮の間にナイフを滑らせながら、皮を引っ張っていく。前足まで皮が剝がれたので、刃物で切り離した。

「そうやって虎を捕まえたのか?」

「いや。虎の方が待っていたんだ。あいつは、一度にひとりしか襲わない。人間が自分を殺しに来ると確信し、ジャングルの中で待ち伏せしていた。そして、絶対に自分が勝つことも知っていたんだ」

「なんてこった!」と吐き捨て、ロニーはさらに酒を口に含んだ。「いの一番に話す話かよ」

「己が何を望んでいるかを必ずしも自分が理解しているとは限らない。それを肝に銘じるのはときに重要だ」

「捉え方次第だな」

ロニーはしばらく皮剝ぎ作業をするウィルを眺めていたが、やがて立ち上がった。

「とっととそいつをトラックの荷台に放り込んでくれ。もう行くよ。カーショウの家畜を襲った奴が俺たちに矛先を向ける前に、やっておくことが山ほどあるんでね」

「まさか、本気であいつを捕まえる気――」

相手の真意を確認しようとすると、いきなり言葉をさえぎられた。

「できる限りのことはやるつもりだ。じゃ、協力よろしくな。頼りにしてるぜ」

ロニーは片手を振って歩き出し、ウィルは大きく息を吐いた。

† † †

確か、この辺りだったはずだ。

ウィルは足を止めて、記憶をたどる。あの嵐の晩、迫りくる雷雨を前に熊が立っていた地点までやってきたのだった。彼は振り返り、自分の小屋のある高台を見上げた。傾斜した屋根、煙突の先のブリキ部分を含む小屋全体が、森の一部と化している。あまりにも小さくて特徴もなく、丘にすっかり呑み込まれている感じだ。

ロニーが来てから丸一日が経っていた。今日の戦利品は三匹のビーバーだ。朝のうちに川岸から狙い撃ちし、水面に死体が浮き上がってくるのを待った。やがてウィルは服を脱いで裸になると、水に入った。足はすぐに底に付かなくなり、泳ぎながら一匹ずつ獲物を回収していく。岸に戻ったとき、ふとビーバーの巣が視界に入った。巣には穴が開いている。数日前、ここをうろついていたあのグリズリーベアがほじくった跡に違いない。死骸を抱えた腕から血と水が滴り、足元のぬかるみにボタボタと落ちては弾けていく。肉を長持ちさせるために、どの動物も、仕留めたらすぐ解体するようにしている。もちろんビーバーの場合、肛門近くの香嚢《こうのう》を縛るのも忘れなかった。

カーショウの牧場は、車道を通れば三十キロも先だが、森を突っ切れば半分の距離で済む。時間が経つのは速い。そろそろ昼時だろうか。グリズリーがいた場所に佇み、あの熊が何を考え、どの道を選んだのかを想像してみる。本能に従う猛獣の行方を、ウィルは頭の中で追い続けた。

†

†

†

彼は夢を見ていた。夢の中の彼は、開拓時代から世代を超えて受け継がれてきたあるイメージを思い浮かべていた。子供の頃に祖父や父から聞かされていたから、そう考えるようになったのか。決して自分だけではない。熊はでかくて、とにかく獰猛で危険な野獣だと、皆の脳裏に刷り込まれている。だから、炭鉱で働く作業員だろうが、森で伐採をする者だろうが、熊を絶滅させる勢いで狩りまくる。牧場主も、その姿を見かけただけで銃弾を放つ。熊は単に腹が減っているだけだ。生き残るためにすべきことを、彼らが知っている唯一のやり方でやっているに過ぎないのに。

ウィルは夜中に目が覚め、上体を起こした。野宿している場所をゆっくりと見回す。カーショウの家までは、あと十キロもない。尾根に行き当たった彼は、そこの土地一帯を見渡せる眺望の良いところに移動してキャンプを張ったのだった。

就寝前、沈みゆく太陽が暗くなりつつある青空をオレンジ色に染め上げる中、彼は集めておいた野生のブルーベリーを食べ、過去の獲物で自作した薫製《くんせい》肉を齧った。日のあるうちに処理しておいたビーバーは、五十メートルほど離れた木の枝に吊るしてある。ささやかな晩餐で腹を満たす間、彼は夜風が死骸を揺らす様をぼんやり眺めていた。平らで幅広い尾っぽが、ヨットの帆のように風を捉えてなびいている——。

今、夢から目覚めたばかりの彼が見ているのは、そのビーバーだった。青い星明かりの下、吊るされた小動物のシルエットが翻っている。咳き込んで痰《たん》を吐く音が周囲に響いたが、すぐに圧倒的な静寂で上書きされてしまう。辺りに目を配りながら、どの木も草も、彼に忍び寄る脅威を隠している気がしてならなかった。

東の方角に一瞬、仄かな赤い光が輝いた。漆黒の夜空を割って出てくる暁の太陽を思わせたが、そうでないことは十も承知だ。ウィルは慌てて包まっていた毛布を引き剝がし、立ち上がってブーツを履いた。そして、ライフルを掴むなり、膝丈はある草を掻き分けて歩き出した。

離れた林にたどり着いたとき、煙の匂いが漂っている気がした。月光に照らされて枝葉の影がまだら模様を描く緑地を百メートルほど進んだ頃だろうか、丘の下から聖歌と礼拝の御言葉《みことば》が聞こえてきた。さらに百メートル歩くと、幅広い岩肌が露出している場所に出た。この岩は、彼が立つ地点の両サイドそれぞれに五百メートル弱延びており、下方の川の谷を縁取っている。岩の最下部で流れる川の水はインクのごとく真っ黒だったが、ところどころで川面《かわも》がチラチラと赤くきらめいていた。遠くにある大きな篝火《かがりび》が反射しているのだ。積み上げられた薪《たきぎ》の高さは三メートルほどだが、燃え上がる紅蓮の炎は七メートル、いや十メートルはあろうか。まさに、天にも届く勢いで燃え盛っている。川向こうからでも、熱を感じるくらいだ。冷たい川の空気と篝火で温められた空気が綯い交ぜになり、渦となって舞い上がっていた。

篝火は辺り一面を明るく照らし、礼拝に向かう人々の姿を浮かび上がらせている。祈りを捧げる言葉が響き渡り、輪になって彼らが繰り返し頭《こうべ》を垂れる様子は、まるで奇妙なダンスを見ているかのようだ。この距離では御言葉ははっきりと聞こえない。彼らの詠唱は岩肌に当たって跳ね返り、温められた風に乗って消えていく。しかし、ウィルは以前にも聞いたことがあったから、どんな言葉が火の粉とともに漂っているかは想像がついた。とはいえ、礼拝の内容を考えたくはない。彼らはエデンズ・ゲートの教団に不可欠な存在だ。ロニーが言ったように、彼らは、賛美の儀式を自身が選んだやり方で行っているのだ。ここは彼らの土地《もの》だし誰かに咎められる所以《ゆえん》もないだろう。そもそも、ウィルが好む、好まないにかかわらず、彼自身、救済を求めて十二年前に入信した人間だ。彼らは、自分を受け入れ、救いを与えてくれた。猟区管理人であり、大小の獣を狩る猟師でもある今の自分がいるのは、彼らのおかげなのだ。

岩棚から少し後ろに下がり、陰になっているところでライフルを持ち上げ、火を囲み、奇妙なダンスをする眼下の約四十人に銃口を向けた。スコープのカバーを指で外し、教団の連中に視線を滑らせていく。大勢の信徒が教団の白いローブを着ていた。スコープの向こうにいるのは、髭面の男たちとボサボサ頭の女たちだ。地面には、手足が異様に長く伸びた彼らの影が怪しく蠢いている。それを見ていると、全員が化け物になってしまったように錯覚してしまう。そう、半人半獣か何かに――。

　赤々と燃える篝火を一列に囲む信者たちから川へとスコープを移動させると、ウィルは顔を銃から上げ、崖の際まで進んだ。姿勢を整え、再び銃を構えた彼は、スコープのレンズが光を反射しないように気をつけつつ、川の中にいるファーザーの姿を見下ろした。五十余歳のその男は、いつもと同じ顔をしていた。感情を表に出さず、何を考えているか全く読むことができない。それを恐怖と取るか、救いと取るかは、見る者次第だ。ファーザーはローブをまとい、膝まで川に浸かっていた。服地が水を吸い上げて胸元まで濡れたローブは肌に張りつき、筋肉質の頑強な肉体を露わにしている。祈りの言葉を唱え、空を仰ぐ彼は、ひとりずつ信者を川に招き入れ、相手の身体を水に沈めていく。頭を押さえつけていると、当然ながら、信者は酸素を求めてもがき、腕を水面に激しく打ちつけ始めるが、ファーザーは顔つきを全く崩さずに彼らが苦しむ様子をしばし見つめていた。

　その集団の入会儀式――洗礼――が終わると、さらに新たなグループが連れてこられた。何人かはすでに教団のローブを着ているが、ほとんどが普段着姿だ。暗がりから明るいところに出てきたので、表情がよくわかる。茫然自失の者もいれば、全身が震えて明らかに怯えている者もいた。彼らを誘導しているのは、銃や山刀《マチェーテ》を抱えた強面の男たちだ。他に、洗礼用のローブを着た協力者たちが後ろに続き、集められた人間を取り囲んでいく。その中でひと際大きなリボルバーを手にしている男がいた。ファーザーの弟のジョン・シード。ファーザーより若干細身だが、瓜二つと言ってもいい。ふたりとも顎鬚を生やし、タトゥーを入れている。そして、全てお見通しだと言わんばかりの鋭い目。兄弟の力強いまなざしは、夜行性の特殊な力で暗闇に潜む何かを探しているかのようだった。

ジョンはリボルバーを持ったまま水に入り、ファーザーから一メートルも離れていないところで横に並んだ。ふたりは、武装した男たちが新たな崇拝者を送り込むのを待っている。そして、先ほどと同じように、ひとりずつ順番に洗礼が施されていった。終わった者は岸に上がり、武器をちらつかせている連中のそばに戻された。

ウィルは過去に何度も洗礼の儀式を見たことがあるが、たった今目撃したものとは全く異なっていた。これはなんだ？　男も女も、無理やり川に沈められているではないか！

そう言えば、ロニーが教団の変化について漏らしていたことがあった。これが〝変化〟なのか？　このところ、ウィルの中で少しずつ信仰心が薄れてきていることもあり、ファーザーの説教を聞きに行かなくなっていた。もし毎回礼拝に参加し、敬虔な信者であり続けていたら、ファーザーの今日の行為を見ても何も驚かなかったのかもしれない。

川岸に戻った多くの入信者が泣いていた。肩は震え、顔には恐怖がありありと浮かんでいる。まるで大渦に吸い込まれる寸前に、命からがら抜け出してきたような表情だ。だいぶ距離が離れていたし、水流の音にさえぎられ、彼らの嗚咽も泣き声も聞こえなかったが、彼らの怯える気持ちは痛いほど伝わってきた。

しばらくの間、ウィルはスコープ越しに彼らの成り行きを見ていた。川に入れられるとき、そのほとんどが抗って逃げ出そうと試みたが、一度は武装者たちの手を振り切っても、遠くまで行けた者はひとりもいない。すぐに捕らえられ、自分らに待ち受ける運命――恐ろしい洗礼の儀式――と対峙することになるのだった。

ウィルが教団の一員になってからもう何年も経つが、かつての洗礼はこんなふうではなかった。今、儀式を受けている者たちを見れば一目瞭然だ。彼らは嫌がっている。昔の洗礼式では、誰もが快く川に入り、魂を捧げていた。自分もローブを着て水際に立っていた。新参者たちを導く係のひとりだったのだ。もちろんその前には、洗礼を受け、教団に魂を渡した。自ら進んで。確かに、それによって新たな人生を踏み出せたのは事実だ。生まれ変わった自分から、過去はどんどん遠ざかっていったように思える。

もう十分だ。ウィルは銃を下ろし、崖から離れた。ところが、川に背を向けて森に帰ろうとした矢先、下から聞こえたショットガンの発砲音が彼を引き留めた。慌てて端まで戻り、谷を見下ろす。大勢が身をすくめ、後ずさりをしているのがわかる。武器を携えた男たちがその周りに立ち、少し離れたところには、最初に洗礼を終えた者たちが並んでいる。ファーザーとジョンは、まだ川の中にいた。一体誰が銃を撃ったのか、ウィルには見当もつかない。視線を川に向け、流れていく死体がないかと目を凝らしたが、何もなかった。川は曲がりくねっており、急流に乗ってカーブの向こうに消えていったのかもしれない。いや、そこまで時間は経っていないか。

結局、死体はなく、負傷者も見当たらなかった。ファーザーは何食わぬ顔で次の信者を呼び、水に招き入れている。ウィルはもう一度、川の流れが速くなる辺りに目を向けた。白く泡立つ水を眺め、今、自分は何を目撃したのかと自問した。雄大な川はどこまでも続いている。澱《よど》むことなく流れる水は、全てを洗い、浄化し、運び去っていく。彼は洗礼の意味、罪が清められることの意味を考えた。

洗礼が必要な全員の頭が水の下に沈められ、激しい苦しみに耐えて解放されたことで、その日の儀式は終わった。ウィルもその場から立ち去った。今頃ファーザーが彼らに何かしら御言葉を与えているだろうが、それを聞く必要はない。すでに知っているからだ。教団での十二年間、繰り返し聞いてきた言葉だ。野宿した場所に戻りながら、彼はそれを己に言い聞かせるようにつぶやいた。

「地面に走る大きな亀裂。我々は、今、その際に立っている。足元の深い亀裂の底にあるのは、人類の運命だ。人間は諍《いさか》いを作り出す世の中の仕組みにすっかり麻痺してしまっている。だが、我々は違う。我々は選ばれし者たちだ。この災いを生き延び、世界を再構築するために選ばれた。我々は皆、天使。エデンの園へ通じる道は、我々の前に横たわっている。我々は家族。私が君たちのファーザー、君たちが私のチルドレンだ。さあ、ともに目指そう。エデンの園の前に立つ門〝エデンズ・ゲート〟を」

小さな高台に着き、ウィルはカーショウの家を見下ろした。朝靄《あさもや》が野原一面を覆い、空気中に、微かに牧草の匂いと家畜の排泄物臭が漂っている。広い牧場に張りめぐらされた柵の奥に建つ家の煙突からは、細い煙がたなびいていた。

松の木立を抜け、丘の頂上から砂利道を下っていくと、牛小屋が見えてきた。大きな扉のひとつが開けっ放しになっており、下の角が泥の中にはまっている。納屋の奥は黒い影の中に沈んでいた。牛の匂いがするものの、近くには一頭もいない。不審に思ったウィルは、何が起きたのかを確かめるため、近づいてみることにした。あの熊が戻って新たな獲物を屠《ほふ》っているのか？　暗がりから血を滴らせた巨体が飛び出してくるのか？　最悪の場合を考え、彼の鼓動は速くなった。

しかし、そこにあったのは、干し草の山とペンキが剝がれた牛舎だけだった。しばらく使われていないのか、強烈な動物臭は饐《す》えた匂いになっている。だが、教団の白いトラックが道端に止まっているのがわかった。停車位置は、家よりも松林寄りだ。シャベルとつるはしが荷台の横に立て掛けてあり、黄色い牛革の手袋が、それぞれの柄の先に載せてある。まるで、黄色い鶏冠《とさか》を被せた、間に合わせの案山子のペアみたいだ。

五十メートル先にある網戸も大きく開いていており、ウィルは一瞬どきりとした。おそるおそる網戸がある玄関の方に首を伸ばすと、入り口のところに立っていたのはロニーだったので、彼は小さく息を吐いた。相手は自分を待ち構えていたようだ。物憂げな表情で顎髭を指でとかしながら、砂利道の途中にいるウィルを見ている。

歩み寄っていくと、ロニーはいつものようにポケットからタバコの葉と巻き紙を取り出し、慣れた手つきで手巻きタバコをこしらえた。ポーチに佇む今日のロニーは、薄手のランニングシャツ姿だ。サイズがきつめで、胸にも腹にもぴったりと生地が張りついている。髪は寝癖がひどく、頬には、居眠り中に付いた何かの跡がくっきりと刻まれていた。ロニーは唇を舐めて湿らせ、立ち止まったこちらをしげしげと眺めている。それもそうだ。右肩にはライフルを下げ、左肩からは紐で縛ったビーバーを吊るしているのだから。

「ここで寝てるのか？」

ウィルの問いに「たまにだよ」と、肩をすくめたロニーは、ポケットを探ってライターを取り出し、唇にくわえたタバコに火を点けた。巻き紙の先端が赤々と輝き、肺から吐き出された白い煙が立ち上る。タバコをくゆらすのは一種の浄化作用だと、誰かが言っていた。心に残っていたもやもやが、煙とともに身体の外に吐き出されるらしい。ロニーの口からゆっくりと漏れる煙がそよ風に流され、跡形もなく消えた。そこには、ロニーの胸のわだかまりも含まれているのだろうか。家畜の匂いと混じったタバコの匂いが、すでに牛たちがここにいないことを思い出させた。

「牛に何があったんだ？」

「食われた」

ロニーの答えを聞き、ウィルは開けっ放しの牛小屋の扉を再び見やった。中は空っぽなのだが、まだ牛がいるような気がした。

「で、カーショウ一家は？」

「いなくなった」

「いなくなっただと？」

目を丸くするウィルに、ロニーは小さな笑みを返した。そして壁に寄りかかり、唾を吐いた。唾は地面ではなく、ポーチに落ちたが、全く気にする様子はなかった。

† † †

台所のカウンターにビーバーを置き、ウィルは洗面所に向かった。用を足し、居間に通じる廊下に出る。洗ったばかりの手は濡れており、シャツの胸で手のひらを拭い、それから手の甲を拭いた。ふと、革砥《かわと》でカミソリを研ぐ要領と同じだと気づき、おかしくなった。

廊下を進んで半開きだった寝室のドアを押し、中を覗き込む。クイーンサイズのベッドの上の毛布は、クシャクシャに丸まったままだ。ふたつある枕の両方が凹んでいる。そこで寝ていたのが誰であれ、数分前に起きたばかりで、表に農作業に出ていったか、コーヒーができ上がるのをどこかで待っている——そんな感じだった。

ウィルはさらに廊下を進み、台所と居間とは逆の方に向かった。奥には、さらに寝室がふたつあり、順番にドアを開けて室内を確認した。ひとつはブルーの壁紙で、天井からプラモデルの飛行機が吊り下げられていた。もうひとつはピンクの壁紙の部屋で、ドレッサーが壁際に置かれ、その上に動物のぬいぐるみが並んでいる。小さなプラスチックの馬の人形もいくつもあり、ほとんどが倒れていたが、何個かは様々なポーズで立っていた。子供が空想の世界で遊んでいたある瞬間に時間が止まり、オモチャだけが残った空間のようにも思える。

「子供部屋か」

思わずそうつぶやいたウィルに、廊下の外れで立っていたロニーが言った。

「カーショウの奴、子煩悩な男だったらしいな。娘に靴を買ってやったら大喜びしてくれたと、目尻を下げていた。ピンクと薄紫色の靴だったとか」

こちらが何も返さないでいると、若造は再び口を開いた。

「あんたには娘がいたって聞いた」

予想外の発言に、ウィルは面食らった。

「聞いた？」

「ジョンたちが言ってたんだ。あんたを監視する仕事を言い渡されたときに聞かされた」

ウィルは、ピンクの壁紙の部屋にもう一度目を向けた。ひとつだけある窓の前には、フリルの付いたカーテンが引いてある。ロニーの……彼らの言う通りだ。自分には娘がいた。妻もいた。家族がいた。ここに行き着くまでの自分には、全く別の人生があった。今、妻と娘が一緒にいないのは、全て自分のせい。ふたりがこの世にいないのも、全部自分の責任だ。赦《ゆる》しを乞うべく、エデンズ・ゲートのファーザーのもとにやってきたが、そこで見つけたものは赦しなどではなかった。

ウィルはほんの少しだけまぶたを閉じた。埃っぽい匂いとともに、仄かな甘い香りもした。これと同じ匂いを知っている――。彼は目を開け、ロニーを見た。そして、「一体ここで何があったんだ？」と、訊いた。

† † †

「ウィル、あんたは俺たちの仲間、エデンズ・ゲートの一員だ。けれど、あんた、あるいはジョン、あるいはファーザー、あるいは俺が同じをものを見たとしても、俺たちが同じものを見ていることにはならない」

　彼らは話しながら、牧場の敷地を歩いていた。草の上にまだ大量の血痕が残っている。ここで牛は殺された。熊がやってきて腹を満たし、立ち去った場所だ。

「俺たちの誰もが目的を持ってる。あんたは森で暮らし、教団の目的を果たしてきた。彼らはそれに感謝しているよ」

「ごたくはいい。カーショウ一家はどこへ行った？」

　そう訊ねながらも、ウィルはあの空っぽの部屋とロニーに言われたことを考えていた。ロニーの先ほどの言葉は、質問の答えになっていない。

「彼らも彼らの目的を果たした。あんたや俺がしているように。俺たちは皆、奉仕者なんだ」

「一体、おまえの目的はなんだ？」

ウィルはロニーに問いただした。ひざまずいて牧草地に残った足跡を目でたどり、熊の様子を思い描いてみる。グリズリーの足は速い。筋肉をフルに使い、大きな歩幅で疾走する。太陽の下、毛皮が艶やかに光り、足が地面を蹴るたび、鋭い爪は草と埃と土を削って撒き散らすのだ。

「ファーザーと教団は、彼らの〝会費〟を受け取った。それだけは確かだ」

ロニーのひと言が気になり、ウィルは眉をひそめた。

「会費？　今、彼らはそんな呼び方をしてるのか？」

「俺たちは共同体だ。教団に助けてもらってるんだから、その分のお返しをするのは当然だろう？」

「カーショウ一家は払っていたのか？」

「払えなくなるまでは」

「じゃあ、今は？」

「別の目的のため、今までとは違った形で教団に協力してもらっている」

ウィルは立ち上がり、フェンスが曲がっているところへ歩いていった。泥はえぐられ、草は短く刈り取られている。熊がとった行動で、地面が凹んでしまっている。

「牛が襲撃されたとき、カーショウ一家はここにいたのか？」

「ああ、ここにいた。だけど、彼らはすでに限界を迎えていた。教団の食料として所有していた牛のほとんどを処分していたから、この土地にいる意味がなくなったも同然だったんだ」

今度は、牧場を取り囲んでいる森に目を向ける。よく知っている場所だ。熊はきっとあの森に逃げ込んだに違いない。まだそこにいるのだろうか。もしかしたら、今この瞬間もこちらを見ているかもしれない。

「昨日の夜、ファーザーを見た」と、ウィルは明かした。「ジョンも見た。川で洗礼式を行っていた」

「教団に借りがあるのは、カーショウ一家だけじゃない。このコミュニティの大勢が教団に助けられている。住宅ローンを払ってもらい、債務も免除してもらってるんだ。皆がエデンズ・ゲートから財産を吸い取ってるんだよ」

そう言ってロニーは意地の悪そうな笑みを浮かべ、さらに続けた。「なのに、教団やファーザーが望んでいるのは〝会費〟だけ。それが、牛を殺して食肉にすることだったり、穀物を育てることだったり、エデンズ・ゲートに魂を捧げることだったりするわけだ。何も難しくない。簡単な構図だ」

「惜しみなく魂を教団に与える者だけじゃないだろ？」

ウィルの返した言葉を聞き、ロニーは声を立てて笑った。

「その逆もあり得ることは、あんただってわかってるはずだ。なんだかんだ言っても、結局、全員が魂を与えることになる」

ふとウィルの脳裏にさっき見たカーショウ家の娘の部屋が浮かび、彼は過去に思いを馳せた。一杯の酒がもう一杯、さらに一杯と続いていったあの頃に。そして、たどり着いた別の人生に。ウィルは息を吐き、こう言った。

「――教団で、魂は救われる」

「やっぱり覚えていたか」

ロニーは破顔した。「あんたはそれを忘れちまったんだと思い始めてたところだった」

†　†　†

森の外れに、熊用の落とし穴が掘られていた。木々の根っこはきれいに除去され、細い松の枝や葉を編み込んだ蓋で穴が隠された。落とし穴の底には、太くてまっすぐな枝で作った槍が何本も刺さっている。もちろん尖った先は空を向いていた。なかなかいい出来じゃないか。中を覗き込んだウィルは満足し、ビーバーの死体の香嚢を縛っていた紐をナイフで切った。

「おまえもこれを作るのを手伝ったのか？」

ビーバーをワイヤーで結わえて穴に吊り下げる準備をしながら、ウィルはロニーに問いかけた。

「ジョンが数人の男たちを連れてきて、そいつらが穴を掘った。で、十分な大きさの穴を掘った後に、木の槍を配置した。あんたが設計した罠に、ジョンは感心してたぞ」

「あの虎の話をしたのか？」

「かいつまんで話した」

「自分を仕留めようとする人間をどうやって虎が殺すのか、とか？」

「まあ、そんな感じだ」

ウィルはワイヤーを引きずりながら落とし穴の端から太い木のところまで行き、幹にワイヤーの一方の端を結んだ。それから、穴の反対側にある木にもう一方の端を括りつける。その様子を眺めていたロニーは、「これで捕まえられるか？」と訊いてきた。

ウィルは質問には答えず、相手を一瞥しただけで黙々と作業を続けた。それから、地面に置いておいたビーバーのうち一匹の尻尾を摑み上げ、ロニーの顔の前に突き出した。

「どんな匂いか嗅いでみるか？」

おそるおそる鼻をひくつかせたロニーだったが、目を丸くして答えた。

「えっ、甘い香りだ！　クリスマスのクッキーみたいな匂いじゃないか！」

「バニラに近い」

ウィルはしたり顔で返した。「肛門の近くに分泌腺があって、バニラみたいな匂いを発するんだ。匂いだけじゃない。味もバニラに似ている。昔の猟師はこれを売っていたんだ。今でも売っている奴はいるがな。今度クッキーを買うときは、箱に表示されている材料名をよく読んでみろ。こいつも自然調味料として書かれているはずだ」

「おいおい、さすがに冗談だろ？」

「さあな。自分の目で確かめるんだな」

「なんだよ、マジか。ビーバーがクッキーの風味づけに使われてたなんて、俺、知らなかったよ！」

ロニーの思わぬ反応に、ウィルは噴き出しそうになったが、なんとか笑いを押さえ込んだ。ただし、ビーバーのこの香嚢から得られるバニラのような香料は本当に存在する。海狸香《かいりこう》と呼ばれ、香嚢の内部のクリーム状の分泌物を乾燥させて粉末にしたものだ。ただし、狩りで獲れる動物の多く——鹿やウサギ、イタチなど——の肛門腺には悪臭を放つ分泌物が詰まっている。スカンクがわかりやすい例だろう。ゆえに、解体時に誤ってそこを傷つけると、せっかくの肉が臭くなってしまうから要注意なのだ。

「熊はこの匂いが好きなのか？」

「ああ、大好きなんだ」

ウィルは木のところに戻り、ビーバー三匹をつなげたワイヤーを引っ張った。ワイヤーがピンと伸び、吊り下げられたビーバーは落とし穴の中央でブラブラと揺れている。「糞にハエがたかるように、引き寄せられる」

「糞にハエ、ビーバーのケツに熊ってことか」と、ロニーはケラケラと笑い、その声が森の中に反響した。

† † †

作業が終了して一時間あまり、ふたりはダイニングから椅子を持ち出してきて、ポーチの隅で座っていた。ロニーはタバコをふかし、歯や唇に付着したタバコの葉をつまんでは指で弾いて捨てている。両腕を太ももに載せ、少し前屈みのまま、指で手巻きタバコを揺らしていた。ここにいるほとんどの間、その目は落とし穴がある森の外れに向けられていたが、遠くに鎮座している山々の尾根をなぞったりもしている。やがてこちらのライフルに手を伸ばしたので、ウィルは銃を渡してやった。ロニーはスコープを覗き、森の奥の暗がりを探るように見た後、銃身を上げてはるか彼方《かなた》の山脈にも目を凝らしていた。

「奴はあそこにいると思うか？」

そう訊きながら、ロニーはライフルを差し出した。

「奴はあそこにいる」と、ウィルは即答した。銃の前床《フォアエンド》には、ロニーの手の温もりが残っていた。目の前に広がる緑の牧草地をスコープ越しに見渡した後、彼はライフルを再び下に置いた。

「自信たっぷりだな。どうして断言できる？」

「奴だって、どこかにいなきゃいけない。そうだろ？」

「ああ、わかんねえ」

ロニーはゆっくりと首を横に振った。「こんなこと、よく毎日やってられるよな。あんたはこんなふうに座って、獲物が木の陰から出てくるのをひたすら待つわけだろ？」

そう言って立ち上がると、相手は大きく伸びをし、こちらを見下ろした。「酒を探してくるわ。カーショウの野郎、家のどこかに貯め込んでたはずだ。あんたも飲むか？」

「ジョンとファーザーがひょっこりやってきて、おまえが規則を破ってることを知ったら、果たしてどうなるだろうな」

「誰もが秘密を抱えてる。人それぞれ事情は違うが、秘密を持ってない奴なんて人間じゃねえ」

ロニーはそう言ってウィンクすると、家の中に入っていった。

† † †

自分の監視役の若造が次から次へと酒瓶を空にした挙句、ソファーに寝転がっても酒を離さず、ぶつぶつと何かをつぶやいていく様を、ウィルは呆れながら眺めていた。やがて五分もしないうちにいびきが聞こえてきた。

陽が傾き始め、牧場にも夕闇が近づいてくる。少し前までは、結構な数の羽虫たちが宙を舞っていた。だが今は、沈む夕日を名残惜しそうにいつまでもその場を飛び回っている数匹を除けば、あとは他にもっと大事な場所でもあるかのようにどこかへ移動していった。ウィルは残った虫の舞踏をしばし見つめていたが、視線は自然と落とし穴のある森の奥に戻っていた。ため息をついて窓から目を外し、さっき最初に覗いた主寝室へと廊下を歩き出した。

ベッドに腰を下ろし、ウィルは室内を見回した。ドアの横のフックには、婦人もののナイトガウンが掛けてある。ガウンは白い薄手の生地で、袖はかなり短く、袖ぐりから胸元にかけて手の込んだ刺繍《ししゅう》が施されていた。彼はしばらくそこに座ったまま、謎解きでもするかのように、複雑な刺繍の模様をしげしげと見ていた。

気がつくと、陽はすっかり落ち、表には夜の帳《とばり》が下りている。部屋全体も暗くなっていた。寝室内の観察は続き、彼の視線は、よく似た二組のドレッサーと鏡から、部屋の隅にある一脚の椅子に滑っていく。椅子の上に載っているのは、ランドリー用のバスケットだ。バスケットは、あふれそうなほど服が山と積まれていた。男ものの服もあれば、女ものも混ざっている。

再びナイトガウンに目をやったとき、そう言えば、自分がさっきまでこのガウンを穴が開くほど見ていたことに気がついた。ベッドから立ち上がったウィルは、それをフックから摑み取った。手の中のガウンを見つめ、なぜこれが気になるのかを悟ってハッとした。かつて妻が同じようなものを持っていたのだ。これまで、彼女のことも娘のことも思い出さないというルールを自身に課してきた。だが、今、ふたりに思いを馳せている自分がいた。

ナイトガウンを顔に寄せると、ラベンダーと埃と日焼け止めか何かの匂いがした。それからウィルはベッドの脇をぐるりと歩き、ガウンを寝床の左側に横たえた。妻はいつも左側を占領し、自分が右側だったからだ。彼女の吐息、彼女の体温、彼女の寝返りする気配。全部覚えている。ベッドの反対側に戻り、ウィルはまたベッドに腰掛け、こんなこと馬鹿げていると己に言い聞かせた。ジョンとファーザーが今、この部屋に入ってきたら、ウィル・ボイドは実は救済されてなどいなかったとバレてしまう。ずっと前に、「あなた方のおかげで、自分は救われました。ありがとうございます」と涙ながらに言ったにもかかわらず、だ。しかし、現実はどうだ？　かつて自分を苦しめていたことに、今も苦しめられているではないか。教団、そしてファーザーによる救済がなかったという事実に直面し、エデンズ・ゲートに傾倒していたウィルの気持ちは着実に変化しつつあった。

† † †

朝、目覚めると、ナイトガウンはベッドの左側に置かれたままだった。半ば夢見心地で右手を伸ばし、ガウンの滑らかな布地に指を這わせる。そこに肉体も温もりもあればと願いつつ、妻だった女性を思い出し、自分のものだった当時の人生を思った。目を閉じて、今一度睡魔に身を委ねようとしたそのとき、動物の鳴き声が耳に入った。表で子犬でも吠えているのか、と一瞬考えたほどの微かな声だったが、ウィルはすぐにベッドから起き上がった。彼は知っていたのだ。それが熊のものだと。

ロニーはまだ居間のソファで眠っていた。寝入ったときに手にしていた酒瓶は、床に転がっている。ポーチから引き上げて家の中に入ったとき、サイドボードの横に立てかけておいたライフルは、もちろん同じ場所に置かれていた。相棒を掴み上げるなり、彼は森の外れに銃口を向けてスコープを覗いた。落とし穴の真上に吊るした三匹のビーバーが、二匹に減っている。穴を隠すための枝葉の蓋は、パックリと裂けていた。

ウィルは急いでライフルを肩から下ろし、ボルトハンドルを上げて後方に引く。薬室を目視し、残弾数を確認する。それから、ボルトを戻し、安全装置を解除した。次に部屋を見回して、予備の銃弾を探す。室内のどこかにあるはずだ。案の定、サイドボードの引き出しの奥に見慣れた箱がしまい込んであった。無造作にそれを掴み、ライフルのスリングを肩に掛けた。武装してポーチに出たウィルに、朝の陽射しが降り注ぐ。

再度スコープを覗き込むと、まずは落とし穴のある地点を見た。次に、穴を取り囲む森に銃口を向けていく。昨日見ておいた光景と何も変わらないように思える。ビーバー一匹と枝を格子状に並べて作った蓋が、木の槍の下に隠れてしまった以外は。

獣が吠える声が再び耳に届き、ウィルは悟った。罠にかかったのは、あの巨大グリズリーベアではない。この声は奴のものとは違う。ポーチから降り、できるだけ素早く、なるべく音を立てないようにして、彼は牧草地を突っ切り、落とし穴のところまでやってきた。そして縁に立ち、中を見下ろした。

そこにいたのは、雌のグリズリーベアだった。これで合点《がてん》が行く。例の馬鹿でかい腹を空《す》かせたグリズリーが山から下ってきたのは、この母熊と子熊を狙って追ってきたからだ。ウィルは顔を上げ、子熊の痕跡がないかどうか、森に目を向けた。辺り一帯はしんと静まり返っている。子熊は走って逃げていったのだろうか。だが、どこかに隠れている可能性の方が圧倒的に高い。落とし穴で串刺しになった母熊は、すでに生き絶えているようだ。木を削って尖らせた白い先端が、今は赤く染まっていた。

ウィルは慎重に歩を進め、落とし穴の反対側まで移動した。泥の中に付いた足形は、母熊のものだろう。近くで見ると、母熊の足跡に重なって、子熊の足跡が落とし穴の周りにいくつも残されている。ここで、穴に落ちた母熊を呼び続けていたに違いない。その声がウィルを眠りから引き剥がしたのだ。

足形の大きさから考えれば、せいぜい生後数ヶ月といったところか。足跡をたどると、それはどんどん森の奥に入り、牧草地から離れていった。このままでは、丘の上を走る車道にぶつかるはずだ。

足跡に沿ってさらに数歩進んだところで、ウィルは罠の方を振り返った。ビーバー二匹は、まだワイヤーからぶら下がっている。彼は木の幹からワイヤーを外し、死骸を地面に下ろした。ウィルはビーバーを手にし、さっきと同様、小さな足跡に従って歩いていく。周囲に気を配りながら丘を登り、何か動きがないか、音がしないか、五感を研ぎ澄ませた。

彼の一挙一動はゆっくりで、慎重だった。油断は禁物。それが狩りの鉄則だ。軽率な行動が子熊を驚かせてしまう。それだけではない。子熊を狙っている捕食者の気を引く可能性もある。

車道に出たウィルは、小さな子熊が進んだ方角を見極めるため、地面に目を凝らした。すぐに前足の跡を見つけた。次に、それより大きめの後ろ足の跡を探し、それらが砂利をどちらに押しやっているかを見定める。どうやら子熊は道路を横断し、反対側に広がる森に入ったらしい。彼はさらに追跡を続け、自らも森に向かった。時折方向を見失い、何度か折れて垂れ下がった松の枝や倒木に行く手を邪魔されつつも、点々と残された足跡に従った。

子熊を追い始めて二時間ほどが経っただろうか、ニワトコの茂みにたどり着いた頃には、太陽は高くまで昇っており、森の中は蒸し暑くなっていた。

ウィルは足を止めた。即座に使えるよう、ライフルは手に持っていたのだが、それを脇に置き、ひざまずく。泥に残されたばかりだと思われる子熊の足形をじっと見下ろし、彼はふと気がついた。視界にこそまだ入っていないが、ここの籔の先は斜面になっていて、水路に続いているのではなかっただろうか。

そっと立ち上がったウィルは、目の前の茂みの中で何かが動くのを認めた。ライフルをその場に残し、少しずつ前進していく。

いた！

緑の低木の隙間から、子熊の泥だらけの前足が覗いていた。薄茶色……いや、ほとんどブロンドの柔毛も垣間見える。

彼はビーバー一匹を手に取り、籔のすぐ手前に放り投げた。そのまま目を離さず、じっと待っていると、子熊の鼻の頭がニワトコの葉の間から突き出された。もともと黒い鼻先だが、泥も付着している。最初、子熊はビーバーの肉の匂いを嗅ぎ、おそるおそる歯で噛んでみたりしていたが、そのうち茂みの中にぐいと引きずり込んだ。そして、片足で獲物を押さえ、肉を噛みちぎり始めた。ウィルは同じ地点でしゃがんだまま、茂みの中で子熊が食事する様子を観察した。

白い骨が見え始めたので、二匹目のビーバーを摑み、ナイフで四分の一にカットした肉片を子熊の近くに投げた。次いで、ふたつ目の肉片を藪から三十センチちょっと離れたところに放る。最初の肉片を食べ終えた子熊は、身を低くして茂みから這い出し、ふたつ目の肉片にありついた。ウィルがいることに気づいていたが、子熊はちらちらと視線を向けながらも、ビーバーをおとなしく食べ続けている。

「腹を空かせてたんだな」

彼は囁くように話しかけた。子熊は耳を丸め、こちらに顔を向けている。

ウィルは三つ目の肉片を手にしたが、地面に放る代わりに、それを持つ手を伸ばしてみた。言うまでもなく、それは危険な行為であり、一か八かの賭けでもあった。すっかり野生化した元飼い犬を手なずけようとするのと変わらない。子熊はこちらに歩み寄り、ウィルが手にした肉片に嚙みついた。彼が肉を離さなかったので、子熊の方がもっと近づく形になる。見たところ、子熊は五十キロ近くありそうだ。もしかしたら、それ以上かもしれない。肩や腕に、成体のグリズリーベアと同じ筋肉の隆起ができ始めている。地面を掘るカーブした爪は、鋭い牙を彷彿とさせた。気を緩めるつもりはないが、ある程度餌づけは成功したと言えるだろう。

自分の手からムシャムシャと肉を食べる子熊を眺めながら、この子はどこまで自分についてくるだろうかと、ウィルは考えた。

† † †

篝火があった場所には、真っ黒に焦げたわずかな木片と灰しか残っていなかった。川からの微風が灰を軽やかに巻き上げては翻し、飛ばしていく。美しい流れに視線を向け、ウィルは水際まで進んだ。洗礼を受けた入信者たちが立っていた場所で歩を止める。ぬかるんだ地面にいくつも人間の足跡が残っていた。川向こうに目を向けて、自分が立ってこの地点を見下ろしていた岩場を探す。だが、似たような岩の高台はいくつもあり、それぞれに木々が影を落としていて、正確な場所はわからなかった。彼は振り返り、もう一度篝火の跡を見た。子熊はそこにいて、燃え残った木片を前足でいじっている。

ウィルが近づくと、子熊は一旦尻込みしたものの、少しずつ元の位置に戻ってきた。ひとりと一頭が移動を始めてから、二時間くらい経っただろうか。途中で何度も子熊とははぐれたが、ウィルはそのたびに待った。すると、草原を駆ける子熊が見えてくるのだった。ときには、遊んでいるのか、楽しげに松の木々の間を縫うように進んでいることもあった。とはいえ、いずれの場合も、子熊との距離は、三十メートルも離れていなかった。

高台に登って篝火の燃え跡を見下ろしたものの、子熊が続いて登ってくる様子はなかったので、彼はがっかりした。しかし下に降りると、やはり三十メートルほど離れた浅瀬で遊ぶ子熊がいた。川の流れと競争するかのように駆け、止まって水を飲み、また走り出す、の繰り返しだ。ウィルが子熊を呼ぶと、すぐに水から上がってきた。

さらに二時間後、山小屋へと続く丘に着く頃には、子熊は五メートルほど後ろを歩くようになっていた。家の前の少し開けた空間に入ると、小屋の周りに見えない壁でも張りめぐらされているかのごとく、子熊は立ち止まり、それ以上先に進まなくなった。うろうろと同じ場所を歩き回り、低い声でウィルを呼んでいる。彼が近づいて手を差し出すなり、子熊は鼻を突き出し、手の匂いを嗅いだ。ウィルはその手を上げ、子熊の頰を撫でた。相手はおとなしく撫でさせてくれている。まるで、これまで何千回も同じ行為で親密度を確かめてきたかのようだった。

† † †

翌朝、目が覚めたウィルは、急いで寝床から抜け出した。身支度をするよりも先に、子熊がいるかどうかを確かめに表に出る。果たして、同じ場所に子熊はいた。彼は安堵して頬を緩め、餌を与えた。それからは、いつもと同じ行動だった。着替えて顔を洗い、朝食を摂る。その日使う罠を用意したら、陽射しから目を守るために帽子を被り、ライフルを担いで歩き出すのだ。いつもと違っているのは、丘を下り始めた自分の後を子熊がついてくることだ。草原を横切るときは、うれしそうに草を掻き分けて走り、ときどき止まって、草の柔らかい部分を齧っていた。川沿いの木立を通り過ぎる頃には、子熊はウィルにまとわりつくようになっていた。川縁まで来ると、彼は水筒の水を飲み、子熊は川の水を飲んだ。彼らは並んで座り、一緒に手と前足を水流に浸した。

前日に仕掛けた罠のほとんどは、獲物に逃げられていた。それでもウィルは辛抱強くひとつひとつを確認し、仕掛け直していく。二ヶ所でウサギと思われる血痕と毛が残っていた。子熊はその周辺の地面の匂いを嗅ぎ、より高い方に鼻先を向けている。

「たぶんコヨーテだろうな」と、ウィルはつぶやいた。コヨーテの痕跡が何かないか目を凝らす。同心円を描きながら動き、捜索箇所を徐々に広げていくうち、おそらくウサギが運ばれ、食われたと思われる地点を見つけた。大量の毛と何本もの骨が散らばっている。しかし、罠からはそれほど離れていない。

そこから戻ってきて罠を仕掛け直すと、もう正午になっていた。ミノボロの草原を進むウィルの後からは、やはり、走ったり止まったりしながら子熊がついてきていた。

山小屋に向かう丘に差し掛かっても、子熊はまだミノボロの野原で遊び回っている。太陽はウィルたちの前にあり、自分の影が後ろに長く延びていた。あたかも、細長くて黒い一本の草をずっと引きずっているかのようだった。

† † †

ライフルの音が静寂を切り裂いた。

ウィルはうつ伏せに倒れ、必死で何かを摑もうとしたが、指が掻くのは土だけだった。草の匂いがたちまち鼻腔に広がる。誰かの標的にされるなど、四十年ぶりだ。しかも前回は、遠い外国でのこと。そのせいか、あのときは別世界の出来事のように感じていた。ところが不思議なことに、今回も同じ感覚だ。もしかしたら、全身の血管を駆けめぐるアドレナリンが同じ作用を起こすのかもしれない。

もう一発、銃声が響いた。だが、今度の弾はウィルの頭上を飛んでいった。視線を上げ、周囲を確認しようとしたものの、見えるのはミノボロの草原と遠くの松林くらいだ。ボルトがカチリと引かれる音が聞こえ、男たちの不快な笑い声と話し声がそれに続いた。ウィルは肘を使って上体を起こし、肩越しに子熊の姿を探した。子熊は草むらで立ち止まっている。後ろ足で立ち、鼻をクンクンさせて空気の匂いを嗅いでいたが、こちらの顔を見つけ、目と目が合った。

そのとき、再びライフルの発砲音が鳴った。銃弾は、また頭の上を飛び越し、子熊のすぐ横の草をえぐった。狙撃者たちが悪態をつき、さらにボルトが引かれる音がした。ウィルはハッとして子熊を見た。身に迫る危険を察することもなく、呑気に着弾した辺りの地面の匂いを嗅いでいる。あたかもそれが、ウィルが仕掛けた新しい遊びか何かのように。

丘の上に目を向けても男たちの姿は見当たらなかったが、それでも声は聞こえてくる。間違いない。連中は子熊を狙い、仕留めようとしているのだ。今度は自分の山小屋に視線をやる。太陽はさっきより低くなっているものの、逆光になっていてよく見えなかった。奴らの標的は自分ではないとわかったので、ウィルは力を振り絞って上体を起こし、草地に座る形になった。スリングを外し、チークパッドに頬を充てる。安全装置を解除し、スコープを覗き込む。

こうするしかないんだ。

引き金を引くと、ライフル弾は子熊の近くの地面を砕き、子熊の顔に泥が跳ねた。「どうして?」とでも言いたげに、子熊はポカンとしてウィルの方を見た。

だから、こうするしかないんだ。

心の中でそう叫びながら、ウィルは新たに銃弾を装塡した。そのとき、男たちが話しながら丘から降りてくるのがわかった。彼らは笑いながら、ウィルに何かを呼びかけている。だが、なんと言っているのかまでは聞き取れない。彼はライフルを再び構え、狙いを定めた。十字を描く照準線《レティクル》が子熊の耳のすぐ上と重なった瞬間、引き金を引く。銃口から飛び出した弾丸は、狙い通り標的の耳の上をかすめて通過していった。そして案の定、子熊は驚いて逃げ出した。

走れ。もっと早く。

子熊は草原の外れまで駆け、森の入り口までたどり着いたときに立ち止まって、こちらを振り返った。

止まるな。さっさと逃げろ。

スコープ越しに見ると、子熊は空気の匂いを嗅ぎながら視線を泳がしていたが、ウィルと今一度目を合わせた。やはり、「どうして？」と問いかけているように――。

傾斜を降りてきた男たちは、どんどん近づいている。

早く、行け！

次の瞬間、さらなる銃声が轟いた。その弾が果たして命中したのかどうかは、ウィルは定かではなかったが、子熊がジャンプをして走り去る後ろ姿だけはちらりと見えた。すぐに森は静まり返り、それ以上何かが動く気配はもはや感じ取れない。子熊など最初からいなかったかのように、いつもの光景に戻った。

振り向くと、ジョン・シードが草を掻き分けて進んでくるのがわかった。その手には、木製ストックのボルトアクションライフルが握られている。銃口は下に向けられていたが、ひと筋の煙がうねりながら立ち上っている。さながら、白蛇がジョンの肩へと這い上がっていくかのようだ。その背後から、ロニーを含む数人の手下もついてきた。全員が銃を携え、草地に座るウィルをぐるりと取り囲んだ。彼は相棒のレミントンを膝の上に寝かせ、顔を上げた。

「君は危険なゲームを好むんだな」

目の前に立つジョンが言った。「かつて君がどんなふうに呑んだくれていたか、今も覚えている。ここに来て助けを求めたときの君の惨めな状態もだ。ウィル、君はまだあのときのままなのか？」

「いいえ」

ウィルは視線を落とし、小さく首を振った。

「それなら良かった。安心したよ。一瞬、君が救済されて生まれ変わったことを忘れたのかと思ったもんでね」

ジョンは穏やかな口調で答えた。口角は上がっているが、目は笑ってはいない。

「そんなふうに見えたのですか？」

「ああ、あの猛獣と友だちになろうとしてるかのようだった。いつか君をあの鋭い牙で食い殺すかもしれないのに」

ウィルはジョンからロニーに視線を移し、それからジョンに目を戻して、彼らが落とし穴の熊を見つけたかどうかを訊ねた。

「だから私たちはここに来たんだ」と、ジョンは答えた。「ロニーがそう提案してね。君はどんな獣も追跡できるそうじゃないか。そうなんだろ？」

ウィルは再びロニーを見ながら、こう返した。

「山小屋に住まわせていただいてから、この森の四つ足動物のほとんどを仕留めてきました。それで、一体ここで何をお探しで？」

「ちょっとした問題が起きてね。それを解決するのに、君は適任だと思う。探し出してくれないかな、我々のために」

――熊を。

ウィルは先回りして心の中でそうつぶやいたが、ジョンの口から告げられたのは、意外な言葉だった。

「ある人物を」

「人探し……ですか？」

「ある女性が行方知れずになってね」

思いがけない依頼に、ウィルは面食らった。

「私は保安官でもなければ、探偵業をかじったこともない。なんで私が――」

「私は君に探偵になれと言っているのではない。この森一帯で、彼女の痕跡を追って、連れ帰ってきてほしいだけだ」

「狩りと同じように、追跡して捕まえろということですか？　人間を？」

「人間狩り？　そこまでは言っていないよ」

ジョンは微笑んだ。だが、やはり目は笑っていなかった。

CHAPTER 2

かつて私は、野生の森の中で道に迷った。
自然の荒々しさを知るにつれ、
私自身も獰猛になった。
森を出た私は生まれ変わっていた。
単に、別人になったという意味ではない。
私は、捕食者となった。
獲物の血を全身に浴び、胸に狂気を秘める
危険な生き物に。
そして、私に背き、私が今“家”と呼ぶ
この森に侵入するもの全てに、
強烈な空腹感を覚えるのだ。

——モンタナ州ホープカウンティ、
エデンズ・ゲート教祖“ファーザー”

半ば滑るようにして、ウィルは斜面を駆け下りていた。自分が通った跡には、折れた枝や撒き散らした葉が残っているはずだ。五メートルほど下に、そのトラックはあった。ここからは、タイヤ、車体底部を縦に貫くプロペラシャフトを含む金属の車台部分しか見えない。彼はリュックを背負い、帽子を被っていた。もちろん狩猟用の相棒であるレミントンも一緒だ。

山を車で上がっていたときは、いざというときにすぐに使えるよう、相棒は足の間に挟んでいた。ぼんやりとライフルの銃床《ストック》を見つめながら、尋ね人がどちらの方角に行ったと思うのか、またその理由はなんだと、ジョンが自分に問うのを聞いていた。

「我々は彼女を助けるつもりなんだ。それはわかってるな?」

「だから、私にその女性を見つけろと?」

質問に質問で答えたウィルに、ジョンはうなずいた。

「そうだ。我々は彼女を救いたいのだ。新しい人生を与えてやりたいのだよ。ちょうど我々が君にしたようにね」

ライフルの上に手を載せ、ウィルは助手席の窓から外を眺めた。草木が流れてぼやけ、緑色だけが目に残る。道端に一頭の鹿が立っていたが、車は結構なスピードが出ていたので、あっという間に通り過ぎた。振り返って鹿をずっと見ていようと思ったが、カーブを過ぎると視界から消えてしまった。そこで、彼はそのままトラックの荷台に目を向けた。荷台には防水シートが被せてあったが、片隅がめくれかかっている。

「荷台には何が？」

ウィルに訊かれ、ジョンはバックミラーを一瞥した。

「兄が近くの山で狼をずっと追っていてね。そのための道具が置いてあるんだ。あ、兄と言ってもファーザーではなく、一番上のジェイコブだが」

ジョンにはふたり兄がいる。長男のジェイコブは北にあるホワイトテイルマウンテン地区を統括し、次男のジョセフが教祖〝ファーザー〟だ。三男のジョンは、ここフォールズエンドの町を中心としたホランドバレー一帯を担当している。さらに、末っ子の妹フェイスが東のヘンベインリバー地区を任されている。つまり、エデンズ・ゲートは、シード四兄弟が全てを取り仕切っている教団なのだ。

狼を追うための道具と聞いて、ハンターであるウィルはそれが何か無性に気になり、もう一度荷台に目を凝らした。しかし、防水シートに隠れて何も見えない。

「ルールは極めてシンプルだ」と、ジョンは語り出した。「標的を追って、生け捕りにする。そしたら、そいつに発信機を付けて、一旦解放するんだ。次に、発信機のシグナルが行き着いた先に向かう。ほら、どうだ。標的一匹を捕えるだけで、狼の群れを丸ごと見つけることができる。それが、君にメアリー・メイを追ってもらいたい理由だ。我々は彼女を確保しなければならない。彼女は大きな計画の一部である事実を直視する必要がある。君や私のように、彼女にも信じてもらいたいんだ。我々がこの国の全ての人々をここで救済できるということを。そして、我々とともに団結しさえすれば、いかに強い力を得られるかを皆が知る助けになるということを」

「仮に彼女を見つけ出せたとしても、そんなにうまくいきますか？」

「うまくいくかどうかは、君の方が私よりよく知っているはずだよ、ウィル。君はハンターだ。ハンターは、いつだって手元にある最適な道具を使う。そうだよな？」


あのとき、ジョンは何が言いたかったのか。ウィルは彼の言葉を頭の中で反芻《はんすう》しながら斜面を五メートルほど滑り、トラックの車軸の前で止まった。彼のあとには、ロニーが続いた。ウィルよりもずっと慎重派らしく、斜面に生えたスグリの細い枝を掴みながら、ゆっくりと降りてくる。その姿を見たウィルは、トラックが数十メートル上から落ちたとしても、群生した藪がクッションになっていたに違いないと、考えた。

これまで得た全ての情報からすると、彼らがその女性を救おうとしているとは到底思えない。ウィルが目撃したあの洗礼の儀式。最近は、あれを〝救済〟と呼んでいるのかもしれないが。

トラックの周りを歩き、彼はダメージをチェックした。フロントガラスはひび割れ、車体の横っ腹にはいくつも擦り傷ができている。ヘッドライトのひとつは潰れていた。それから、彼はバンパーに片足を載せて体重をかけ、トラックを小さく揺すってみた。さらに丘を転げ落ちていたら、はるか下の松の木にぶつかっていただろう。そうなった場合、車の損傷はもっと激しかったはずだ。スグリの籔で減速したのが幸いしたのだろうが、とにかく非常に幸運だったことに違いはない。バンパーから足を下ろして車内を見やると、助手席側の窓は完全に砕けて落ちていた。車の重みで押し潰された枝葉がドアの下から覗いている。そして、血痕はどこにも見当たらなかった。

ウィルは斜面にもたれ、周囲を改めて見回した。そして、ようやく追いついたロニーに、こう言った。

「このトラック、知ってるぞ」

「だと思った」

「何を乗せてたんだ?」

その問いに、ロニーは「囚われの乙女さ」とニヤリと笑った。

「何に囚われてた？」

「永遠の苦しみだよ。他の誰もがそうであるようにね」

ロニーの言う〝永遠の苦しみ〟とは、悔い改めない罪人の最終的な運命のことだ。聖書では、それを「地獄での永遠の火の苦しみ」と説いている。人は死んで裁きを受け、天国に行けない者は地獄に行く。地獄では火の池に投げ込まれ、その天罰は永遠に続くという。なんと恐ろしいことか。それを避けるにはどうしたらいいのか？　神に己の罪の赦しを乞うのなら、救われ、罪を赦され、清められ、天国行きを約束される、というわけだ。

聖書の教えでは――。

ロニーを一瞥し、ウィルは荷台側へと回った。

「彼らの言うことには、その女性は北へ行ったんだよな？」

斜面に手をついて寄りかかりながら、ロニーがウィルのところへやってきた。

「この方向に行ったんだ」

そう答え、彼は濃い緑色の茂みが少し開けている場所を指差した。もともと獣道《けものみち》であった可能性は高いが、よく見ると、人の胸の高さの枝が何本も折れている。

「彼らは彼女を追いかけたのか？」

「追いかけたさ。だけど、彼らが言うには、彼女がこの森に到着した途端、忽然と姿を消しちまったらしい。まるでマウンテンゴートにでも化けたかのようにな」

ウィルは、今、自分たちが降りてきた斜面を見上げた。その上には教団の白いトラックが二台止まっていて、ジョンがこちらを見下ろしている。

「ジョンは、この件に関してなんて言ってたんだ？」

「彼女を見つけなければならない、の一点張りだ。彼女は教団について誤った情報を垂れ流そうとしてるとも言ってたな。町に戻って事を荒立て、保安官に教団を調べさせようと画策してるらしいって」

「調べることなんてあるのか？」

ロニーは両手を広げて首をすぼめた。

「あんた、彼女を知ってるんだろ？」

「知ってるとも。俺はメアリー・メイの父親と同じ学校に通ってたんだ。まだ、ここに学校があった頃の話だが」

「じゃあ、彼女の出方もわかってるよな」

若造はジョンを見上げ、それからこちらに視線を戻した。

「そろそろ戻った方がいい。ジョンが一緒に来てなけれりゃ、座ってゆっくり話せるんだがね」

ロニーに賛同し、ウィルは「そうだな」と小さくうなずいた。

†　†　†

メアリー・メイは、セイヨウウネズの細い枝を杖代わりにし、切り立った傾斜地の端までやってきた。少し前に森を抜け、今は開けた場所を進んでいる。厳しい道のりで息は切れ、シャツの中で汗が伝うのを感じた。西にある太陽に背後から照りつけられ、背中がやけに熱い。腰に差し込んだリボルバーが、ずしりと重かった。逃げ出したときに持ち出せたのは、この銃とフード付きのトレーナーだけだった。

ジョンとその手下たちをまいてから、そろそろ五時間。山肌を撫でるそよ風を頬に受けながら、彼女は足を動かし続けた。砕けた岩と溶けた氷の匂いがする山風は、緩めのシャツを揺らし、髪を弄ぶようになびかせている。

尾根の下で立ち止まった彼女は銃を足元に置き、手で川の水を掬《すく》って顔を洗った。続いて頭にも水をかけてから、首の後ろも冷やした。それから喉を潤すと、生き返った気分になった。その場で立ち上がり、風にさざめく周りの木の葉を見渡しつつ、彼女はしばらく佇んでいた。彼らがもう追ってこないようにと願いながら。

大丈夫そうね。彼女は近くにあった大きな岩に腰を下ろし、ジーンズを脱いだ。トラックのドアにしたたかに打ちつけた腰に、痣《あざ》ができていないかどうかを確かめるためだ。やっぱり。どうりで痛いと思った。

ショーツの下の太ももの前と横に、黒と紫がまだらになった痣ができていた。他にも、あちこちに擦り傷が肌に赤い線を刻んでいる。トラックが転落したときにこしらえたものと、一日の大半の森歩きで草に引っ掻かれた痕跡だろう。傷をそっと撫でながら、彼女はここまでの道のりを思い返した――。

いっときは車道へ下ろうと思っていたものの、ジョンが待ち伏せている可能性が高いので、その案は諦めた。ジョンは自分を探している。しかも執拗に。それだけは確信していた。横転したトラックから逃げ出し、木々の間を縫うようにして進んでいたとき、背後から男たちが追ってくるのを、枝が払われたり、踏まれて折れたりする音で察していた。なぜ彼らは自分を捕まえようとするのか。「逃げることはない。我々は君に救済を施したいだけだ」と言ってくるのかもしれないが、そんな口車に乗せられるものか。彼らが呼ぶ〝救済〟は、誰も救わないし、幸せにもしない。

トラックを捨てて歩き始めてから二十分、東に向かう厳しい道のりを無事に抜けた彼女は、地面に横たわる巨大なモミの倒木の裏で身を丸めた。蜘蛛の巣のごとく広がった大きな根は、熊手よろしく土や小石をごっそり掴んでいる。姿勢を低くしたまま木の幹に沿って歩き、土だらけの根っこの塊のところまで来たとき、彼女は山の方に振り返った。ジョンと手下たちが立っている場所はここから三十メートルも離れていない。そこにいる全員が武器を携えていた。髭面でタトゥーを入れた男たちは、鋭い目で森の中を見回し、どの道を捜索すべきか見極めようとしている。

追っ手の話し声がこれまでになく大きく響いてきた。追いつかれるのも時間の問題だ。彼女は手の中の銃を握り締め、息を殺した。己を落ち着かせ、聞き耳を立てると、連中は互いにひそひそ声で話していた。緊張と恐怖のあまり、相手の声が耳の中で増幅されているだけかもしれない。

ところが、そう自身に言い聞かせた矢先、本当に大きな声で名前を呼ばれ、彼女は心臓が止まりそうになった。

「メアリー・メイ！」

ジョンの声だ。複雑な網目模様を描く根の隙間から見やると、彼はあちこちに視線を投げながら語りかけている。「出てこい。出てくるんだ。君がここにいるのはわかっている」

いつもと同じで、彼は半ば歌うように話していた。自己陶酔の激しい男。ああ、吐き気がする。一瞬、相手の目が巨大なモミの倒木を捉えたのでハッとしたが、すぐに視線は横に滑り、他の場所へと移っていった。

「君を傷つける者など、誰もいやしない」

そう言って、ジョンは数歩前に歩いてくる。男の手の中で、大型のマグナムリボルバーの長い銃身が左右に揺れているのも見えた。まるで、ダウジングロッドみたいだ。そう、メアリー・メイという貴重な地下水脈を発見するための——。

「これ以上は大事《おおごと》にしたくないんだ。誰もそんなことは望んでいない。君もわかっているだろう?」

ジョンがさらに数歩前進するのを、彼女はじっとしたまま見つめていた。他の男たちは、すでに手分けして別の場所を捜索することにしたのか、いなくなっている。陽が翳《かげ》り、彼を中心とした周囲の樹冠が暗い影で覆われ始めた。

「出てくるんだ。そうすれば、君の弟のところに連れていってやる。すぐにエデンズ・ゲートへ行こう。みんなと仲良くできる。我々はひとつの大きな家族。幸せに満ちたファミリー。君、君の弟、私。それだけじゃない。もちろん、ファーザーがいる。そして、彼の御言葉に耳を傾ける者たちも」

歩き寄ってきたジョンがとうとう倒木のすぐ裏側まで来たのか、その姿が見えなくなった。彼女は場所をずらし、彼がどちら側に行こうとしているのかを覗き見ようとした。少し顔を上げた途端、相手がクルリと身を翻したので、慌てて地面に突っ伏した。頬に林床《りんしょう》の湿り気が伝わってくる。目の前には、しっかりと手に握られた38口径のリボルバーが鈍く光っていた。相手の足音と動く気配を感じ取り、そっと上体を起こすと、ジョンはすでに三十メートルほど離れていた。このまま他の連中と合流するのかもしれない。その後ろ姿を目で追いながら、相手が完全に視界から消えるまで待ち、彼女は立ち上がって駆け出した。

数時間歩き続け、彼女は川岸で休んだ。それから一時間、セイヨウネズの籔を摑みながら急斜面を登り、ようやく開けた場所までやってきたのだった。今は、吹きさらしの尾根の頂上に立ち、下界を眺めている。尾根の反対側のほとんどは、険しい岩の崖だ。端まで歩いて下を覗き込むと、暗い影の中に沈んで底が見えない。まるで奈落の底ではないか。岩だらけの傾斜面は、百メートル近い高さがあった。

自分がどこにいるのかわかれば、という期待を胸に尾根を登ってきたのだが、視界に映るのは、さらなる森、さらなる丘、果てしなく連なる山、また山という光景だった。それでも、そのどこかに弟はいるのだ。エデンズ・ゲートの場所に関する情報で知っているのは、湖畔にあるということだけ。何千年も前に氷河が削ってできた窪地で、豊かな緑を抱いた山と丘に囲まれており、澄んだ山水の流れが注ぎ込む瑠璃色の湖がそばにあるらしい。手がかりと呼ぶにはあまりに心細いが、何もないよりはましだ。エデンズ・ゲートがありそうな場所を探しているうちに、メアリー・メイは自分が佇む尾根の向こう側を流れる川の谷間で視線を止めた。

ここから四、五キロ先の傾斜した山肌に、何やら動く白い点々があった。草地を移動する動物だろうか。最初はマウンテンゴートの群れかと思ったのだが、羊のようにも見える。その近くの草むらを観察していると、森からひとりの男が歩き出てきたのがわかった。彼はしばし羊を見ていた後、木々の中へと戻っていった。

彼女は気持ちを切り替え、全てうまくいくと前向きに考えることにした。疲れた身体を引きずるようにして尾根沿いに歩き続け、彼女はふと足を止めた。もしかしたら行き先を見つけたかもしれない。そこにあったのは、あの谷間へと緩やかに下っていく小さな滝だった。

† † †

ずいぶんと立派なモミの木が倒れたもんだ。これだけ大きく張った根っこごと倒してしまうのだから、よほどの強風だったに違いない。自然の脅威を目の当《ま》たりし、ウィルは感嘆の息を吐いた。彼は倒木の周りを一周し、幹の手前と向こう側にあった足跡に目を落とす。ある箇所では、彼女が地面に膝をつき、うずくまっていたようだ。倒れた大木の裏に隠れ、追跡者の動きをそっと窺っていたに違いない。足跡だけでは想像することしかできないものの、そこから垣間見える恐怖と絶望を推し量《おはか》り、ウィルの胸は痛んだ。

「彼女は何を言っていたんだ？」

そう問いかけられ、ロニーは顔を向けた。ウィルがこっちに来いと手招きするのを見て、小走りに駆けてくる。

「町の人々に、彼女は何を言っていた？　なんで彼女はここに来たんだ？」

「彼女が言いふらしてたのは、ひどい内容だ」と、ロニーは眉間にしわを寄せた。「俺たちが人殺しだとか、しこたま物資を貯め込んでるだとか、秘密だらけとか」

「俺たちが？」

目を丸くするウィルを見つめ、ロニーは微笑みかけてから、ハッとして真顔に戻った。そして、ジョンが背後に立っているのではないかと思ったのか、後ろを振り返り、誰もいないことを確認してからこう告げた。

「そこまでする必要はないんじゃないかってことまでしてきたのは事実だ。あんたも洗礼の儀式を受けてる連中を見ただろ？」

「見たことは見たが、シード兄弟がジョージアから来たばかりのとき、あんなやり方だったかどうか、はっきりとは覚えていない」

ウィルの答えを受け、ロニーはさらに顔を近づけ、小声になった。

「ファーザーに言わせりゃ、〝選別〟をしてるんだとか。弱い者をふるい落とし、強い者だけの集団にしたいらしい」

「で、メアリー・メイはどっちなんだ？」

「だから、あんたは彼女を知ってるんだろ？　あんたならどっちだって言う？」

「確かに彼女のことは知っている」

ウィルは過去の記憶を探りながら語った。「だが、昔の話だ。俺がエデンズ・ゲートに入る前だからな。彼女の家族も知っていた。弟のドリューも、エデンズ・ゲートで見かけたが、彼が加わってから、ふた言、三言話したくらいだ。彼の洗礼式には立ち会わなかったし、彼の身の上話も知らないと思う。ガキの頃のドリューは親父のゲイリーが大好きで、金魚のフンみたいにどこにでもついて歩いていた。だが、ゲイリーはエデンズ・ゲートを目の敵《かたき》にしていた。だから、何かがあって、ドリューは変わってしまったんだと思う」

「まあ、何ごとも変化するものだからな。本当にいろんなことが変わってしまった。俺がここに来てから――ジョンに招かれて、この土地は生活の豊かな糧《かて》があると説明されたときからでもね」

「だが、違った。そうだろ？」

単刀直入に切り出したウィルに、ロニーは周囲の森を見回し、それからモミの倒木に視線を投げてから返事をした。

「あんたは、ここが豊かな生活の地だと思えるのか？」

覗き込むようにして問いかけてきたロニーの顔は真剣そのものだった。しかし、すぐに話題を変え、「彼女を見つけ出すのに、どれくらいかかると踏んでるんだ？」と訊ねてきた。

「やるだけの手は尽くす。しかし、俺たちが彼女を見つけるという意味じゃない。川を下ったり、岩の上を進んだりして、なんの手がかりも残さない可能性だってある。探すのと見つけるのは、決して同じじゃない」

ロニーは大きく息を吐き、うらめしそうにこちらを見返した。

「じゃあ、彼女がどっちの方角に行ったかぐらいはわかるか?」

ウィルは倒木の幹から、周囲の木々の間に視線を移した。

「こっちの方角だ」と、彼は顎で示した。「走っていったみたいだな」

「そんなこともわかるのか?」

心底感心したのか、ロニーの目はまん丸になっている。

「足形の間隔を見ればいい」

ウィルは地面の残った靴跡を指で差した。「となれば、彼女に追いつくのは、簡単じゃないぞ」

「マジかよ」

うなだれるロニーを尻目に、ウィルは歩き始めた。地面の足跡に従い、メアリー・メイが進んだ森の道をたどっていく。焦げ茶色の長い木の枝がところどころ行く手を塞いでいた。その場その場で、彼女がかかとに力を入れて踏ん張ったのか、つま先に重心をかけて前進したのかも、靴跡の形状が物語ってくれている。

ウィルが最後にメアリー・メイと会ったのは、彼女がティーンエイジャーの頃で、バーで働ける年齢になったばかりだったと記憶している。しかし、それとて何年も前のこと。自分が教団に来てファーザーに魂を捧げ、己の知る全ての過去と決別してから、本当に長い歳月が流れていた。

† † †

メアリー・メイが彼らの前に姿を現わしたのは、ちょうど相手の食事どきだった。彼らは木の下のファイヤーピットで調理器具を囲んでいた。こちらを出迎えようと、うちひとりが立ち上がった。彼女は「ハロー」と挨拶し、その男性を見つめた。太陽はすでに西に傾き、木々の後ろに隠れつつある。ほどなく日が暮れてしまうはずだ。彼女に向けられたのは、スペイン語の言葉だったが、ジェスチャーで「こっちに来て。一緒に食べよう」と言っているのがわかった。

そこにいたのは父親と十代後半の息子で、彼女を食事に誘ってくれたのは、父親の方だ。ふたりは火に載せたフライパンで焼いたコーントルティーヤを食べていた。鍋で煮込んでいるのはひき肉と豆のスパイシーなシチューで、彼女が知らない異国の香りを漂わせている。匂いを嗅いでいるだけで口の中が辛くなり、水が飲みたくなった。シチューをたっぷりよそったボウルと焼きたてのトルティーヤを手渡され、彼女は座って舌鼓を打った。突然の来客のあまりの食べっぷりの良さに、彼らの目は釘づけになっている。一枚目のトルティーヤを食べ終わり、彼女は二枚目を手にした。シチューも残さず食べ、トルティーヤの残りでボウルの内側を拭っていく。すると、父親に何かを言われた少年は、英語でここに来た理由を訊いてきた。

「弟を探してるのよ」と、水を飲み干したメアリー・メイは答えた。

少年は父親に通訳し、さらに彼女に質問してきた。

「弟さんは道に迷ったの？」

「そうとも言えるわね」

彼女はそう返し、高台でのんびりと草を食《は》んでいる羊に目をやった。広々とした緑の草原は、オレンジ色に染まりかけている。なんて美しい光景なんだろう。目の前に広がる景色を愛でる余裕ができたことに、彼女は感謝した。追っ手を気にしながら険しい山道を進み、一日中走ったり、走ったり、隠れたり、登ったり、降りたりしていたのだから。彼女は日が暮れる前に、ここからの眺めを正確に記憶し、自分が通り抜けてきたと思われる北の方角の目印を心に刻もうとした。そして、目の前で赤々と燃える焚《た》き火と羊飼いの親子に視線を戻し、彼女は思い切ってエデンズ・ゲートの教会までの距離を訊ねてみた。

すると、父親が直接スペイン語で話しかけてきた。

「Está《エスタ》 buscando《ブスカンド》 por《ポル》 la《ラ》 iglesia《イグレシア》?」

少年が「教会を探してるんですか、って言ってるよ」と英語に直してくれたので、彼女は首を縦に振った。それを見た父親は「Es《エス》 una《ウナ》 mala《マラ》 iglesia《イグレシア》」と続けた。

メアリー・メイが父親から息子に視線を移すと、少年は「ひどいところだって」と即座に通訳した。それから彼は自分の口で語り出した。

「教団の奴らは、父さんの雇い主……つまり、この羊の持ち主に何度も話しかけてた。彼を言いくるめて、羊を持ってこさせようとしていたんだ。それだけじゃない。教団の教えを信じさせようともしていた」

「あいつら、同じことを大勢の人間にしてきてるわ」

彼女は少年に賛同してうなずいた。「私を含めて」

手にしていたトルティーヤの残りでシチューをきれいに拭き取り、それを畳んで口に入れる。ピリ辛のシチューとトルティーヤのコーンの甘みが舌の上で合わさり、絶妙なハーモニーを生んだ。

「奴ら、夜中にこっそりやってきて、羊を盗んでいくんだ。狼みたいにね。っていうか、立派な泥棒だ。もし牧場主が羊を失い続ければ、家畜が稼いでいた分のお金が稼げなくなる。そしたら、はした金欲しさに、彼らに羊を渡すしかなくなってしまう。それだって長く続くわけない。いずれ一匹も羊がいなくなって、今度は家とか車とか、自分の財産を全て教団に渡す羽目になるのは目に見えている。本当に強欲な連中だ。〝教団〟なんて名乗ってるけど、神様を利用したただの悪党じゃないか」

少年の怒りはもっともだ。牧場主が羊を手放せば、彼らだって仕事を失うことになる。

「私も同じことをされたわ」と、メアリー・メイも明かした。「私はフォールズエンドの町でバーを営んでるんだけど、必要な酒を入手させまいとしてきたのよ、あいつら。私の取引先を次々に脅して、半分は恐れをなしてうちとの取引を解消した」

「奴らの欲深さには呆れてものも言えないよ」

少年は大きくうなずいている。「奴らの原理だと、〝俺のものは俺のもの、おまえのものも俺のもの、全部俺のもの〟ってことになってる。屁理屈もいいところだ。だけど、この土地は誰のものでもない。この山はみんなのものだし、羊たちのものだ。自分が行きたい道を歩き、自分が行きたい方向に歩けるはずだ」

彼女は父子の親切に心から礼を言い、立ち上がって空の食器を手渡した。

「A《ア》 dó《ド》n《ン》de《デ》 va《ヴァ》s《ス》?」

父親に「どこに行くのか」と問われたため、彼女は「弟を取り戻しに行くわ」と答えた。

すると、さらに「El《エル》 está《エスタ》 con《コン》 ellos《エロス》?」とも訊かれた。弟が教団の連中と一緒にいるのか、という意味だったので、「そうよ」と首肯した。

父親はしばらく何ごとか考え込んでいたが、椅子から立って、今夜はここに泊まっていったらどうだと提案してきた。うちには予備の毛布もあるし、歓迎する。もう日が暮れるし、道に迷ったら大変だ――とのことだった。

彼は席を外したが、少しすると、がっちりした体格の馬に乗って戻ってきた。茶褐色に白や灰色が混じった見事な葦毛色《あしげいろ》の馬だ。靴のかかとで横腹を蹴るなり、馬は軽快に駆け出した。彼は年季の入った革の鞘に入れたライフルを携えており、木製の銃床はかなり使い古されている。メアリー・メイはその後ろ姿を見送っていたが、彼は一度息子の方を振り返った。その表情は、どこか疑念を抱いているように見えた。

「あのライフルは、一応、狼撃退用さ」

少年は、「一応」という言葉を強調した。

「結構、事態は深刻みたいね」

「なんて言ったらいいのか……。実際にその場に居合わせて、自分で決断するまでは、説明するのは難しい。事態の深刻さがどれくらいなのかは、定かじゃない。でも、本当にわからないんだ。きっと時が経てばわかるよ」

彼女は、馬の背で揺られる父親の男性を見やった。暗闇が迫って、もはや全てが黒と灰色のグラデーションの景色になっているが、彼と馬の揺れるシルエットは目で追うことができた。羊たちの白も、彼の周囲で動き回っている。まるで、荒波で見え隠れする小舟のように思えた。

「お父さんは狼を撃ちに行ったの?」

「毎日、完全に暗くなる直前に、もう一度羊を確認しに行くんだ」

てきぱきと食器を片づけながら、少年はこちらの質問に快く答えてくれた。すっかり空になったシチュー鍋を洗い、手際良くふきんで拭いていく。

「父さんは、羊飼いだ。ずっと羊の世話をしてきた。羊を奪ってしまうのは、父さんの人生を奪うのに等しい。わかってくれるよね?」

洗い物を続けていた彼は顔を上げ、さらに訊いた。「弟さんは信者なの?」

「本当のところは、私にもわからないの」

メアリー・メイは大きなため息をついた。「弟のことがわからない。彼が何をしているかも、しばらく知らないし」

「ときどきここにも聞こえてくるんだよ。彼らが祈りの言葉を唱えたり、歌ったりしてるのが。森の中でも声を聞く。彼らが焚いている火が見えることもある。熱心な信者もいれば、そうでもない人たちもいるんだ」

少年の発言に、メアリー・メイはハッとした。

「熱心な信者じゃない人たち……」

弟のドリューがそっちのグループであるようにと、心の中で願った。

「そして、彼らがこれから行くのは、神の慈悲によって定義された世界らしいんだけど、彼らがこれまでいたのは、神の国ではなく、罪人の国なんだって。ファーザーの言葉は、神様とはほとんど関係がない。信者たちを奴隷化するために使われてるだけなんだよ」

彼女は少年が洗い物をする姿をしばらく見ていたが、振り返って父親の方に目をやった。馬に乗った彼は、羊の周りを回りながら、もっと高いところにある牧草地に群れを誘導していく。

再び少年に視線を向け、彼女は言った。

「あんたって、若いのにずいぶん物知りね」

深鍋を洗い終えて脇に置いた彼は、今度は食器とシチューを取り分けるのに使った大きなレードルを水に浸した。

「ここで生きているからって、僕らが町やこのカウンティのあらゆる片隅で起きていることに疎《うと》いわけじゃない。地理的に、あるいは心理的に距離があるからこそ、物ごとがはっきり見える場合もあると思うよ」

まだ二十歳にもなっていない少年の発言とは思えない。メアリー・アンは彼の聡明さに感心するとともに、その言葉の意味をしっかりと噛み締めた。

† † †

尾根の裾まで来たふたりは歩を止めた。夜の帳はすっかり降り、ウィルが持ってきた食料で夕食を摂った。小さな焚き火を囲みながら、ウィルは、枝や木片がパチパチと音を立てて焼け落ちる様を見つめた。その横で、ロニーはタバコの葉を巻き紙でクルクルと巻いている。手巻きタバコ作りに集中しつつも、ウィルに話しかけてきた。

「明日こそ彼女を見つけられるといいな」

「そうだな」と相槌を打ったものの、メアリー・メイを差し出すのが、彼女にとって、あるいは教団にとってさえも、果たしていいことなのかどうか、彼には確信がなかった。

「彼女は信者じゃない」

ウィルは長めの棒で焚き火を掻き混ぜた。「彼女の家族は、ずっと教団を忌み嫌っていた。だから、彼女を教会に連れていっても、状況が果たして変わるのか……」

赤い炎がまるで生き物のように蠢いている。その動きは妖艶でもあり、不気味でもあった。赤さを増してチラチラと輝く火の中の枝も、あたかも呼吸をしているかに見える。はるか昔から、人間は燃え上がる炎の舞踏に魅せられてきた。火は、人がずっと持ち続けている原始的な何かを刺激する。

「だけど、彼女に町で好き勝手されるより、監視下に置いた方が教団のためになる」

ロニーは巻き上げたタバコに火を点けて一服し、ため息をつくかのように煙を吐き出した。「そもそも、こんなことになったのは、彼女が保安官に話をしに行ったからだ」

「彼女、保安官に何を話したんだ?」

「嘘八百ばかり並べ立てたに決まってる」

言葉と一緒に紫煙も若造の口から漏れ出てくる。仮に言葉が目に見えるとしたら、こんな感じなのだろうか。

「おかげで、ファーザーと教団に疑惑の目が向けられることになった。さすがのジョンも、彼女に我慢ならなくなったんだろう」

ロニーは両手を挙げ、肩をすぼめた。

「メアリー・メイのことは幼い時分から知っているが、すでに意志の固い子だった。大人になった今も、あの頃とそんなに変わってないと思うがね」

「ま、そのうちわかるさ」

また煙を吐き、ロニーは焚き火に視線を落とした。吸い終えたタバコを火の中に放り、横になると、五分後にはいびきをかいていた。

近くの石を集めてファイヤーピットを作ったのだが、今、薪はほとんど炭化し、底の方で赤くくすぶっている。小さくなっていく炎を眺め、ウィルはあの子熊のことを考えた。助けてやりたくて、威嚇射撃をしたのだが、結局うまくいかなかった。他に方法があったのかもしれないが、今となってはあとの祭りだ。

その夜、本当に久しぶりに娘の夢を見た。あの子は毎晩寝床に入った後、ウィルがベッド脇の椅子に腰掛けて話をするのを喜んだ。「パパが隣に座ってくれないと寝ない」と言い張った。小さかった頃、夜中に目が覚めたときに空っぽの椅子を見て「パパがいない」とよく大泣きしたものだ。夢の中の娘は目を閉じていたが、まだ眠っていなかった。

「ここにいてくれるよね？」と、彼女は訊いてきた。

「大丈夫。お前の隣に座っているよ」

「私が眠っても、そこにいる？」

「ああ」と、ウィルはうなずいた。「ここにいる。ずっとおまえを見ているよ。おまえをひとりにしたりしない」

「ママはどうするの?」

その問いに、彼は少し面食らった。

「どうするって? 何を?」

「誰がママを見ててあげるの?」

「パパだよ。パパが、ママもおまえもふたりとも見てるよ」

「私を見ている間でも?」

「ああ」

ウィルはもう一度首を縦に振った。愛《いと》おしそうに娘の顔を見ながら、可愛い息の音を聞く。彼女がすっかり寝入ると、呼吸が深くなるのがわかった。彼は、かつて娘が使っていた子供部屋に座っていた。そこは、彼と妻の家だ。崖の上に建つこぢんまりとした、だが、どこよりも居心地のいい家だった。夢の中でも、寝室の窓の眺望は素晴らしかった。全てが収穫前の小麦畑のような金色に輝いている。娘の寝顔を見ながら立ち上がり、抜き足差し足で寝室を出て、そっとドアを閉めた。扉の前に佇み、ウィルは自分に言い聞かせる。あの子は子供部屋でちゃんと寝ている。だから安全だし、生きていると。廊下を歩き出した彼は、続いて妻を見に行った。ところが、どこにもいない。台所に立つと、そこの窓からもさっきと同じ景色が見えるはずなのに、外は暗くなっていて何も見えない。見えるのは、ガラスに映る自分の姿だけだ。突然、家の中で何かが変わり、ガラスに反射する自分の背後の世界では、全てが跡形もなく消えてしまったかのようだった。

そのとき、娘の悲鳴が聞こえ、彼はハッとして振り返った。彼女はウィルを呼んでいる。

娘はこっちに来てと叫んでいた。行かなければ。娘は、夜中に起きて部屋にひとりぼっちだとわかると、本当に怖がるんだ。昔から、彼女が泣けば私は飛んでいった。大丈夫、怖がらなくていいからと、この手で抱き締めるのだ。震える娘の小さな身体を。彼女が私を呼ぶのは、そうしてほしいから。そして、私は毎晩その願いを叶えてやる。

子供部屋の前に立つと、なぜか、ウィルは次の展開を知っている気がした。ゾッとした彼は慌ててドアノブを回したが、案の定、扉には鍵がかかっていた。部屋の中からは、娘の泣き声が聞こえてくる。

パパ、どこにいるの。ここに来て。私はここよ！

彼女は泣きながら訴えていた。ウィルが必死にドアノブを回しても、扉は開かない。間違いない。ドアの向こうで、何かとんでもないことが起きている。そして自分は、それを止めることができない。同じ屋根の下にいても、あの子を助けることができないのだ――。

ウィルはハッとして目を開けた。急に咳が出て、なかなか止まらない。まだ夜明け前だったが、東の空が白んでいるのがわかった。さらに激しく咳き込み、手のひらを口に当てた。身体の中で何かが攪拌《かくはん》されている感じだ。そして、それは外に飛び出そうしている。

口から吐き出たものを、彼は見つめた。床にあるのは、おそらく痰なのだろうが、黒くて身の毛もよだつような見てくれだ。先カンブリア時代に泥の中で誕生した原初の生命体だと言われたら、素直に信じてしまうかもしれない。

目覚めてから一時間経ったものの、彼はまだベッドに横たわり、日の出とともに最後まで残っていた星が空から追いやられるのを眺めていた。ベッド脇の床には、タールのような黒い粘液がそのままになっている。時の経過とともに、どんどん乾いて黒さを増していた。肺に潰瘍《かいよう》でもできて出血したのか。それとも、自分の内側の深いところで生まれた邪悪さの塊だろうか。

†　†　†

翌朝、メアリー・メイは少年に起こされた。目を開けると、自分の肩を揺すっていた彼がにこりと笑い、火の方へと歩いていく。そして、椅子に腰を下ろし、鍋で煮込んでいた料理を掻き混ぜ始めた。父親は彼の隣に座っている。ふたりとも昨日と同じ服を着ていて、同じ場所で並んでいたので、ずっとそこに居続けたのかと錯覚してしまいそうになる。

「Estabas《エスタバス》 hablando《ハブランド》」と、男性は開口一番に言った。

意味がわからず、彼女は首を振って、助けを求めるように息子を見た。

「お姉さん、寝言を言ってたよ」

再び歩み寄ってきた少年はそう通訳し、レードルで黒い液体をよそったボウルを差し出した。目をこすりながら器を受け取ると、彼はまた火の方に戻っていく。ボウルから立ち上る湯気の匂いに気づき、彼女は液体を口に含んでみた。

「これ、コーヒー？　ありがとう《グラシアス》」

「De《デ》 nada《ナーダ》」と、父親は微笑んで小さく片手を振り、少年はうなずいている。おそらく「どういたしまして」の意味だろう。父親にもコーヒーを渡した後、彼はまたレードルを鍋に沈め、自分の分をボウルに注いだ。

淹れ立てのコーヒーを飲み干すと、ボウルの底に粗挽きの粉が少し残っていた。それを見て、あるカウボーイの話を思い出した。バーにふらりと入ってきた年配者が、飲んだ後の器に残ったコーヒーかすで未来を言い当てるという内容だ。自分のボウルの底の茶色い粒子は、どこか幾何学的な模様を描いている。しばらく見つめていたものの、それが果たして何を意味しているのかは全くわからない。立ち上がった彼女はボウルを逆さにし、指でかすを拭ってきれいにした。

林に入ってしゃがんだときに、太ももの痣が目に入った。指で押してみると、まだ痛みがある。痣の大部分は紫色だが、端の方は青や黄色も混じっていた。用を足してジーンズを上げ、ボタンをはめながら林から出ると、少年は馬にまたがって彼女を待っていた。

「弟さんを探しに行くんでしょ?」

「そうするつもり」

「尾根まで乗せていくよ」と、彼は手を差し出した。「教団は尾根を越えて五、六キロ先にある。上からなら煙が見えるかもしれない。だけど、あそこに乗り込むのはいいアイデアだとは思えないな」

少年を見上げてその手を取ると、彼は引っ張ってメアリー・メイを後ろに乗せてくれた。そのとき、父親が後方からやってきて、ふたりの前に出た。大きな手には、リボルバーが握られている。

「忘れ物。寝床に置きっ放しだったって」

少年は父親が持つ銃を見つめている。

メアリー・メイは父子を交互に見てから、クロムメッキの拳銃を受け取った。

「これ、父の銃だったの」

そう言ってから、自分がその言葉のスペイン語を知っていることを思い出した。

「De《デ》 mi《ミ》 padre《パドレ》」

「Dónde《ドンデ》 está《エスタ》 tu《トゥ》 padre《パドレ》?」

父の居場所を訊かれたので、彼女は短く答えた。

「死んだわ。交通事故で」

息子が訳した返事を聞き、男性は小さく舌打ちして首を横に振った。そして、お悔やみの言葉も付け加えてくれた。

ふたりを乗せた馬は草原を軽やかに駆け始め、メアリー・メイは少年の腰に回した腕に力を入れた。風が頬を撫で、髪をなびかせる。牧場の羊たちは馬が近づくや、しけた海の白波のごとく分かれて場所を開けた。

振り返った彼女の目は、どんどん小さくなっていく父子の野営地から上がる一条の煙を捉えた。父親が昼食の支度をしているのかもしれない。

少年は巧みに馬を操り、細い山道を登っていく。その中には、メアリー・メイが歩いてきた道もあった。頂上に到着したとき、先に地面に降り立った少年が手を貸し、彼女を馬から下ろしてくれた。眼下に広がる峡谷は美しく、雄大だ。視界いっぱいに広がる深緑の森。豊かな水を湛《たた》えた川は、曲がりくねりながら山々を貫いている。丘をいくつか越えた向こうには、大きな湖も見えた。そして少年は、エデンズ・ゲートの教会がある方角を指差した。

「弟さんが、お姉さんに残された全てなの？」

「ええ、そうよ」

彼女はうなずき、彼の指が示すはるか遠くを見やった。

† † †

崖の上まで来たところで、ウィルは痕跡を見失った。何度か来た道を戻り、また引き返してきたものの、新たな手がかりは何も見つからない。尾根の頂上にたどり着いた彼は、完全に行き詰まってしまった。土の上ならば足跡が残るが、吹きさらしの岩場では誰かが通った跡を見極めるのは困難だ。

ウィルは稜線の外れまで歩き、崖を見下ろした。幅広い岩の斜面とたくさんの砕けた落石が、はるか下方の谷間の川へと続いている。水流は群生したスゲに囲まれ、途中で見えなくなっていた。さらに、深い森や籔がそこに暗い影を落としている。

尾根に沿って反対方向に歩いていくと、白い群れが目に入った。自分の立っている場所のちょうど真向かいの高台の草地で、それは自由に動いている。どうやら羊のようだが、ずいぶん高地にいるものだ。群れに向かっていく馬乗りがいる。羊飼いだろうか。馬が迫ると、羊たちはモーセの十戒《じっかい》よろしく、面白いように分かれて道を開けた。

「あそこに行くぞ」と、ウィルは声を上げた。「グズグズしていたら、完全に行方がわからなくなる。向こうの高台に人がいる。そこに行ってみよう」

彼は羊と馬乗りの方を指差し、肩越しにロニーを見た。ライフルを上げてスコープを覗き込み、草原の様子を確認する。それから、ロニーにライフルを手渡した。

「男性ふたりの姿を確認した。だが、メアリー・メイはいない」

しばらくロニーもスコープを覗いていたが、やがて顔を上げてライフルをこちらに戻した。

「あんなところまで行くのか？」

「そうだ。次の行き先はあそこだ」

次なる目的地が決まり、ウィルは揚々《ようよう》と歩き始めたが、ロニーは大きなため息をついていた。

午前中半ばにはふたりは川を渡り、傾斜のきつい山を登って羊がいる草原までたどり着くことができた。彼らが草地を横切っていくと、羊もふたりの動きに合わせて移動していく。まるで見えない力で羊をコントロールしているようだった。ウィルの視線の先では、ふたりの羊飼いが立ったまま、こちらを待ち構えていた。

「Buenos《ブエノス》 días《ディアス》」

年配者の男性がそう言って、消えた焚き火の横から前に出てきた。

ウィルは片手を上げて挨拶を返し、後ろからとぼとぼとついてくるロニーに「おまえ、スペイン語話せるか?」と訊いた。

微かに期待したのだが、ロニーは首を横に振っている。羊飼いたちを一瞥してからこちらに視線を向けて、こう返してきた。

「俺が知ってるメキシコ人は、刑務所にいた連中だけだ。この場所が谷で分断されているように、彼らは別世界にいるようなもんだな」

ウィルは話しかけてきた男性に視線を戻した。

「英語は話せるのか?」

すると相手は、背後にいた少年を見やった。顔立ちからして、この男性の息子に違いない。少年は椅子から立ち上がり、突然の訪問者を見つめて首を横に振っている。こうなったら仕方がない。

「Estamos《エスタモス》 buscando《ブスカンドゥ》……」

ウィルは可能な限りの知識を脳内で掻き集め、片言のスペイン語で意志を伝えようと試みた。「私は探しています」とは言えたものの、その先が続かない。戦争から帰還した後、東部で夏場だけ何年間かメキシコ人と働いていたことがある。とはいえ、相当昔の話だし、当時もあまりスペイン語は話さなかった。

「Estamos buscando……人を」

二ヶ国語がごちゃ混ぜになった文章をしゃべり、大げさな身振りで周囲をぐるりと指し示してみせた。

もう一度、父親は息子を見やった。息子は肩をすくめている。

「こいつら、あんたが何を言ってるかわかってないよ」

ロニーはウィルにそう告げ、火の消えたファイヤーピットへと歩いていった。そこには、黒くなった炭が残っているだけだ。

「なぁ、なんか食い物がないか訊いてくれよ。それか酒とか」と、頼まれたが、そんな気はさらさらなかったので、「ジョンや教会に何かを持って帰るって意味なら、俺はそこの羊を一匹殺すがね」

「Iglesia《イグレシア》?」

父親はさらに問いかけ、顎に手を当てて何かを撫でるような動作をした。「イグレシア」は「教会」の意味。そして、ウィルもロニーも長い顎髭を生やしている。エデンズ・ゲートの男たちは皆そうだ。自分たちが教団の人間かどうかを訊ねているのだろう。

「そうだ。イグレシア。ふたりとも」

大きくうなずいた彼は、ロニーを指差してから「イグレシア」と繰り返し、自分の胸を手のひらで叩いた。

「食べ物があるか、訊いてくれよ」

ロニーがまたも訴えてきた。今度は半ば懇願するような口調だ。小さな野営地を物色するようにぶらぶらと歩き出し、キャンプ用品を足でつついたりしている。その様子を少年がじっと見ていた。

「おい、酒はないのかって質問してくれ。もしかしたら、どこかに隠してるのかも」

ウィルはやれやれと息を吐き、口元まで手を上げて「Comida《コミダ》?」と訊ねた。スペイン語で「食事」という単語だ。父親は即座に少年に目を向けた。何やら親子でアイコンタクトを取っていたが、男性はこちらに向き直って言った。

「ノー」

「ノーだと？」

その返事を聞いたロニーは、思い切り顔を歪めた。「ずいぶん無礼な奴だな。こいつらにそう文句を言ってやれ」

不平を垂れる相方を無視し、ウィルは数メートル離れて立っている少年に視線を移した。

「無作法な野蛮人め」と、よほど癇に障ったのか、若造は隣で吐き捨てている。「まともな言葉もしゃべれないのかよ」

そのとき、ロニーは近くの木につながれている馬に気づき、スタスタと近づいていった。

「代わりにこの馬と羊をいただくとするか。さっさと馬に乗ってずらかろうぜ。全く、食い物も酒もないなんて」

すると、少年が慌ててロニーと馬の間に割って入った。手にはナイフが握られており、胸の前でチラつかせている。

思わぬ展開だったのか、ロニーは一瞬目を丸くしてウィルと父親の方に顔を向けた。だが、すぐに破顔したのだ。

——こいつ、何をする気だ？

ウィルは若造の行動が読めずに戸惑ったが、それは、あっという間の出来事だった。次の瞬間、少年は地面に崩れ落ちていた。鼻からは赤い筋が垂れている。ロニーは、少年の身体をまたぐようにして仁王立ちになっていた。片方のブーツの底は、その子がナイフを持っていた手をすでに踏みつけている。

父親がハッとして体勢を変えたが、ウィルは十分に近くにいたので、その脇腹に体当たりし、相手を地面に倒した。すかさず肩のライフルを手にして構え、立ち上がろうとしていた父親に銃口を向ける。銃弾が装塡された音が鳴ると、彼はその場に凍りついた。

少年は自由な方の手を伸ばし、ナイフを取ろうとしたものの、ロニーの動きは俊敏だった。肋骨《ろっこつ》を思い切り殴り、ナイフを摑んで遠くに放り投げたのだ。少年はゼーゼーと息を吐き、転がったまま悶えている。

ウィルは、少年を見下ろすロニーが再び拳を上げるのを見て、「もう十分だ」と制止した。「その子は自分の物を守ろうとしただけじゃないか」

「自分の物だって？」

ロニーは訊き返した。信じられないといった感じで声のトーンが上がっている。「何がこいつの物だってんだよ？」

若造はぶつぶつと文句を言っていたが、片足を引いて少年の上からどいた。そのままこちらに戻ってくるのかと思いきや、クルリと身を回転させ、勢いよくその子の脇腹を蹴り上げたのだ。少年は地面を転がり、身体を丸めて悶え苦しんでいる。

「やめろ！」

ウィルはもう一度止めた。ロニーの目には危険な光が宿り、白い歯を見せている。

ところが、歯を食いしばって起きようとした少年を見て、ロニーはさらに二発、蹴りを見舞った。暴行はそれだけで終わりではなかった。地面を転がる少年の後を追い、何度も何度も強烈なキックを食らわせたのだ。

「思い知ったか！　いい加減に学習しろよ！」

ロニーは肩で息をしながら、その子に吐き捨てた。「おまえらの物は俺のものだ。自分が俺やジョンよりマシだとでも？　楯突くとどうなるか、これでわかっただろ⁉」

そう言い終えて、もう一発蹴りを入れた。そして、身を屈めて少年の首根っこを摑んで立たせ、今度は拳を振るい始めたではないか。片手で襟首を握り、もう一方の手でパンチを繰り出している。

これ以上はマズい。ウィルは止めに入ろうと大股で歩み寄り、ロニーの背後から摑みかかった。ライフルの銃身を相手の顎の下に入れ、片手で銃床、もう片方の手で銃口の近くを握り、喉をぐいと締め上げる。当然、ロニーが苦しみ出したが、無視をしてそのまま後ろ向きに引きずっていった。

「あの子を殺す気か！　落ち着け。冷静になるんだ！」

箍《たが》が外れて暴走した若造の耳元で、ウィルは諭すように訴え続けた。

少年の父親は起き上がり、ぐったりした息子に駆け寄って、その顔を覗き込んでいる。ウィルは視界の端で、少年がわずかに動くのを捉えていた。ひどく打ちのめされてしまったが、死んでおらず、意識もあるようだとわかり、ウィルは胸を撫で下ろした。

そのうちロニーの身体がぐったりとしたので、ウィルは喉元のライフルを緩め、これで少しは落ち着いたかと耳打ちした。

彼が離れると、ロニーは咳き込んでよろよろと立ち上がり、喉を擦《さす》った。羊飼いたちの野営場所に顔を向けると、ひざまずいた父親が手を貸して息子を起こそうとしているところだった。

「ふん、役立たずめが」と、若造は憎々しく吐き捨てた。

「だからといって、彼らを殺していいわけじゃない」

「教団について話したときの奴らの態度を見ただろう？」

「彼らの馬を盗もうとしたおまえに、向こうがどう反応したかを見たよ。いいか、ロニー。冷静になれ。もっと考えてから行動しろ」

まだその手は喉を撫でていたが、ロニーはウィルと目を合わせた。

「あいつらはもう知るべきだ。何が自分たちに迫りつつあるのかを」

「何が迫ってるんだ？」

「この世の終わりだよ！　もうすぐ世界は終わっちまう。あいつらが俺たちを助ければ、俺たちに救済される。逆に、俺たちに楯突いた場合は、他の罪人たちと一緒に地獄の業火で焼かれるんだ」

ウィルは相方の顔をまじまじと見た。呆れて返す言葉が見つからない。少し考えた後、ひと言だけ放った。

「……おまえ、気でも違ったのか？」

「ふん、まさか」

ロニーはすかさず反論してきた。「俺はサバイバーだ。俺たちは方舟《アーク》に乗るが、まだそのことを知らない無知な連中もいるんだよ」

目の前の若造は真剣そのものだ。ウィルは小さく嘆息し、息子を介抱している父親に視線を移した。ふたりに近づいていこうと進み出した途端、男性が手のひらをこちらに向けて言った。

「Ella《エリャ》 fue《フエ》 a《ア》 la《ラ》 iglesia《イグレシア》. Allá《アリャ》」

彼女……行った……教会？　あそこの……？

ウィルは知っている単語を拾い、何を言っているのかを探ろうとした。相手がこちらの背後の尾根を指差していたので、肩越しに指が示す先を見やる。彼はさらに情報を得るべく話しかけようとしたものの、思い直して口を閉じた。これ以上会話をしても、父子が今更教団の人間である我々に心を許すわけがない。自分の知らない何かがここであった。それだけはわかった。ウィルはロニーに目をやり、それから遠くの尾根を見つめた。

†　†　†

鷹が再び頭の上を飛んでいく。上昇気流に乗って高度を上げ、方向を変えたのが、草地に映る影でわかった。メアリー・メイは、谷底に広がる大きな草原を半分ほど横断したところで空を仰ぎ、鷹がどちらの方角に飛んでいったのかを見極めようとした。

この企てはあまりにも無謀だ。うまくいく保証など万にひとつもない。しかし、それを承知で前に進んでいるのだ。今自分は、少年が教えてくれた方角へと歩いている。頭の中で、彼に訊かれた問いを繰り返しながら。

――弟さんが、残された全てなの？――

ドリューは三歳離れた弟で、教団の連中が学校を閉鎖してしまったため、地元高校最後の卒業生のひとりとなった。メアリー・メイがバーを切り盛りして、ちょうど軌道に乗ってきた頃だ。昔から自立心が強かった彼女は、社会に出てからは自分の面倒は全部自分で見てきた。毎日が多忙で、弟のことをあまり考える余裕はなかったけれど、ときどき一緒に食事をしたし、実家の前を通りかかったときに彼が元気でやっている姿を見かけたりした。質素で堅実な暮らしをし、バーの稼ぎを貯めて両親の生活を支えようともしてきた。

弟から陸軍に入るために町を離れると聞かされたとき、彼女は言葉を失った。そこで初めて気づいたのだ。子供の時分からずっと、弟と腹を割ってまともに話したこともなければ、彼を知ろうと何かを訊ねたりしたことすらなかったことに。

メアリー・メイは歩き続けた。羊飼いの少年のもうひとつの問いを考えていた。弟を見つけたらどうするのか、と訊いたのだ。そして、見つけたものの、弟が全くの別人になっていたとしたらどうするつもりなのか、とも。

「弟さんは、お姉さんにとってとても大切な存在だよね。弟さんも、お姉さんのことを同じように考えてくれるといいな。そう願ってる」

少年はそう言い残し、馬を回れ右させた。それから小さくうなずき、父親のもとへと戻っていった。

† † †

ウィルは、羊飼いに告げられた尾根までやってきた。相変わらずロニーは後ろからトボトボとついてくる。ジグザグの上り坂には、土の上に馬の蹄《ひづめ》の跡が残っていた。しかし、そのほとんどはスゲの草や羊のフンに邪魔されてよく見えない。

振り返ると、羊たちは今も草原にいたが、木の下にあった野営場所はすっかり片づけられ、何もなくなっていた。あの場所を出発してから、ロニーとは会話らしい会話はしていない。それでも、ロニーがぶつぶつと文句を言っているのは聞こえてきた。特に、メアリー・メイに追いつくのに馬を奪わなかったことを非常に不服に思っているのは、火を見るより明らかだった。

「そういうことなのか？　世の中は、俺たちvs俺たち以外という構図になってるとでも？」

ウィルは苛立ち、強い口調で訊いた。

「今に始まったことじゃない。ずっとそうだった」

ロニーはふてくされ、口を尖らせている。

「彼らが俺のところに来て、教団に居場所があると言ってくれたとき、俺は感謝した。彼らは俺の手を摑んで無理やり引っ張っていくようなことはしなかったぞ」

「昔はなんでもシンプルだった」

ロニーは肩をすくめた。「でも、時代は変化し、物ごとはどんどん複雑になっている。教団の信奉者を増やせば増やすほど、ファーザーの御言葉に喜んで耳を傾ける人間も多くなる。そうすれば、俺たちは全員幸せになれるってわけだ」

「まるで明日でも世界が崩壊してしまうような言い方だな」

「いや、本当に明日そうなるかもしれないんだぜ。それとも、あさってか。それがいつ来るか正確にはわからない。だからといって、来ないって意味じゃないんだ。あんたや俺みたいな人間だけが生き残るのさ」

ロニーの言いたいことは理解できるが、はい、そうですかと鵜呑みにするほど、ウィルは愚かではない。

「じゃあ、俺たちはどんな人間だって言うんだ?」

「もちろん、教団に必要なことをする人間だ」

「それって他の人々を支配下に置くって意味なのか。もしそうだとしたら――」

俺は従わないと言いかけて、ウィルは言葉を呑み込んだ。ここでロニーと言い争っても、埒《らち》が明かないのは百も承知だった。

「あんたと俺は――」

相方はそう言って、それぞれを指差した。「違ったふうに世界を見ている。だけど、俺たちに違いはない」

「俺たちの誰もが目的を持ってる」

もぬけの殻だったカーショウの牧場でロニーが言った言葉を借り、ウィルはお茶を濁した。

「その通り！」

ロニーは得意げな顔で声を上げた。「いつもジョンはそう言ってる。『我々の誰もが目的を持っている』ってね。俺たちは誰もが、教団のために務めを果たさなければならないんだ」

ウィルはついに尾根の頂上に到達した。そこで見た景色は、その日の朝にふたりが移動してきた場所とほとんど同じだった。片側は緩やかな傾斜地だが、反対側――彼らが向かう先――は険しい崖道だ。まるで天上人《てんじょうびと》が空から手を伸ばし、岩を削り取ってしまったような形状だった。傾斜がきつく、非常に危険な道のりで、今自分たちがいる地点から落ちたと思われる小岩が下の方で散乱している。

ウィルは立ち止まり、足元に広がる峡谷を見下ろした。ロニーもなんとか追いつき、すぐ隣に立った。隣で呼吸を整える相方を横目にライフルを肩から外し、スコープのレンズカバーを指でずらして目に当てる。深い谷は広大なスゲやミノボロの草原を抱えており、彼らはそこに照準を定めて眺め始めた。そのとき、ハッとして彼はスコープから目を離した。一瞬、信じられなかったのだ。自分がメアリー・メイを見つけたことを。

彼女は草むらの中央を歩いていた。四百メートルほど先の森を目指しているらしい。もう一度スコープを覗き込み、彼女をしかと見極めた。再びスコープから顔を上げて草原を見下ろすと、かなり下の方で豆粒のような彼女が確かにいた。しかし、裸眼で追い続けるのは見失う可能性が高く、賢明ではない。

標的から目を離さずに、「見てみろ」と言って、彼はロニーにライフルを手渡した。

小さな人影がはるか下方の草原を横切っていく。彼女の頭上では、鷹が輪を描いて飛んでいた。上昇気流に乗るその鳥もまた、微小な点に過ぎない。

「鷹が飛んでいるのがわかるか？　鳥に照準を合わせ、レンズをそのまま草原へと下げていけ」

ロニーは指示通り、鷹を見つけてスコープを下へと下ろしていく。そして、メアリー・

メイを捉えたのか、大きく破顔した。

「ジョンも喜ぶぞ」

こちらを見たロニーは、目を輝かせている。

次の瞬間、谷間に銃声が響き渡った。だがもちろん、火を噴いたのは、ロニーが手にしていたライフルではない。

ウィルはギョッとして、音が鳴った方角に目を向けた。今しがた自分たちが登ってきた山の草地の方だ。すると、再びライフルの発砲音がした。その鋭い銃声と反響音は、見えない波紋が広がるように峡谷中に伝わっていく。だが、それだけでは終わらなかった。さらなる銃撃音が何度も続いたのだ。自動拳銃の乾いた音、ショットガンのズシンと響く低音も耳に届いた。

最初、ウィルは羊飼いの親子があとを追ってきたのかと思った。それか、別の見晴らしの利《き》く場所から報復攻撃を仕掛けてきたのかとも考えた。だが、羊の群れがいる牧草地に目を凝らすと、羊飼いの父親が草の上を走る五人の男に向かって発砲しているのがわかった。男たちは、ウィルとロニーがさっきまでいた場所へ移動しようとしている。

男たちに合わせて、羊の大群は渦巻く白波のように動いているが、その間を駆ける連中の先頭に立つのは、ジョン・シードだ。彼は身体の前に、ワイヤーネットに似た形状をした大きな金属のアンテナを抱えている。おそらく、あれがトラックの荷台にあった受信機なのだろう。それを見たウィルはようやく確信した。ジョンは羊を狙う狼を追い払おうとしているわけでも、羊を奪おうとしているわけでもない。獲物はあの親子、そしてメアリー・メイなのだ。ウィルはもっと早い時点、いや初めにその事実に気づくべきだった。

羊飼いは再び銃を撃ち、羊に紛れた手下たちは一斉に身を屈めた。そして、羊の後ろで立ち上がり、反撃を開始した。ひとりの男はAK-47を手にしており、野営場所に銃弾を浴びせると、弾が土埃を上げて地面を削り取るのがわかった。

羊の群れの間から、さらに数発のライフルが発射されたが、ウィルの視界から羊飼いたちは消えていた。ふたりは林のどこかに隠れているようだ。しばらく銃声が響いていたが、ほどなくして馬の蹄の音が聞こえてきた。木々の間から躍り出た馬に乗っていたのは、あの父子だ。彼らはできるだけ身を低くし、全力疾走する馬に揺られて草原を下っていく。ジョンの手下たちは、どんどん離れていくふたりを狙って撃ち続けていたが、やがて発砲をやめた。

もし銃撃戦が続いていたら、自分のライフルがカチリと立てた音は聞こえなかったかもしれない。だが、それはすぐ隣で鳴り、聞き慣れていた音だったため、ウィルの耳は逃さなかったのだ。驚いて顔を横に向けたそのとき、銃の安全装置を外すロニーの動作が目に入った。相手はスコープを覗いており、顔の横に置かれた銃身はメアリー・メイが歩く谷へと向けられている。ロニーがボルトを操作して、３０８口径のライフル弾を装塡させる必要はなかった。いつでも発砲できるよう、ウィルがすでに準備していたからだ。それに気づいた彼は、血の気が引いていくのを感じた。

†

†

†

草原を四分の三ほど渡り終えたとき、メアリー・メイは雷鳴を聞いた。足を止め、空を見上げた。頭上には、コマドリの卵のように真っ青な空が広がっている。振り返って、自分が降りてきた尾根の方を見た。

また雷の音がする。こんなにきれいな空なのに？　雷雲はどこにも見えないではないか。不思議に思った彼女は、来た道を数歩戻り、聞き耳を立てた。違う。これは雷じゃない。轟くような何かの音が谷間で反響し、遠くの雷鳴みたいに聞こえているだけだ。その直後、パンという乾いた音が聞こえてきた。間違いない。これは銃声だ。この国で暮らす彼女には、十分聞き覚えがある音だった。

尾根を見上げ、今まで来た道を戻り始めた。何が起きているとしても、自分にできることがあるかもしれないという思いが彼女を駆り立てていた。なぜか気持ちが急《せ》いて、走り出していた。なくしたりしないよう、手には父のリボルバーがしっかりと握られている。草原の中ほどまで来たとき、それまで続いていた銃声がやみ、世界が通常に戻ったという奇妙な感覚に包まれた。草を撫でつけて吹き抜けるそよ風。頭の上で輝く太陽。風になびく木々の枝葉。さっきと何も変わらない光景が、彼女の周りを取り囲んでいる。

次の瞬間、ライフルの発砲音とともに、自分から三十センチも離れていない横を弾丸が一瞬で通り過ぎた。鋭い空気の動きにハッとして顔を向けると、三メートルほど先で土埃が舞い上がっているのがわかった。えっ、これって——？　事態を理解し始めたメアリー・メイの耳に、尾根のてっぺんから放たれたライフルの音が再び届いた。

✝　✝　✝

ロニーが引き金を引いた瞬間、ウィルは咄嗟《とっさ》に相手を突き飛ばしていた。若造はよろめいて尻もちをつき、手からライフルが離れた。愛用のレミントンM７００が岩にぶつかって跳ね、尾根の際から落ちて消えていく。ウィルの目には、それがスローモーションのように映っていた。

ロニーは身体の両脇に手を置き、敵を目の前にした格闘技の選手よろしく、睨みを利かせて地面から立ち上がった。

「おまえ、彼女を撃つつもりだったのか⁉」

ウィルは大きな声を上げた。ふたりの間は一メートル半も離れていない。ロニーはその場をうろうろと歩き回っていたが、その目はこちらを睨んでいた。

「ここで済ませちまった方がいいと思ったんだ。あの森に入ったら、二度と戻ってこなかったかもしれないし」

「なんてこった。忘れたのか？　俺たちは彼女を見つけ出せと言われたんだ。彼女を見つけ出して、助けるようにとな」

激昂したロニーが突然拳を繰り出してくる。ウィルは間一髪かわしたものの、均衡を崩して坂を転げ落ちそうになった。だが幸い、低木の茂みが身体を受け止め、大きく落下することはなかった。急いで起き上がったものの、若者との年齢差には勝てない。ロニーの俊敏な動きに太刀打ちできるほど速く動くには、すっかり歳を取り過ぎている。ニヤリと白い歯を見せた相手は再びパンチを浴びせ、その攻撃はウィルの右頰をかすめた。両者ともリュックを背負っているせいで、動くたびに背中で荷物が跳ね、バランスを失いやすくなっている。ウィルは尾根の外れで円を描きつつ、ロニーの腕が届かない距離を保ち続けた。

「爺さんにしては、結構動けるな」

ロニーは笑いながら内側に切り込み、ウィルの肋骨に拳を叩き込んだ。「でも、やっぱり年寄りには変わりない」

強烈な痛みが走り、彼は身を折って苦しんだ。吐きそうになったが、胃は空っぽで、何も出てこない。今度は反対の拳が頬骨に命中した。

ウィルはうつ伏せに倒れたが、そこが、雨風にさらされて摩耗《まもう》された滑らかな表面の岩だったのが不幸中の幸いだった。ギザギザの尖った岩肌だったなら、肉が切り裂かれていただろう。それでも、ロニーに殴られた顔は火が点いたように熱かったし、腹筋は痙攣《けいれん》し、腹の内側で綱引きでもしているのかというくらいに引きつっている。転がって体勢を立て直そうとしたものの、容赦なくロニーのつま先が飛んできた。ウィルは――敢えて蹴られた勢いを利用して坂を転がり――岩棚から落ちて一メートルほど下に着地した。

誰かが自分の足元に放り投げたダイナマイトが爆発し、その爆風で彼の身体が飛ばされ、十メートル先に落下した。そう思ってしまうような衝撃がウィルを襲った。どこかの骨が折れたのかもしれない。定かではなかったものの、ここ何年も感じたことがなかったような痛みだ。それでも、動く必要があるのはわかっていた。渾身の力を振り絞って両の足で立ち、ロニーが何を目論んでいようが、それを制止しなければならない。

なんとか立ち上がったウィルの目が、ロニーの足を捉えた。向こうも自分が落ちた崖の出っ張りまで降りてきたのだ。咄嗟に彼は目の高さにあるロニーの片足を掴むと、思い切り引き寄せた。不意を衝かれた相手はひっくり返り、背中のリュックから着地したが、勢い余って後頭部が硬い岩場に叩きつけられた。それと同時に、ウィルは耳障りな打撃音を聞いた。

今のうちだ。

片手でみぞおちを押さえつつ、ロニーが倒れている間に背後に回り込むべく歩き出す。若造は苦しそうに唸り、横向きになろうとしていた。頭が当たった岩の表面が赤く濡れ、髪にも血が付着している。

ところがウィルが死角に入る前に、ロニーは片膝を付いて上体を起こしており、たちまち直立の姿勢になった。こちらを睨む目は血走っており、全身が殺気立っている。たとえ自分の監視役だったとしても、これまで行動をともにしてきたというのに、相方は完全に憤怒と狂気で支配されていた。もはや同じ教団に属する同志ではない。身を守るために利用できそうなものがないかと横目で探しつつ、彼は後ろ向きで円を描くように移動していった。

そのときウィルは、視界の隅で岩のひび割れた部分を捉えた。岩の欠片が緩み、今にも落下しそうになっている。腕を伸ばせば届く距離にあり、自分の手でも握れる大きさだ。

彼がそれを摑もうとした瞬間、ロニーがまたもやパンチを繰り出した。皮肉にも、岩塊を武器にしようとしたせいで、相手の拳にむざむざ当たりに行った形になってしまった。

強烈な衝撃とともに、ウィルは後方に大きく弾き飛ばされた。あわや崖から落ちるかと半ば覚悟を決めたが、運よく端のギリギリで身体は止まってくれた。それを見たロニーは舌打ちをすると、肩を怒らせ、大股でこちらに向かってくる。後頭部の傷口からの流血で、首筋は真っ赤に染まっていた。血走っている目は実際に眼底出血していたのか、白目全体が赤くなり、世にも恐ろしい形相だ。捕食者の鋭い眼光が、こちらにまっすぐ向けられている。相手は獲物を狩ることしか考えていない。弱肉強食の世界では、強い者が弱い者を食らう。至って簡単なルールだ。だが弱者とて、黙って食われるのを待っているわけではない。ときに逃げ出し、ときに反撃する。立場が逆転することだって起こり得る。運が味方につけば、の話だが。

ウィルが肩越しに背後を見やると、やはり切り立った崖で、落下から自分を守ってくれる物は何もなかった。だが、さっきここから落ちたライフルが、どこか下の方にあるはずだ。三メートル下か？　それとも十五メートル？　もしかしたら、三十メートル以上落ちた可能性だってある。迫りくる血まみれのロニーに視線を戻し、どのくらい後ずさりできるか、再び後方を確認した。ダメだ。せいぜい十数センチ。一歩も下がれない。藁をもすがる気持ちで、もう一度崖の下に目を凝らしてレミントンM700を探す。すると、どうだろう。ウィルの相棒は、わずか一メートル下の露頭《ろとう》部分に横たわっているではないか。そんな近くにはないだろうと思い込み、もっと下の方ばかりに視線をやっていたため気づかなかったのだ。

おそらくこれが最後のチャンスだろう。本能がそう言っていた。相手はすぐそこまで迫っている。反射的にウィルはしゃがみ、ライフルを拾うとした。それは偶然に、ロニーが右手を大きくスイングさせ、こちらの側頭部に拳を埋め込もうとした一瞬と重なった。攻撃が空振りに終わったロニーは、投げ出した腕の勢いがあまりにも強く、そのまま身体が前のめりになってしまったのだ。よほどのスピードで腕を振ったらしく、後頭部から赤い飛沫が四方八方に飛び散っていく。その直後、力が収まる場所を失ったロニーの身体はねじ曲がり、ほんの一瞬重力に抗おうとしていたが、すぐに崖の向こう側に傾いて落ちていった。その一部始終を、屈んでいたウィルは下から見上げていた。

真っ逆さまに転落するロニーを、彼は息を呑んで眺めていた。はるか下の地面に激突するまで一分くらいかかったように感じたが、実質、二、三秒の出来事だったに違いない。

その身体は、急斜面の出っ張った岩の塊に何度かぶつかって跳ね、猛スピードで回転しながら三十メートルほど下の崖錐《がいすい》に墜落した。弛緩《しかん》した四肢を弾ませつつ、しばらく坂を転がって滑り落ちていたものの、崖の底部にあった巨大な礫岩《れきがん》にぶつかってようやく止まった。

ウィルは立ち上がり、下をじっと見つめていた。ロニーの腕も足も奇妙な方向に曲がっており、顔は上を向いている。頭は、明らかに胴体からもげているのに、皮だけでつながっているかのごとく、首が異様に伸びていた。悪が蔓延した世界が終末を迎えるとき、信者が天に引き上げられて神と出会い、永遠の命を得る〝携挙《けいきょ》〟の瞬間を、ロニーは待ちわびていたはずだ。無残な姿になった相手に目を落とし、ウィルは首を横に振った。果たして今、この若者の魂はどこにあるのだろうか。

息を吐いた後、彼は崖っぷちに寝そべって手を伸ばし、ライフルを摑み上げた。木の銃床を触りながら、相棒が戻ってきた喜びを噛み締める。運が味方して窮地を乗り越えられたが、このライフルが命の恩人だったと言っても過言ではあるまい。彼は急いでボルトハンドルを上げると、相棒が今まで通りに働いてくれるか動作確認をした。ボルトはスムーズに動き、空になった薬莢を吐き出した。木の銃床にも金属の銃身もこれといって大きな傷はない。ただし、スコープのレンズにはひびが入っていた。それでも彼は照準器を覗き、草原を確認した。すでに、メアリー・メイの姿はない。そこは何ごともなかったかのように、草が風に吹かれて揺れているだけだった。

†　†　†

呼吸が苦しい。空気が薄く、肺が必死に酸素を求めている。心臓の毛細血管に一気に血が流入して破裂しそうだ。遠く離れた星がどんどん迫ってくるような圧迫感を覚える。そう、今、彼女は走っていた。

全速力で、後ろを振り返ることも立ち止まることもなく、前進し続けた。追っ手に捕まるわけにはいかない。薄暗い松林では、枝や葉が重なった隙間から陽光が射し込み、地面に格子状の影ができていた。足を繰り出すたび、身体も視界も上下に揺れ、世界が跳ねているように見える。どこかで悪魔が弓のこを狂ったように引き、森の枝を次々に切り落としているから全てが振動しているのだろうか。それとも、地獄の穴から熊手のような節くれだった指を伸ばし、こちらを土の下に引きずりこもうと、あらゆるものを片《かた》っ端《ぱし》から掻き集めているのかもしれない。

耳に届く音は、己の荒い呼吸と心臓の鼓動の響き、そして小石と松葉だらけの地面を蹴る足音のみ。ふと凄まじい恐怖に耐えられなくなり、彼女は右手にあった背の高い松の木の裏に飛び込み、足を止めた。幹に背を預け、必死に呼吸を整えて息を殺す。急に孤独感と絶望感に包まれ、メアリー・メイはギュッと胸を締めつけられた。

自分はひとりぼっちだ。守ってくれる人などいない。安心して呼吸することすらできないのだ。ここに駆け込む前の開けた草原は陽射しであふれ、まぶしく輝いていたが、自分は明るい光の世界を捨てて暗い森に飛び込んだ。そうせざるを得なかったからだ。

他に誰もいない。何も聞こえない――はずだった。そのとき、彼女の横を何かが通過した。小さいけれど、かなりのスピードだった。そして、それは三メートル先の地面を穿った。

我に返った彼女は戦慄した。

逃げなければ！　今すぐに！

だが、薄暗い森を見回した彼女は、途方に暮れた。どうして多くの開拓者たちがこんな場所で迷ったのか、今ならわかる気がする。見渡す限り、どこもかしこも似たようなロッジポールパインの木が林立していた。矢のようにまっすぐで、電柱くらいの太さ。皆同じなのだ。カーニバルの鏡だらけの迷路でなかなか出口にたどり着けないように、メアリー・メイはすっかり方向感覚を失ってしまっていた。

†　†　†

ウィルは慎重に崖を降り始めた。切り立った箇所ではなく、険しいものの傾斜がある坂を選んで半ば滑るように下り、崖錐下の砂利の部分に降り立った。そこに横たわるロニーの目は見開いていたが、命の光はもう宿っていない。頭部がパックリと割れており、深い切り傷は頬から耳の上まで続いていた。首の骨が折れているのは明らかで、肌が露出した部分は痣だらけだ。彼はロニーの片腕を取り、身体の向きを変えた。全てが緩んだ肉体は、もはや抜け殻だ。

血溜まりの中で転がすようにしてロニーを向こうに押しやった。ウィルより体重は軽いはずだが、だからといって簡単に動かせるわけではない。あらゆる液体が体外に流れて出て、すでに死臭めいた匂いも漂い始めていた。なんとかロニーをうつ伏せにし、背中のリュックを取り外した。

上部の引き紐を緩めて中身を取り出し、地面の上に並べていく。そのほとんどは、昨夜野宿した際に、ウィルがすでに目にしていた品だったが、鉄の棘《とげ》がたくさん付いた犬の首輪が入っているのが意外だった。牧羊犬用の狼避《よ》けの首輪だが、それに送信機が設置されていたことには驚かなかった。彼はそれをリュックから引き出し、手の中でひっくり返したりして、まじまじと眺めた。重さは、一キロちょっとくらいだろうか。首輪にオンとオフの切り替えスイッチも付いている。

しばらく見つめた後、ウィルは他の所持品とともに首輪もリュックに戻した。それからロニーを仰向けにし、永遠の休みにつかせた。小さく息を吐き、さっきまで自分がいた崖を見上げてから、下の方に視線を落とす。あの草原に行くには、さらに三十メートルほど斜面を下らなければならない。とにかく進もう。彼は、メアリー・メイが目指していた方角へと歩き出した。エデンズ・ゲートはそう遠くない。

黙々と足を動かし、草地を渡り切ったウィルはもう一度尾根を見上げた。すると、そこで数人の人影が動いているのが見えた。男たちが崖の縁に一列に並んでいる。ウィルは様子を窺うために木の裏側に回り、そっと顔を覗かせた。木陰に入るなり、ライフルを持ち上げてスコープに目を当てる。連中は崖の下を眺めているが、その視線の先にロニーの死体があるのはわかっていた。

ほどなく、彼らは一列縦隊で尾根沿いに動き出した。そしてウィルと同じ道をたどり、崖の上から斜面を降りていく。岩の塊の間を縫いつつ、連中は崖錐の下の礫岩を目指していった。先頭を歩くのは、もちろんジョン・シード。手には大きなアンテナが握られている。ロニーのリュックの中の自動送受信無線機《トランスポンダー》が付いた狼避けの首輪へと向かっていたのは、明らかだった。

†　†　†

一体何人が自分を追ってきたのか、その場にしばらく留まっていたメアリー・メイはしっかりと把握することができた。遠くの尾根から降りてきたひとりの男が、自分が通ってきたのと同じ道筋で草原を抜け、森の入り口付近までやってきたのだ。男の肩からはライフルが下がっていた。今、彼は途中で立ち止まり、木の陰から草地の方を見ている。

これ以上距離を縮められる前に、行動しなければ――。

彼女はブーツを脱ぎ、中に靴下を詰めた。ブーツを手に持ち、腰に38口径のリボルバーが挿さっているのを確認し、足早に歩き始めた。靴を脱いだのは、もちろん足音を立てず、足跡を残しにくくするためだ。進路方向は北。ちょっとした高台になっているので見晴らしが良く、この一帯を見渡せるはずだ。できるだけ物音を立てないよう、彼女は慎重に、かつすばやく移動していく。あの男はここまで自分を追ってきた。だから、さらに追い続けてくる可能性が高い。どうすれば相手をまけるかを、彼女は足早に歩きながら必死に考えていた。

松葉が敷き詰められた地面を裸足で進みつつ、彼女は何度も立ち止まって自分の足跡を確認した。ブーツを履いているときよりも確実に薄いものの、ところどころ足形が点々と残っている。メアリー・メイは森で育ち、父とその友人から動物を追跡して狩る術《すべ》を習った。だから、熟練ハンターがどんな場所に残されたどんな痕跡からでも、獲物を追い続けられることを知っていた。ただし、表面が滑らかな岩と水は例外だ。何も残らないからだ。

高台を目指し、彼女は腕を伸ばして斜面を登っていった。それほどの高さはないものの、勾配は想像以上にきつい。大部分が、密生した松の幹と低木の後ろに隠れている。半分ほど登ったところで足を滑らせ、一メートル以上落ちてしまった。わずかな痛みを感じて足を見ると、尖った松葉による擦り傷ができていた。手当などする余裕はない。とにかく前に進むことが優先だ。これまで以上に速く。

どれだけ登ってきたか一度だけ下を見て確認しただけで、あとはひたすら手と足を動かし続けた。力を込め、隆起した大きな岩の上に自分の身体を持ち上げると、そこでできるだけ平らになるように横たわった。自分を露呈するのを最小限にするためだ。今寝そべっている岩場は、まるで高台の最上部を貫く背骨とも思える形だった。しかし、ここに来るまで上り下りした尾根や山脈とは違い、期待していたほどの眺望は得られなかった。森全体を見渡せるだけの高さはなく、近場の地面がある程度見えるくらいだ。

森は静まり返っていたが、その分、自身の胸の鼓動がはっきりと聞こえてくる。かなり呼吸が乱れていたので、深く静かに息を吸ったり吐いたりし、できるだけ己の存在を消そうと努めた。かなり遠くの方――高台の反対側のどこか――から、モズが争う声が聞こえてくる。こちらの不安を煽るような鳥の金切り声が落ち着くと、鳥は下方の木々の間をすり抜けて高台を上がり、メアリー・メイの頭の上を越えてどこかに飛んでいった。

ほんの一瞬、彼女の目はモズの行方を追った。おそらく、天敵に狙われ、驚いて枝から飛び立ったのだろう。小鳥と自分を重ねてしまい、どうか捕まらずに逃げ延びてと願わずにはいられなかった。しかし、自分は飛んで逃げることは不可能だ。そして、同じ森の中にライフルを持った追っ手がいる。悪夢でもいい。夢であったら、どれだけいいか。しかし、それは紛れもない現実だった。

森に射し込む光は薄いグレーに変わりつつあった。午後の太陽は傾き続け、いつの間にか木々の下に隠れそうになっている。少しだけ身体を起こし、腹ばいのまま移動して地面の相手から見えない位置で立ち上がった。この下に降りれば、道に出られることはわかっている。そして、その道は教会に続いているはずだ。そこまで行けば、弟を見つけられる。きっと――。

メアリー・メイが成長したのは、このホープカウンティだ。だから、ここらの道は知っているし、森も山も知っている。ただし、これだけ森の奥に立ち入ったことは今まで一度もなく、ここ一帯のたくさんの湖や山々に通じる道から外れたのも今回が初めてだった。それでも、エデンズ・ゲートの教会に通じる郡道が、教団の敷地の外れを走っているのはわかっているし、目的地にたどり着くルートは頭の中で思い描いてあった。斜面に生える松は、下に行くにつれてまばらになり、代わりにヤマナラシやシラカバが増える。さらに下れば、高木のない沼地が一キロ半にわたって続く。高台から低地までは、一気に進もう。沼地を抜けた後は、藪が点在する草原を歩き始める。草原を横断した先は、目的の郡道だ。

最後にもう一度岩陰から後方の森を確認し、メアリー・メイは向きを変えて斜面を降り始めた。五、六十メートルを半分滑り落ちるように駆け、平地にたどり着いた彼女は、直前までいた高台を見上げた。その瞬間、全身が凍りついた。自分が腹ばいになっていたまさにその場所に、男が立っているではないか。そして、高台の最上部からこちらを見下ろしていたのだ。

ウィルは、ライフルを彼女に向けようとしなかったし、動くこうともしなかった。小さな高台の上に佇み、ただ相手を見下ろしていた。最後に会ってから、メアリー・メイはずいぶん大人になっている。ジーンズにTシャツ、ジッパーの付いたスエットシャツという姿で、服の汚れがこれまでの移動の過酷さを物語っていた。手にブーツを持ち、こちら見上げている彼女は無表情で、自分がウィル・ボイドだと気づいていないようだった。たとえ気づいていたとしても、それを顔に出していないだけかもしれない。

声をかける前に、メアリー・メイは脱兎《だっと》のごとく駆け出した。だが、彼は慌てて追おうとはしなかった。どこに行こうとしているのかは知っている。裸足になっていたのは、できるだけ痕跡を残さないためだろうが、それでも、あとを追うのに支障が全くないのもわかっている。不安要素があるとしたら、自分が感じる痛みと吐き気の方だ。ロニーの激しい殴打と蹴りを繰り返し受けた腹部が疼く。腹を手で押さえ、上体を曲げて歩かねばならない。そのせいで動きはずっと緩慢になっていた。あれだけ暴行されたのだ。内臓は傷つき、肋骨にはひびが入っていることだろう。ロニーとの戦いで放出されたアドレナリンのおかげで、今までそれほどの痛みは感じていなかったが、そろそろその効果も切れつつある。疲労感が全身にのしかかり、一歩踏み出すごとに激痛が走る。

メアリー・メイが立っていた場所に目を落とし、ウィルは高台から降り、再び森の中を歩き始めた。一瞬、前方で彼女が走っている姿が見えた。松の枝葉の隙間から射し込む日光に照らされたり、木陰に入ったりして、シルエットが点滅しているように感じる。数歩前進はしたが、腹を刺すような痛みで顔が歪んでしまう。彼は立ち止まり、さっき相手の後ろ姿が見えた場所に再び目を向けたが、もうそこに彼女はいなかった。自分には、あとどのくらい時間が残されているのだろう。ロニーは、崖から落ちる前に何と言っていただろうか。様々な思いが頭の中で渦を巻いていた。

急に猛烈な吐き気に襲われ、ウィルは身を折って胃の中のものをその場にぶちまけた。空腹だったため、もちろん胃液しか出てこない。地面に膝をつくと、少し気分が楽になった。呼吸もさっきよりスムーズだ。胃の筋肉の固い結び目がふわりと解けたような感じだった。吐瀉物《としゃぶつ》に目をやると、血が混じっているのがわかった。潰瘍であれ、三十分前にロニーに痛めつけられた際にできた傷であれ、また自分の中に邪悪な何かが巣食っているのかもしれない。だが、あれこれ考えるのは後回しだ。ウィルは立ち上がり、尾根の方向を振り返った。

森の入り口のはるか向こうに、ジョンと四人の手下の姿が見えた。彼らはまだ尾根の下にいる。彼らのうち、ひとりでも自分と同じレベルの追跡能力があったなら、すぐに追いつかれてしまうだろう。それからウィルは、たった今降りてきた高台を見上げ、降りてきた斜面を目でなぞった。さて、これからどうしたものか。彼は想像すらできなかった。この先何が起きるのかも、そもそもこれまで何が起こるべくして起こったのかも、よくわからないままだった。

ジョンは、メアリー・メイを助けたいと言っていた。ずっと前にファーザーとともにウィルを助けたように、と。

彼は向き直り、最後に彼女を見た地点に再び視線をやった。ずいぶん時間を無駄にしてしまったのは十分承知していた。追われていることに気づき、怯えたあの娘は、この瞬間もきっと必死に走っている。自分は満身創痍《まんしんそうい》で、まともに走るのは無理だろう。そうだとしても、このまま放ってはおけない。

最初は、低い声で彼女の名を呼んだ。それから前に進み出て、口の脇に両手を置き、また名前を叫んだ。君を守ってやるとも言った。安全を確保し、君の助けになる。だが逃げ回っていては、そうしてやれない。君に追いつかない限り、何もできない、と。彼は名前を繰り返した。

「メアリー・メイ！」

その呼び声は風に乗り、森の中で響き渡る。どうか彼女の耳に届いてくれ。ウィルは何度も何度も叫び続けた。

✝　✝　✝

誰かが私の名を呼んでいる？

最初は空耳かと思った。だが、違う。確かに聞こえたのだ。彼女は走りながら、肩越しに走ってきたばかりの道を見やった。立ち止まろうかと一瞬躊躇したものの、撃たれないとは限らない。

こちらを狙う銃弾が放たれたのは事実だし、あの男はライフルを持っていた。あの銃で発砲した可能性は高い。そして、あいつはまだ私を追ってきている。きっと、ハンターが鹿笛を使って獲物の鹿をおびき寄せるのと同じ。私の名前を呼んで、立ち止まらせ、距離を縮めようという魂胆だ。そうに違いない。

走ること二十分。メアリー・メイの視界に、ようやく道が見えてきた。彼女は少し道を逆戻りし、背後に広がる森を横断するルートを取った。もしも未来の考古学者が泥に残った自分の足跡を見たら、〝この人物は、目前にあるタール坑か何かにまっすぐ進んでいるつもりだったのだろうが、この歩き方からして何かしら負傷していたのか、せん妄状態にあったと考えられる〟と分析するかもしれない。

森から出ると、ハナミズキとナナカマドが群生していた。あちこちにスゲも生えている。しばらく裸足で地面を蹴っていたため、足の裏が熱い。長年のバー経営でそれなりに鍛えられていると自負している商売道具の手や腕には、無数の切り傷や痣ができていた。

例の追跡者をまけたのかどうかは定かではないものの、とりあえずライフルを持った男の姿は見えない。彼女は足を止め、森の方に耳を傾けた。微かな風が葉や草を揺らす音、遠くの鳥のさえずり以外は、しんと静まり返っている。追っ手の気配が感じられないことに安堵し、彼女はブーツを履いた。一キロ以上離れた尾根の上の方で大型トラックの走行音がし、ギクリとする。車が北の山から出てくるのが、小さく見えた。他に何か音がしないかと、彼女はさらに耳を澄ましたが、不審な物音は聞こえてこなかった。あのトラックはおそらく木材運搬用車だろう。それでも、彼女は疑心暗鬼だった。教団はすでにこの一帯の土地を買い占めており、木材工場は何年も前に閉鎖されたのだから。

ようやく目的の道路に到着したものの、そのまま路上に躍り出るようなことはしなかった。陽光は弱くなり、彼女は肌寒さを感じ始めていた。ここまで来たのだから近づいてはいるはずだが、エデンズ・ゲートの正確な場所はわからない。左右に延びている道の右へ行けばいいのか、それとも左へ進むべきか。それすら知らないのだ。だとしても、教会はこの郡道沿いに建っているに違いない。夕暮れ時の太陽は、家路を急ぐ子供のように駆け足で地平線の陰に隠れてしまう。夕闇が周囲を徐々に覆っていき、彼女は少し震え出した。ここでひと晩野宿することを考えると、気持ちが重くなる。一か八か、よ。草の生えた土手から道路の上に踏み出し、彼女は走り始めた。胸腔《きゅうこう》内で肺が脈打ち、冷んやりした空気が肌を撫でるのを感じた。

突然、遠くのカーブの向こうからヘッドライトの光が現われ、郡道を満たしたので、メアリー・メイは慌てて道路脇の草地に飛び降り、籔の中に身を隠した。しかし、車は彼女の前を通過しなかった。十五メートル手前で止まったのだ。ヘッドライドの白い光は舗装路を照らし、全てを赤く染めている夕日と混ざり合って埃を浮き上がらせている。

車のドアが開く音がし、アスファルトの道路の上にブーツのかかとが置かれる音も聞こえた。ヘッドライトの白光の中に出てきたのが、男性だというのは体型からわかる。その相手がこちらに向かってきたので、彼女は後ずさりをし、距離を開けようとした。走り出すべきだ。茂みの中に頭からダイブして身を隠すべきだ。降車したのが誰であれ、こちらを認めたのなら、追ってくるはず。向こうが何を企んでいるかは知らないが、二日前から彼女を執拗に追跡しているのは事実だ。奴らが始めたことがあるのなら、それを終わらせようとしてくるだろう。

「メアリー・メイ？」

名前を呼ばれた彼女は動きを止めた。それは、森の中で自分の名を呼んでいた声とは違う。ジョンの声でもない。長いこと聞いていなかった声だ。だが、ひどく聞き覚えのある、胸を締めつける声だった。立ち尽くしていた彼女は、引き寄せられるかのごとく、ふらふらと前へ進み始めた。

「……メアリー・メイ？」

彼女は舗装路へ上がろうと、土手の手前までやってきた。目の前に佇む相手の顔を見ても、まだ信じられない。ここで彼を見つけるなんて――。それとも、彼の方が私を見つけたのか。

「ドリュー？」

弟は、道路の上からこちらを見下ろしている。以前より痩せていたが、胸回りと肩幅は広くなっていた。顎髭こそ生やしているものの、その瞳は変わっていない。彼は、確かに私が知っている弟で、父が探そうと躍起になっていた息子だ。

「ドリュー」

もう一度弟の名前を呼んだ。ただ口に出して呼んでみたかったのだ。この事態がにわかに信じられない。夢だろうか？　もしも夢なら覚めてしまう前に、それが本当に彼だと確認したかった。夢でなく現実だとしても、もう二度とこんな機会はないのではないか、という不安が再会の喜びよりも先に立っていた。誰かの名前を呼んで、話しかけるのは、ごく当たり前のなんの変哲もないことだと思っていた。だが、その誰かがいなくなってしまったら、名前を呼んでも何も返ってこない。返事もまなざしも。大切な人がそばにいること、名前を呼べることの大切さを、メアリー・メイは家族を失って嫌というほど思い知らされたのだ。

「――俺だよ」

ドリューはそう答え、歩み寄ってきた。腕を伸ばし、こちらの手を取って土手の下から引き上げてくれた。自分の前に立つ弟は、身長が十センチほど高い。視線を合わせると、ふたりはごく自然に抱き合った。そして、これまでの時間を埋め合わせるかのように、しばし互いを抱き締めていた。

「父さんのことは聞いた？」

メアリー・メイは訊ねた。「母さんについては？」

ドリューは抱擁を解いたが、そばに立ち、こちらの肩に腕を回したままだ。

「ああ」と、彼は首を縦に振った。「何が起きたのか聞いたよ」

「父さんは、あなたを取り戻そうと教団に向かったの」

その途端、涙があふれて頬を伝った。ポロポロとこぼれ落ちる涙を止めることができない。思わず顔を背けた彼女を、ドリューはぐっと引き寄せた。弟の腕の中は暖かく、呼吸とともに胸板が隆起するのがわかる。メアリー・メイはその胸に顔を埋め、嗚咽を漏らした。そして、しばらく感情に身を任せた。

気が済むまで泣き、顔を上げて手の甲で濡れた頬を拭うと、弟がこう語りかけてきた。

「家に連れていくよ。暖が取れる場所に。食事と水もある。何より安全だ」

メアリー・メイは相手の顔を見つめ、なんと返せばいいかを考えた。ドリューが今ここにいることも信じられないし、彼がこちらを見つけたことも、ここからどこかに連れていこうとしていることも信じられなかった。全てがこうなる運命だったのか。ここでふたりが再会することは、最初から運命として決まっていたことなのだろうか。

「さあ、行こう」

ドリューはそう促し、トラックへと歩き出した。だが、彼女は足を止め、弟も歩みを止めた。白いトラックの車体には、教団のシンボルが黒で描かれている。十字架に四芒星《しぼうせい》を斜めに掛け合わせたような形だ。彼女はそれを一瞥してから弟を見た。

「ねえ、奴らのトラックを運転してるの？　教団の？」

それを聞いたドリューは、まるでこちらが気でも違ったのかと言いたげな表情になった。そして、トラックに視線を投げてから、再び彼女と目を合わせた。

「別に平気だろ？」

ドリューは首をすぼめた。「何も問題ない。姉さんを家まで乗せていくだけだ。俺は弟なんだから」

メアリー・メイはじっと相手を見つめた。弟が言った言葉を頭の中で咀嚼《そしゃく》する。

「私を家まで送ってくれるの？」と、訊き返した。「私と一緒に帰るの？」

「そうだよ。だから、トラックに乗って。姉さんの力になりたいんだ」

弟はうなずき、白い歯を見せた。

†

†

†

辺りはすっかり暗くなっている。ようやく郡道にたどり着いたウィルは、白いトラックのテールランプが輝きを増すのを見た。やがてエンジンが低い唸り声を上げて車は走り出し、彼は赤い尾灯が視界から消えるまで目で追った。この道は、少し前に高い位置から確認していたから、トラックが止まっているのも、メアリー・メイが土手の上に立っていた男に引き上げられるのも目撃していた。

十五メートルほど郡道を進んだところで、ウィルは立ち止まった。目の前に広がるのは、がらんとした舗装道路だ。車の明かりは完全に見えなくなり、何もかもが藍色の夜の帳に包まれている。道路脇の溝からは、カエルの鳴き声が聞こえてきた。後ろを見やると、開けた場所の真ん中に、立派な楓の木が一本、ポツンと生えていた。まだ晩夏でもないのに葉は色が変わり、散り始めているようだ。木の下の地面には、落ち葉が散らばっている。

ウィルは道路脇に降りることにした。大きく一歩を踏み出して溝を越え、草原へと入っていく。地面はぬかるんでいて、ところどころ、泥の表面に油が浮かんでいた。楓まで歩いた彼は、大ぶりの枝を見上げた。その高さと幹の太さから、長年この場所に佇んできたことがわかる。彼が想像もできない昔から、ホープカウンティの森を見守ってきたに違いない。豊かな自然に囲まれた山間の土地は、地形的にはほとんど変わってないように見えるかもしれないが、人間社会の変化は激しい。人間とは比べものにならないほど長寿の樹木は、我々が刻んできた歴史をどう思っているのだろう。

木の下に留まっている間にも、何枚か葉っぱがひらひらと舞いながら落ちてきた。この楓は枯れかかっているわけではないが、もうそろそろ寿命なのかもしれない。十分に長生きしたということか。

「ウィル・ボイド」

背後から名前を呼ばれ、ウィルはギクリとした。振り向かなくとも、声の主はわかっている。

――ジョン・シード。

彼は敢えて無視し、木を眺め続けた。

「よくやった」と、ジョンは言った。「メアリー・メイは今、我々と一緒だ。君のおかげで、彼女は救われる」

なんだと？

ウィルは眉をひそめて振り返った。案の定、そこに立っていたのは、ジョンだった。いつもと同じ笑みを浮かべている。手下は銃を抱えて道路に一列に並び、ふたりを見ていた。皆疲れた顔をしていたが、直立不動でジョンを待っている。

「それで、ロニーのことですが」と、ウィルは切り出した。「あいつは彼女を殺すつもりだと言っていました」

「ああ」

ジョンはうなずいた。「彼がどうなるかはわかっていた。もっと早くああなるべきだった」

「もっと早く？」

「ロニーの飲酒癖。信仰心の薄れ。彼は本当の信者ではなかったんだ。我々の道から外れてしまった。我々から離れ、己の過去の罪に呑まれてしまったんだよ」

「だから、俺たちのあとをつけてきたのですか？　俺たちを追って山の上まで？」

「そうだとも」

ジョンの笑顔は全く変わらない。微笑んだ表情の仮面でも被っているかのようだ。「私は彼を信用できなかった。正直に言えば、君が信用できるかもわからなかった。ロニーがよく言っていたんだ。君は謎めいた男だってね」

もう一枚、葉が枝から離れた。楓の葉はクルクルと螺旋《らせん》を描きながら、自分とジョンの間に落ちた。

「謎めいた男？」

「正確には、ロニーは違う言葉を使っていたがね。だが今、彼は信頼に値しない人間だったとよくわかる。もっと早くああなるべきだった。あの男の言動全てを知っておくべきだった。とにかく自業自得だ。彼の行いが全てを導いたのだから」

「彼を殺すつもりはなかったんです」

ウィルの訴えに、ジョンは目を細めた。

「君はロニーを殺してなどいない。彼があんな人間でなければ、君はあのような行動を取らずに済んだはずだ。全ては彼自身が撒いた種。己の不誠実さが彼を崖から突き落としたんだ。だから、ロニーは自分で落下しただけだよ。人生を誤った彼は、誤って崖から落ち、首を折った。誤って起きた出来事。すなわち事故だ。我々全員がこの目ではっきりと見た。彼の血は、君の手によって流されたのではない」

こちらの肩に手を乗せたジョンを、ウィルはじっと見つめた。

「君は今でも我々とともにある。君は我々の一部だ。君は我々に奉仕してくれている。君と、君の行いには感謝しているよ。今回の件は、何も恥じることではない。かつて君は、我々に恩義があった。だが長い歳月が経ち、今、我々が君から恩を受けている立場だ」

ジョンはそこまで話し、肩から手を下ろした。「君をエデンズ・ゲートまで連れて帰ろう。そこで祝福を受けたまえ。君に休息の場所を与えよう。君が我々を助けてくれたように、我々に君を助けさせてくれ。君は今も我々とともにある。そうだろう、ウィル？」

「もちろんです」

ウィルは即答した。他に返せる言葉を知らなかった。

「我々は君を救済し、君は我々に魂を捧げた」

「はい」と、彼は首肯した。「わかっています。常に忘れぬようにしています」

「よろしい」

ジョンは満足げにうなずいた。「ファーザーもそれを聞いて喜ばれることだろう。彼も君を待っている。君にまた祝福を与えるのを待っているよ。今夜はエデンズ・ゲートで過ごすのだ。私とファーザーのゲストとして」

こちらの腕を取り、ジョンは向きを変えて歩き出そうとした。

そのとき、ウィルは彼を止めて訊ねた。

「メアリー・メイはどうなるんですか？」

「心配することはない。すぐに彼女に会えるはずだ。彼女も今、我々とともにあるのだから。弟と一緒にいるように、我々と一緒にいる。ふたりとも我々の一部さ」

ウィルはジョンとともに道路へと戻り始めた。楓の木から、さらに葉が舞った。

† † †

メアリー・メイはドリューの横顔を見つめていた。彼が話しかけてくるのを待ったが、無言のまま運転し続けている。トラックが山を下っていく間、目に映るのは、外を流れるぼやけた森の景色と暗い窓に映る自分の顔くらいのものだった。

「今までどこにいたの？」

そう問いかけると、弟は一瞬、こちらを見た。ドリューはもう自分が知っていた頃の少年ではなく、立派な大人だ。彼女はふと、どこで、どのように弟が過ごして大人になったのかを知りたいと思ったのだ。

「あちこちだよ」

ドリューはハンドルを握りながら答えた。「仕事しながらね。巷《ちまた》ではそういう言い方をするんじゃないかな」

その答え方が気になり、彼女はおそるおそる訊ねてみた。

「仕事？」

「彼らはとても良くしてくれてる」

「そうなの？」

「そうだとも」と、彼は再びこちらを一瞥し、すぐに前方に視線を戻す。「姉さん、彼らを信用してないんだね？」

「教団を信用しないように、ずっと言われてきたもの。ちゃんとした理由も聞かされてたし」

「それ、父さんと母さんのことだろ？」

「他に誰がいるのよ」

メアリー・メイはそう返した。「ジョンたちは、うちの取引業者を追い払った。私の店を潰そうと妨害ばかりしてる」

「姉さん、相変わらずアルコールを売ってるのか？」

「お酒なしじゃバーは成り立たないでしょ」

「彼らがそうするのは理由があるからさ。ちゃんとした理由がね」

自分がさっき言った言葉をそのまま返すような弟の物言いに、メアリー・メイは首を横に振った。

「まるで、連中みたいな言い方」

「確固たる理由があるから、彼らはそうしてるだけだ。理由もなしに、行動はしない」

八キロほど山間の郡道を下り、彼はハンドルを切った。トラックは舗装道路から砂利道に入り、タイヤが小石を弾く振動が伝わってくる。彼女は急に不安に襲われた。道が違うではないか。

「ちょっと待って。家に帰るって言ったじゃない」

そう訴えたが、ドリューはこちらを見ただけで、何も言わなかった。彼女は前のめりになり、窓の外の景色からどこに向かっているのかを探ろうとした。しかし、全てが闇に呑まれており、目を凝らしても見当がつかない。

「ああ、姉さんを家に連れていくって言った」

弟はようやく口を開き、何食わぬ顔で答えた。「でも、姉さんの家って意味じゃないし、父さんと母さんの家って意味でもない」

正面に見えてきたのは、コンクリートのブロック塀と門だった。トラックは、開かれていたその門の中に入っていく。道の両脇では、教団のメンバーたちが待っていた。彼らは銃を抱えており、ふたりを乗せたトラックが通過するのを目で追っている。

メアリー・メイも助手席から彼らを見ていた。トラックがどんどん直進する間、背後で音がして振り向くと、門が閉められたのがわかった。

「ドリュー？　これって――」

「心配するなって」彼女の言葉をさえぎり、弟は短く言った。

そもそも、自分は最初からエデンズ・ゲートに来るつもりだった。弟と話をするために。ある意味、それは実現したと言えるだろう。しかし、これは自分が望む形ではなかったと、彼女は気づき始めていた。不安を覚えた彼女は腰に手をやってリボルバーを摑み、ドリューにバレないように身体の横に移動させた。いつでも使えるように。

敷地内の建物がいくつか見えた。明かりに照らされる教会の尖塔《せんとう》も。だが、それ以外は漆黒の闇の中に沈んでいる。ただし、ヘッドライトが水面に反射したので、湖があるのはわかった。ちょっとした建物群と教会の向こうの土地は木と草に覆われており、その先は湖畔となっている。さらに遠くには山が連なっていた。

ドリューは速度を落とすと、ようやくトラックを停車させた。ハンドル脇のギアをパーキングに入れ、彼は鍵を抜いた。エンジン音がやむと、メアリー・メイは急に孤独感に襲われた。弟がすぐ隣にいるというのに、たったひとりぼっちで車内に残された気分だった。

「それって父さんの銃だよね？」

その問いにハッとして横を見ると、弟は彼女が握るリボルバーに視線を向けていた。バレないように移動させたつもりが、甘かったようだ。

「そうよ」

「へえ、父さんがまだそいつを持ってたとは驚きだ」

「なんで？」

「ときどき思い出してたからさ。そいつのことだけじゃない。ここに来てから、いろんなことを考えてた」

「父さんがあんたを見つけていたら良かったのに」と、メアリー・メイはため息をついた。「父さんがあんたと話せていたら――」

そうしたら、現実は変わっていただろう。父さんがまだ生きていて、弟も一緒だったなら、家族はいつでも会える距離にいて、食事をし、よもやま話をし、笑い合って過ごしていたのだろう。

「だとしたら、何かが変わっただろうって思ってるのか？」

弟に自分の心を見透かされた気がして、彼女はドキリとした。

「ええ、そうよ。あんたと父さんももうまくやっていけてたかもしれないし」

「うまくやっていけてたかも？　父さんが俺にそのチャンスをくれたことがあったか？」

弟は急に険しい顔つきになった。「姉さんもわかってるくせに」

その通りだ。自分は〝お父さんっ子〟だったから、父とは仲が良かった。しかし、父さんとドリューは、それほど折り合いが良くなかった。だけど、父さんはこの子を取り戻すために、単身で教団に乗り込もうとしたのだ。大事な我が子のために。

彼女はドリューの横顔をまじまじと見て言った。

「父さんは頑固だったし口下手だったからうまく愛情表現ができない人だったけど、あんたを大切に思っていたわ」

「そうか」

ドリューがそう簡単に納得したとは思えないが、彼はそう短く答え、話題を変えた。

「ほら、あそこ」と、彼は顎を動かし、外の建物のひとつを示した。「彼らが姉さんのために用意してくれたんだ」

そこにあったのは、小さな一軒家だった。

「シャワーも浴びられるし、休息も取れる。疲れてるだろ？　あそこでゆっくり過ごせると思う」

「過ごすですって？」

彼女は片眉を上げた。「ここに連れてきてくれなんて頼んでないわよ！　ここになんていたくない。私、あんたを家に連れて帰りたいの。ここじゃなく、家よ。私たちの家！」

「姉さんに会いたがっている人たちがいる。姉さんは、ここに招待されたゲストなんだ。みんな姉さんと話したいだけだよ」

「私と話したいなら、バーに来ればいいじゃない！」

メアリー・メイは声を荒らげた。「毎日、正午から午前二時まで開店してるんだから」

「俺の言ってる意味、わかってるだろ？」

ドリューの口調は穏やかだったが、目は真剣だった。「大人としての礼儀はわきまえてほしい」

　彼女は弟を睨みつけた。

「あいつら、私を狙って、銃を撃ったのよ！　今日の午後、私に向かって発砲したの！」

「それは単なる誤解だ」と、彼は言い返した。「ここにいるのは、みんないい奴だ。姉さんもすぐにわかるよ」

　メアリー・メイは視線をそらさなかったが、何も言わなかった。すると、ドリューがこう付け加えた。

「いいかい。誰も銃で撃ったりなんてしない。彼らは姉さんと話したいだけ。姉さんを傷つけることなんてない。全てが済んだら、フォールズエンドに帰れるし、バーの仕事も続けられる」

「で、あんたは？」

「俺？　俺がなんだって？」

　そう問われ、弟は目を丸くしている。

「ドリュー、あんたも私と町に戻るべきだわ。父さんと母さんはずっとその日を待ってたんだから」

「それは姉さんの言い分だろ。俺たちはふたりともわかってるはずだ。そんなの嘘っぱちだってね」

　久しぶりの再会だというのに、姉弟の会話は平行線のままだった。

†　†　†

　四人の男たちと一緒に、ウィルはトラックの荷台で揺れていた。景色の流れ方からすると、時速七十キロ近くは出ているのではないか。その場にいるのは、いずれも三十代か四十代で、自分よりも若い連中だ。全員がタトゥーを入れ、ピアスをしているのだが、彼が知る教団のメンバーからはかけ離れた奇抜なスタイルだった。彼らは無言のままで、誰も話しかけてはこない。だが、森を眺めるふりをして、ちらちらとウィルとそのライフルに視線を向けているのはわかった。やがて砂利だらけの横道を進んでエデンズ・ゲートに到着した。

　ウィルは、ショットガンを持つジョンが身体を傾け、護衛のひとりと話をするのを見つめていた。護衛もジョンに身を寄せ、前方を指差している。そちらには、いくつかの建物が建っていた。

　教団の敷地に入るのは三週間ぶりだ。ウィルは、周囲に張りめぐらされている金属のフェンスを見やった。軒を接して並ぶ小さくて質素な家は、信者たちの住処《すみか》だ。彼らはここで暮らし、ひとつの〝社会《コミュニオン》〟を築いている。それらのひとつは新しいのか、まだ塗装がされていなかった。壁や外床には、雑にノコギリで切られた木材や厚板が使われており、大急ぎで建設したことがわかる。あちこちで火が燃えており、人々がそれを囲んで暖を取っていた。男も女もいる。ウィルが名前を知っている者もいたが、知らない者もいた。

車は家々の間の砂利道を進んでいく。途中にあったトラックは、ウィルが郡道で見かけたものだった。確かドリューが運転していたはずだ。それは、小さな下見板張りの家の前に止まっていて、室内には明かりが灯《とも》っている。窓にはカーテンが引かれ、中の様子はわからなかった。

「彼女はあそこか？」

彼が隣に座っている男に訊ねると、その男は黙ってうなずいた。

ほどなく、彼らを乗せたトラックは教会の前で停車した。

車から降りたジョンが、荷台の縁を指で撫でながらグルリと後部に回ってきた。彼はウィルの背中を軽く叩き、ついてこいと告げた。

ふたりは住居エリアを過ぎ、大きな四角いトラクター小屋まで歩いていく。ジョンはその中へとウィルを先導した。アルミ板が貼られた小屋の壁には、木の縁取りがなされている。そこは、住人たちの食堂として使われている建物だった。

「何かが変わったと君も気づくはずだ」と、ジョンが言った。

ほとんどの明かりは消えて暗くなっており、がらんとした室内でふたりの靴が床を踏む音が響き渡る。唯一の光源は、頭上の屋根の垂木《たるき》から下がったランプだ。コードが緑色のランプシェードの中の電球につながっている。その照明が、小屋の中を色褪せた色調にしていた。片隅では、この一画の家々や教会に水と電気を供給するパイプやワイヤーの一部が露呈している。

ウィルは、ジョンのあとに従って歩き続けた。小屋の中には、木製のピクニックテーブルがいくつも置かれ、そこのひとつに座るように指示された。

薄暗い中、ベンチに腰を下ろしてリュックを床に置き、ライフルをテーブルの上に横たえる。ジョンはというと、小屋の奥のドアから姿を消していた。ウィルは小屋の中を見回した。多少改装してあるとはいえ、かなり質素な造りになっている。食堂といえば聞こえがいいが、ただの大きな納屋であることには変わりはない。

静まり返った建物内で、どのくらい待っただろうか。ドアが開くと、ひとりの女性が入ってきた。両手で食事と水を載せたトレイを抱えている。その女性が誰か、ひと目でわかった。ウィルは立ち上がって帽子を脱ぎ、彼女がこちらまで歩いてくるのを見つめた。

テーブルの反対側で止まった女性は、こちらを一瞥してトレイを卓上に置いた。

「先週、あなたが仕留めた雄鹿の料理よ。気に入ってくれると思うわ」

礼を述べたウィルは、彼女が席に着くのを待ってから腰を下ろす。

「君はもう食べたのかい？」

「ええ」と、女性はうなずいた。「ここでの暮らしは、なんでも時間が決められているから。食材も十分に余裕がなくて……。あなたの目の前にあるので、肉はほとんど使い切った。でも、こういう質素な生活にも慣れるものよ。新顔さんや食べ盛りの若者たちはおなかを空かせてるでしょうけどね」

ウィルが肉にフォークを刺すのを、彼女はぼんやりと見つめていた、肉は時間をかけて煮込まれたらしく、口の中でホロホロと崩れた。

皿から顔を上げると、女性はまだこちらを見ていた。

「ホリー、君の調子はいいのかい？」

「外で暮らしていたときよりは」

「……そうか」

相槌を打ちつつ、さらに肉を頬張る。柔らかい鹿肉は本当にうまかった。シンプルな味つけが、肉本来の旨味を引き立てている。ホリーは別皿に載ったコーンブレッドを小さくちぎり、溶かしバターの器に浸してからこちらに差し出してきた。彼はそれを受け取り、口に放った。ふんわりとしたコーンの甘みが濃厚なバターと絡んで、これまた絶品だ。

「男の人が食べているところを見るのは楽しいわ」

ホリーの言葉に、彼が「まあ、たまには女性を眺めるのもいいもんだしな」と返すと、彼女はニッコリと笑った。

「ウィル、あなた、まだまだイカしてるわ。でも、あなたくらいの年齢になると、私みたいな若い子には不釣り合いだと思っちゃうんでしょ」

彼は微笑み返し、グラスを持って、半分ほど水を飲んだ。ホリーは自分より三十歳は若いだろう。一時、彼女は一番仲のいい隣人だった。だが、旦那が乱暴者で、たびたび暴力を振るわれていたため、ウィルは毎週彼女が大丈夫かどうか、家に確認しに行っていたのだった。妻子の死後、四、五年ほどホリーと会うことはなかったものの、ある日、彼女は教団の門に現われ、旦那が消えたと告げた。これは個人的な推測でしかないのだが、旦那が消えたというよりは、彼女自身が旦那を消したのではないか、とウィルはずっと思っている。

「ジョンは言ってたわ。ロニーがいなくなったから、私たちはもっとあなたに会うことになるだろうって」

ウィルは驚いて咳き込み、慌てて手を口元に当てた。もう少しで肉を喉に詰まらせるところだった。

「たまげたな。もう知ってるのか？」

「ジョンが話してくれたの。誤って事故に遭ったって。ロニーがいなくなってせいせいしてる……なんて口が裂けても言わないけど、彼は最初からろくでなしだった。女の尻ばかり追い回してたもの」

「そうなのか？」

彼は目を丸くして訊き返した。酒、女、暴力……あの若造はとんでもない輩だったようだ。

「そうよ」と、ホリーは強く首を縦に振った。それから、姿勢を正してこう問いかけた。「で、あなたはここにもっと頻繁に来てくれるの？　あなただから言うけど、最近、なんだか変なのよ」

「変？」

「ええ」と、ホリーは周囲を見回し、声を低くした。「驚かないで聞いてほしいんだけど……。あたし、ジョンとときどきベッドをともにすることがあるの」

驚くなと前置きされたものの、ウィルは目を丸くした。しかし何も言わず、彼女の次の言葉を待った。

「――そのとき、彼が訳のわからないことを言うの。たぶん、あたしなんかが聞いちゃいけない内容だと思う。言ってることの半分は意味不明で、あとの半分は教団に関するものね。ファーザーのこと、聖典のこと、予言のことをあれこれ。それと、地獄の炎が迫ってるとか。罪人と聖人、あるいは救済と破滅についても」

彼女の話を聞く限り、これといって以前と変わったと感じる要素はない。

「それくらいの発言なら、別に今に始まったことじゃないが」

そう切り返し、ウィルは料理をたいらげ、トレイをテーブルの端にやった。「聖書には、そういった話も出てくるし、ファーザーやジョンは色々話し合っているはずだ。ジョンの口からそれらの言葉が飛び出しても不思議ではない」

「ウィルっていつも冷静よね。だからいつも頼りになった。でも、よくいる頑固じじいにはならないでね」

彼はホリーを見た。彼女はこちらの視線を受け止め、急に真顔になって口を閉じた。言いたいのに言い出せない。そう顔に書いてある。しばしの沈黙が流れたあと、ウィルが告げた。

「俺に話してごらん。意味不明の方を」

ホリーは肩越しに背後のドアを見やってから、正面に向き直った。

「どこから話せばいいか……」

少し迷っていたが、こう切り出した。「銃。兵器。あたしと同年代かもっと年下の若者たちが〝祝福〟と呼ぶドラッグ。若い連中はクスリを鼻で吸ってるけど、洗礼の儀式では、液状の麻薬を川に流してる。ジョンたちがやろうとしていることの実現には、その三つが不可欠らしいわ」

「やろうとしてることって？」

「ほとんどの若者は、もし手を上げられそうになったら、母親でも殺してしまうくらい暴力的になってる。それにこのカウンティの農場主や知り合いから、いろんな物を巻き上げてる。それって恥ずべき行為だと思うの」

彼女は表情を曇らせ、首を横に振った。そして、さらに続けた。「こんなの教義じゃない。彼らは信者の弱みを見つけ、そこを攻めてくる。治りかけの傷を指で押して無理やり傷口を開かせるみたいに。本当にしつこく言ってくるから、頭がおかしくなりそうになって、最後にはその攻めから解放されるならなんでも従いますってなっちゃうの」

ウィルは腕組みをし、彼女に問うた。

「君はまだ信者なのか？」

するとと、彼女は声を立てて笑った。

「あたしにそれを訊くわけ？　あなたが？　ここに座って他の誰かと会話をすることもなく、月に三週間は森の中で過ごし、ウサギを罠に掛け、雄鹿を狩ってる人間が？」

「俺たちは皆、自分たちの目的のために奉仕しているんだ」

「ええ、そうよ」と、ホリーは笑みを浮かべた。「あたしたちはそうしてる。私はファーザーを信じてるし、彼が見たもの、彼の言葉、何が迫りつつあるかを信じてるわ。だけど、ときどき――」

彼女はそこで再び口をつぐんだ。背後のドアの奥から、足音が聞こえてきたからだ。ベンチから立ち上がると、テーブルの上のトレイを掴み、向きを変えて歩き出した。すぐにドアからジョンが現われ、ホリーとすれ違った。

「ウィル、他に欲しいものは？」

彼は片手を上げ、「もう十分です」と答えた。

「よろしい」

ジョンは満足げに小さくうなずいた。「君には力をつけてもらわないといけない。ファーザーが礼拝堂で君に会いたいと言っている。ふたりだけで。君の尽力に感謝し、直接礼を伝えたいそうだ」

ファーザーが俺とふたりで話したいと言ってるのか？　ウィルが驚いてジョンを見ると、相手はいつもと同じ笑顔を貼りつけていた。

† † †

二日ぶりに熱いシャワーを浴び、メアリー・メイは生き返った気分だった。松の木の森を裸足で走り、険しい岩場を上り下りし、草地と沼地を横断した結果、全身が泥と埃にまみれ、痣と擦り傷だらけになっていた。少なくとも、汚れを洗い流すことはできた。ドリューが用意しておいてくれた服に着替え、リビングルームに向かうと、弟が待っていた。

こちらを見るなり、彼は立ち上がった。

「あんたが私を見つけてくれてよかった」

彼女の言葉に、弟はうなずいた。

「俺も姉さんを見つけられてよかったと思ってる」

メアリー・メイは室内を見回した。お世辞にも広いとは言えない。リビングとキッチンがひと続きのワンルームになっており、あとは小さな寝室があるだけだ。

「そろそろいいかな?」

教団の人間に会いに行くという意味なのだろう。彼女は慌てて首を横に振った。

「いやよ。ねえ、ここから抜け出そう。家に帰るのよ」

「姉さんはお客さんなんだ。父さんと母さんに教わったじゃないか。よそ様のお宅に伺うときは失礼のないようにって」

ドリューは返事を待っているかのようにこちらを見ていたが、やがて口調を強めて言った。「——変な真似するなよ」

† † †

「苦しみを与えられて初めて、慈悲が与えられる。苦しみを被るのは、人の定め。選択であり、意志による決定だ。この世という深遠に足を踏み入れるなり、暗闇に包まれる。己の信仰だけが、救済への道しるべ。信じる心があれば、無傷のまま深い裂け目から出られるのだ」

ファーザーの手が肩から離れたのを感じ、ウィルは目を開けた。

ジョンによって礼拝堂に連れていかれた彼は、ひざまずくようにと指示をされた。ひとり残され、堂内を見回してみる。窓という窓に教団のシンボルが描かれており、正面には、大きなアメリカ国旗が吊るされていた。旗の後ろの壁には、十字架が掲げられているが、十字の中央部分には斜めになった四芒星が重なっている。その星は、エデンズ・ゲートの四つの光を表わしているのだ。その十字架こそが、まさしく教団のシンボルだった。

そのとき、靴のかかとが木の床を踏む音が聞こえ、ファーザーが姿を見せた。ジーンズに首まで全てボタンを閉めたシャツという格好で、ゆっくりとウィルの前に進んで足を止めた。他の男性教徒と同じく、ファーザーも顎髭を生やしている。弟のジョンとよく似ているが、少しだけ背が高く、肩幅も広い。髪は後頭部でひとつに結んでいた。そして、ファーザーはウィルと目を合わせた。

「ウィル、人生は君を試しているのだ。君はそれを信じ、君は理由があってここにいるということを信じなければならない。君は、我々という種のために選ばれた。行く手には闇がある。暗黒の時代は来る。我々は、暗闇に覆われる時代の光となるのだ」

「はい、ファーザー」

ウィルは小さくうなずいた。

「君の妻と子が奪われたあのとき、君は試された。そして今日、君は再び試されたのだ」

ファーザーは身を低くし、ひざまずくウィルと目の高さを合わせた。そして、顔を近づけた。話をしている間、ファーザーは決して視線をそらさない。

「その時――終わりの日――は近い。その日、空気、それ自体が燃えるだろう。そして、私は私の者たちをそばに呼び寄せる。ひとり残らず私のもとに呼び、備えよと告げるのだ」

目の前で滔々《とうとう》と説くファーザーの唾が跳ね、ウィルの顔にかかるのがわかる。また、口を開くたびに息の匂いもした。なおも教祖の説教は続いた。

「我々以前にこの国に来た開拓者のように、我々も旅立ちを控えている。そして今、私は君に問う。この旅に出る準備はできているか？」

「はい。ファーザー」

ウィルが再び首を縦に振ったのを見て、ファーザーは立ち上がり、彼を見下ろした。

「君はこれまでも我々を助けてくれたが、これから君の力がもっと必要になる。そのスコープを通して人々を見つめる目、ナイフを握って振りかざす手、銃の引き金を引く指が要《い》るのだ。わかってくれるな、ウィル？　私の頼みを全てを理解してくれるな？」

彼は返事をするのをためらい、ファーザーを見上げたままで黙っていた。

「人類の長い歴史の中、我々は何度も信仰を失いかけた。何度も信じる心を試された。救済の旅――あるいは、必然の旅とも言えるが、もし君がこの旅に出る気がなければ、君は滅びる。その時は、もうすでに訪れていると言っていい。だから、君にもう一度問う。初めて君が我々のところに来たあの日、私が訊ねたように。救済を見つけるのに必要なことを行う覚悟はできているか？」

ファーザーは口を閉じ、ウィルから数歩離れたところで振り返った。こちらの返事を待っているのは明らかだ。しかし今、ウィルはファーザーを見ることすらままならなかった。

「君の妻と子供がこの世を去って、我々が君のことをどれほど気遣ったか」

ファーザーは両手を広げて訴えた。「君の弱さが君の全てを覆い尽くしてしまうのではないかと心配した。しかし、君は乗り越えた。君は狩られる側ではなく、狩る側の人間になった。君は罪を捨て、君の人生を占領していた邪悪さと悪徳を捨てた。我々は君の上に手を置き、君の罪を取り去った。罪を捨てた他のどのメンバーにもしているように、君の胸を開き、悪魔の心を切り取ったのだ」

ウィルはとうとう首を縦に振った。準備はできていると思ったからだ。タトゥー。カミソリの刃。罪の付与。彼は再びファーザーに顔を向け、「あのときのことは、覚えています」と、きっぱりと言い切った。

† † †

メアリー・メイがそこに足を踏み入れたとき、ちょうど彼が祭壇下の床から立ち上がったところだった。空っぽの信者席の後ろで立ち止まり、彼女はその光景を見つめた。疑念という暗い闇がゆっくりと自分の中で広がっていく。まるであらゆる血管を通じて全身の隅々にまで行き渡るかのように。立ち上がった彼をファーザーが抱き寄せた。ふたりの関係を知らなければ、きっと大切な家族なのだろうと思ってしまったはずだ。

彼を見た瞬間、それが誰なのかを悟った。相手が立ち上がったときにわかったのだ。あれは自分の追跡者。ライフルを持った男だ。そして、こちらを狙って発砲した奴。その弾は危うく当たるところだった。つま先から全身に行き渡った疑いの念が、突然頭の中で花開くように、彼女は自分が犯した間違いに気づいた。なんてことだ。追っ手のアジトに自分から足を踏み入れてしまうなんて！　彼女は、敵に隙を見せてしまった自分を罵った。おそらく弟を信用したことすら誤りだったのかもしれない。

男は向きを変えて歩き出した。ドリューの隣に立つメアリー・メイは、徐々に近づいてくる追跡者に目を向けた。男は顎髭を生やし、疲れ切った顔をしている。長年日光に晒《さら》されていたせいか、肌の劣化が著しい。両目の横にはカラスの足跡のようなしわが刻まれ、頭頂部の髪は薄く、白髪まじりだった。男はメアリー・メイの視線に気づき、ふたりは目を合わせた。相手は一瞬足を止め、こちらにうなずいて言った。

「メアリー・メイ、会えてうれしいよ」

彼はドリューにも同様に挨拶し、手にした帽子の形を整えて頭に載せた。

正面の出入り口から出ていった男を追いかけようと踏み出したものの、弟に止められた。肘を摑んだドリューは耳元で囁いた。

「彼はウィル・ボイドだ」

彼女は何も言い返さなかった。その名前は知っていたし、その男も覚えていた。ウィルの妻と娘の葬式にも出た。記憶が正しければ、ふたりは自動車事故で亡くなったはずだ。参列者が列を成して棺《ひつぎ》の前を通り過ぎるとき、ポツンとひとり佇む姿が印象的だった。両親が彼を抱き締めてお悔やみを言う横で、なぜこの人はお酒臭いのだろうと思っていた。棺の周りは甘い匂いが漂い、中に横たわる女性と女の子は花に囲まれて眠っているように見えた。そういえば、さっき自分の横を通り過ぎたウィルから酒の匂いはしなかった。

彼は死んだものと思っていた。しかし、どうやら違ったらしい。

礼拝堂の奥に向き直ると、ファーザーが自分たちを待っていた。両手を広げ、「さあ、子供たち。私のもとに来なさい」と呼びかけた。

ドリューが通路を先導し、ときどき立ち止まって彼女が追いつくのを待った。

ファーザー。

彼のことも覚えている。多少年齢を重ねていたものの、ほとんど変わっていない。もう何年も前のことだが、彼がジョージアからモンタナまでやってきた当時のこともはっきりと思い出せる。あの頃の彼は、メアリー・メイたちと一緒に町の教会に参加し、礼拝に集まった人々と親しげに話していた。問われれば、どのような神の御言葉でも答えられるほど敬虔《けいけん》な信者で、神父が説教している間は黙って座り、静かに学んでいた。ところが、その数ヶ月後、町の人たちと彼の関係は壊れた。そのときは、ファーザーではなく、まだジョセフ・シードという本名で呼ばれていた。その彼が自ら教団を立ち上げ、「我こそが救い主だ」と宣言し、我流の宗教を訴え出したのだ。だが、驚いたことに、ジョセフについていく人間はどんどん増え、エデンズ・ゲートというカルト教団は町で幅を利かせるようになっていった。信者を増やして土地を買収し、規模を拡大していくにつれ、彼らのやり方は目に余るようになった。

前に進み出たファーザーは、メアリー・メイをまっすぐに見つめている。

「さあ、ここへ」

彼はもう一度言った。腕は先ほどより大きくこちらに伸ばし、強い視線からは確固たる自信が感じられた。

メアリー・メイが前に進むなり、すぐにファーザーの手が肩を摑んだ。近くに引き寄せられると、相手の汗の匂いがした。身体に巻きつく彼の腕の力強さを感じる。側から見れば、厳しい日々を乗り越え、ようやく救済を見つけた同志の抱擁に思えるだろう。

「歓迎する」と、ファーザーは少し頰を緩めた。「我々は君を喜んで迎え入れる。たとえ君が父上と母上の身に起こったことを理解し始めたばかりだとしても、だ」

彼女は視線を床に落とし、うなずいた。

「ドリューから君についていろいろ聞いている。彼は私を含め教団のメンバー全員に話してくれた。彼の話、彼の記憶の中で、ご両親は永遠に生き続けるんだ」

メアリー・メイはもう一度首を縦に振った。今の状況についてどう考えればいいか、正直なところ、よくわからない。ファーザーの話し方は、弟であるジョンのそれとはずいぶん違っている気がする。

「さあ、ひざまずくのだ」

ファーザーは声のトーンを上げて命じた。「ひざまずき、私の手にある祝福を受けよ。

君の内側にある罪を洗い流そう。骨と筋の一本一本にこびりついた罪を擦り落として磨き上げよう。そうすれば、君も、世の中も、全てがうまくいく。君の居場所は目覚めの場所の中となり、私は君をエデンズ・ゲートの至福として扱おう」

ファーザーは彼女を離し、一歩後ろに下がった。

その瞬間、メアリー・メイは不思議な感覚に襲われた。まるで彼に何年も抱き締められていた気がしたのだ。これは……一体どういうこと？　彼女は眉をひそめ、近くに立っていたドリューを見た。ファーザーは、今度は弟に近くに来いと手招きをしている。それから、ふたりにひざまずくように指示をした。ドリューが先にひざまずき、彼女は神経が皮膚の下で跳ねるような奇妙な感覚を覚えながら、弟に倣《なら》った。

「善は己の肉体の救済となる。善は罪を取り除く」

ファーザーが両手をメアリー・メイのこめかみに置くと、手のひらから温もりが伝わってきた。

「君は罪人《つみびと》だ。私の目には、怒りと妬《ねた》みが見える。罪悪と恥も見える。存在するあらゆる罪が見えるのだ。私は君に救済を申し出よう。君の魂が抱える苦悩や困難の全てが眠りにつく手助けをしよう」

手をこめかみから離さずに彼もひざまずき、その額を彼女の額に合わせた。

「私の声を聞くのだ。私の言葉は、エデンズ・ゲートの言葉。さあ、耳を傾けよ。メアリー・メイ、君はひとりではない。君は罪を犯したが、孤独ではない。まだ君の存在は忘れられてはいないのだ」

祈りが始まると、ファーザーの声はやや低くなった。その低音は、地の底から響いてくるようだった。彼はメアリー・メイの頭を両手で挟んだまま立ち上がり、彼女もそれに従った。ファーザーの声の高さは元に戻り、赦しを与えると宣言した。酒について話し、罪について語った。無知ゆえに、行ったことの罪深さがわからなかったのだと言い、このカウンティ、この世界の多くの人間と同様、赦しを乞えばいいだけだと告げた。

「闇に包まれた魂が叫び声を上げても、意識が覚醒しただけではどうにもならない。君は、他の多くの信者と同様、必要だったから私のもとに来た。必要だから教会に来たのだ」

そう言った後、彼は「メアリー・メイ、ありがとう」と礼を言った。「前に進み出てくれたことを感謝する。私だけでなく、君の弟も感謝している。だから、我々は君の救済を申し出る」

メアリー・メイは、ファーザーと視線を合わせた。彼は待っている。こちらに向けている目は、決してまばたきをしないように思えた。相手の額には玉のような汗が浮かんでいる。こめかみに、ファーザーが手のひらをさらに押しつける圧を感じた。

「メアリー・メイ、我々を受け入れるかい？」

彼は問いかけた。「弟が以前そうしたように、君も罪を捨て去るのだろう？　魂の慟哭《どうこく》を認め、魂の肉体からの解放を認めるね？　肉体は魂をずっと痛めつけてきたのだから」

ファーザーはこめかみから手を離し、メアリー・メイを後ろにぐいと押した。

思いがけない動きで、彼女はもう少しでひっくり返ってしまうところだった。だが、ファーザーの方が速かった。再び腕を伸ばし、彼女を抱き留めたのだ。背中に手を添えてこちらを立たせながら、彼は問いただした。

「罪を捨てるか？　捨てると言うのだ、メアリー・メイ。罪を捨てると言え。そうすれば、赦される。肉体の清めと魂の浄化を求めよ！」

鋭いファーザーの目がこちらの目を覗き込むように見ている。その視線は尖った槍となって、眼球を貫き、身体の奥深く、心の深層部に届きそうな感じだった。圧倒的で、威圧的だ。それでも、メアリー・メイは何も答えなかった。じっと相手の視線を受け止めていた。

すると、再度ファーザーに突き放された。今度も彼女はよろけたが、転倒はしなかった。そして、彼の腕が伸びてくることはなかった。ファーザーは歩き去ろうとしていた。

彼はこちらを肩越しに一瞥した後、正面に下がっている旗を見上げた。そのとき初めて、彼女はその旗に注意を向け、それがアメリカの国旗だということに気づいた。だが、正規のものとはデザインが違っている。青地の部分に刺繍されているのは白い星ではなく、エデンズ・ゲートのシンボル——中心から四つの光の筋が伸びている不思議な十字架だ。

ファーザーは語り出したが、声はさっきより柔らかくなっている。話し方も悠然としている。まるで、誰かとチャネリングでもしているかのようだ。はるか昔にこの世を去り、今、生きている者たちを手中に収めようと降臨した存在か何かと——。

「火が全ての終わりとなるだろう」

ゆっくりと話すファーザーの言葉が、礼拝堂に響き渡った。「火と、罪を洗い流していない者たち全ての破滅。人と邪悪な手」

彼は静かに振り返り、佇んでいた。沈黙が彼らの間に満ちていく。しばしの間、礼拝堂は完全なる静寂に包まれた。そして、夢から覚めた瞬間さながらに、ファーザーはカッと目を見開き、もう一度問いかけてきた。

「罪を捨て去るか？　救い主からの救済を求めるか？　洗い清められるか？　浄化されるか？　赦されて生まれ変わるために？」

答えるのだ。

従うのだ。

我が言葉のままに、己の心のままに。

さあ――。

ファーザーの声が頭の中でこだまする。メアリー・メイは彼を見ていた。まばたきひとつしない相手の目を。そして、答えはひとつだけだとわかっていた。

†　†　†

十二年前、事の発端《ほったん》が起こったとき、もちろんウィルは酒を飲む人間だった。大人になってからのほとんどは酒を切らすことがなく、酒のない生活など考えられなかった。酒については考えないようにしている。まあ正直に言えば、頭をよぎることくらいはある。それでも、家系図のずっと上の忘れられた先祖、自覚はしていないが、必然的に自分に影響を与えている遠い遠い親戚と同じく〝かつて存在していたものの、もはや手の届かない何か〟くらいに思うようにしているのだ。

内側から重荷を引きずり出し、自分を解放してくれたのは、ファーザーの言葉だった。

今もベッドに横たわり、彼が愛していた故人の魂を呼び寄せようと試みる。罪を捨てた後でさえも、自分が教会や町から離れてひとりでいる理由は、間違いなく彼らの存在だ。

起き上がってベッドから降りた彼は床の上に立ち、ドア越しに外を眺めた。漆黒の闇に、銀色の光が浮かんでいた。彼らが与えてくれた部屋は、シングルベッドが二台ある家のひとつで、開け放った窓から湖の匂いが風に乗って入ってくる。エデンズ・ゲートの夜の空気はいつもこうだ。深海の水流のように動き、漂っている。

ズボンを穿き、靴紐を結びながら、妻と娘のことをまた考えた。どうにも彼女たちのことが頭から離れない。暗がりの中、涙があふれてこぼれ落ち、頬を伝うのを感じた。

ウィルは己の死の伝達者だ。つまり、生ある限り、自身の死を自分に意識させ続けていく。妻と娘を亡くしてから十二年が経っている。自身が担う役割、自分が自分に与えた痛み、愛する家族を失った代償について、これほど確信を持てたことは今までなかった。あの日、自分はあの酒を買った。〝酒〟という弾丸を撃ち、人生で最も的確な狙い撃ちを一発で成功させたのだ。妻と娘という標的に対して――。しかし、それがあって今に至っている。彼はわかっていた。それは、自分自身が自分に負わせた深い傷のようなものであることを。

ドアを押して空っぽの廊下に出た。廊下の先には別の廊下が続いている。一体何時なのかわからないが、時間などどうでもよかった。とにかく外の空気が吸いたい。星や月を眺め、草の上に立ち、夜を全身で感じる必要があった。教団のために猟をするようになって十二年。この森の夜は、自分の一部になっていた。

時間を遡って人生をやり直したいといつも願っていたものの、決して何も変わらないのはわかっている。自分はあの酒を買った。家族を殺した男のために。彼はあの男を世の中に送り出したのだ。実に完璧なタイミングで、完璧な場所から。だから、ウィルがあの事故を起こしたのも同然だった。自分はあの男に酒を飲ませ、道路に送り出した。妻のサラが、酒場に入り浸りの夫についに堪忍袋の緒を切らしたちょうどその晩に。彼女は十歳の娘カリを助手席に乗せ、ウィルを迎えにバーへと車を走らせたのだった。

自分が担った役割を思い、彼は己を責めた。罪悪感が己の奥底から湧き、喉までせり上がってきたが、これまで幾度となくそうしてきたようにそれを呑み下す。かつて酔っ払いだった自分のように、ふらつきながら廊下を歩いていく。あの夜以来、酒は一滴たりとも口にしていない。当然のことながら、今もしらふだ。よろめきつつも、自らの罪悪感と悲しみを乗り越えようと、重くてしょうがない足を動かし続ける。小さな宿泊施設の廊下を抜け、ウィルはようやく夜気の中に飛び出した。バラバラになった自分の命の欠片《かけら》を掻き集めるかのごとく、繰り返し深呼吸をした。

今までいた建物から延びる道を歩き、何人かの守衛の横を通過する。彼らはこちらを一瞥しただけで挨拶の言葉こそ何もなかったものの、小さくうなずいてくれた。星がきれいに見える空間に出て、夜空を仰ぐ。漆黒の空に撒かれたような満天の星を見つめると、自ずとため息が出た。星の輝きを眺めているだけで、気持ちが穏やかになっていく。目の前に広がる湖に視線を落とし、反対側の湖畔に広がる草原と山並みへと視線を滑らせた。全てが暗闇の中にあり、静謐《せいひつ》だった。落ち着いたウィルは向きを変え、部屋に戻ることにした。

そのとき彼の目が、湖畔の近くで小さく揺れる赤い点を捉えた。よく見ると、赤々と焚き火が燃えていた。その明かりで、火の隣に立つ女性の姿が浮き上がっている。おそらく火を熾《おこ》した本人だろう。光源に引き寄せられる虫のように、ウィルは炎へと向かっていった。真っ赤な炎の周辺は、暖かい光に満ちている。黒い闇を寄せつけまいとする結界ができているふうにも感じられた。

「眠れないの？」

そう声をかけてきたのは、ホリーだった。

「まあ、そんなところかな」

「真実は、ファーザーの心の中にある。だけど、夜中に起きて問いかけに向き合うのも、意外といいものよ」

焚き火を見つめるホリーの横顔が橙色《だいだいいろ》に染まっている。彼女は、火から少し離れたところに腰を下ろした。

「あなたも座って。ロニーはもういないから、明日、あたしがあなたを山小屋に連れていくわ」

ウィルは礼を言い、踊るように舞う炎に目を向けた。それから、彼女にこう訊ねた。

「ファーザーが知っている物ごとについてだが……どうやってああいったことを知るんだ？」

途端に、ホリーは声を立てて笑った。

「つまり、ファーザーが透視能力者とでも言いたいの？　それとも予知能力者？　神の預言者とか？」

「つまり、どうやって彼が情報を得るのかって意味だ。疑いを挟む余地がないほど確信を持っている」

「そんな人、ひとりもいないわ。神はアダムとイブに楽園を与えた。その結果、ふたりは自分の意志で行動し始め、神はそれを止めることはできなかったのよ」

「君の言い方、まるで彼みたいだな」

ウィルのひと言に反応し、彼女は「誰みたいですって？」と訊いてきた。

「ファーザーだよ。もしくはジョン。いや、俺たちのひとりひとりとも言えるかな。男であろうと女であろうと」

「アダムとイブ？」

「たぶんな」

木片が火の中で弾け、ウィルは近くにあった長めの枝で焚き火をそっと掻き回した。

「ここは楽園か？」

「自分でそうだと思えば、どこだって楽園になり得るわ」

彼女はそう返事をし、また笑い声を立てた。そういえば、かつてのホリーがこんなふうに笑うことはほとんどなかった気がする。

「ウィル、用心して。彼らはあなたに何が起きつつあるのか気づいてないかもしれないけど、あたしにはわかるわ」

何かの冗談かと思ったが、彼は気になって問いかけた。

「だから眠れないのか？」

その質問に、ホリーは弱々しい笑みを浮かべた。ウィルの発言、あるいは存在が彼女の頭の中で何かを連鎖的に引き起こしており、それを無理やり抑えているかのような表情だった。

「あたし、ジョンを待ってるの。だから起きてるのよ」

「彼とは……真剣なのか？」

「真剣よ。だから、こんな夜更けにここで待っているの」

ウィルはホリーを見た。彼女は焚き火を見つめたままだった。彼は夜闇を見渡し、目の前の女性について考えた。彼女のことは以前から知っている。自分たちは似た者同士だと思っていたが、今は定かではなくなってきている。

「じゃあ、よくこうしてるのか？　ここで、ひとりで起きて待っているわけか？」

「誰かがそばにいるって大事なことよね」と、ホリーはつぶやいた。「誰かといれば、心が遠くをさまよわずに済むもの」

彼女は木の枝で焚き火の中の細い丸太を押しやり、空気の通り道を作った。すぐに火の勢いが増す。ふたりは黙り込み、炎が巻き上がって火の粉を飛ばす様子を眺めていた。ホリーは誰のことを語っていたのだろう。彼女自身？　それとも俺のことか？　ウィルはその答えを見つけられず、ただ赤い火を見続けていた。

†　†　†

メアリー・メイは、暗闇の中で目を覚ました。

弟は、教団の人間と会った後にフォールズエンドに送っていくと言っていたのに、そうする気配すら見せなかった。彼女は小さな家の小さな部屋を与えられただけだ。その室内に佇み、かつて自分の弟だった男を見つめていた。彼は今や、別人に変わってしまった。こんな男のことなど知らない。かつては知っていたが、目の前にいるのは、彼女が知らない別の人間だ。

「町まで送っていってくれるんでしょ？」

「ああ」と、ドリューは返事をした。

「私と一緒に来るのよね？」

「ああ」

「もうどこにも行かずに私のそばにいて」

メアリー・メイは訴えた。「ここにいて。朝までこの部屋で過ごしましょ。あんたはリビングのソファで寝て、朝に車で町に帰ればいいわ」

「ああ」と、弟は再びうなずいている。

その瞬間、小さかった頃のドリューを思い出した。母に叱られ、小言を言われている彼を。弟の態度は今と同じだった。何を言われても「イエス」と返し、首を縦に振っていた。

いつもそうだったではないか。

何を心配しているの、メアリー・メイ？　ドリューはかけがえのない弟よ。せっかくこうして再会できたというのに。

メアリー・メイは暗闇の中で目を覚ました。だが、自分はひとりきりではないとわかっていた。

「ドリュー？」

寝室の片隅で物音がした。毛布が擦れる音。人の重みで木がきしむ音。

「ドリュー？」

彼女はもう一度名前を呼んだ。

「ああ」

弟が眠たそうに返事をした。「ここにいるよ」

彼女はベッドから降り、ドリューの声がした方に歩き出した。暗がりに目が慣れてきて、弟のシルエットを捉えることができた。ほとんど空っぽの部屋では、形のある影は彼のものくらいだった。

「どうかしたの？」

そう問いかけると、ドリューは「どうもしてないよ」と答えた。

メアリー・メイは、弟がもぞもぞと動く音を聞き、椅子から立ち上がったのがわかった。彼はリビングのソファではなく、寝室の入り口横の木製の椅子で寝ていたはずだ。

「ねえ、どうかした？」

彼女は再び問いかけた。耳を澄ませ、闇の中で立ち上がる相手のシルエットを見つめていた。

「姉さん、洗い流さないと」

「洗い流す？」

「ああ。水に入って自分の汚れを洗い流すんだ。きれいにするんだよ」

「シャワーなら、ここに来て浴びたわ。汚れは落としたはずよ」

ドリューの唐突な言葉に、メアリー・メイは面食らった。

「シャワーじゃないよ」と、弟は噴き出した。「姉さん、浄化に同意したじゃないか」

――浄化？

彼女はゾッとした。

「ドリュー、変なこと言わないで」

「変なことなど何ひとつない」

そう言いながら、弟は歩み寄ってきた。メアリー・メイは反射的に後ずさりし、ベッドの横木にぶつかって腰を下ろす形になった。ベッドの反対側は壁だ。後ろに下がろうとしても、それ以上は下がれない。自分の胸の前で腕を交差し、自然と防御の姿勢をとった。

「姉さん、怖がらないで」

弟はどんどん近づいてくる。「浄化して、全てを清め、己の罪に向き合う準備をするだけだよ」

ドリューが迫る中、彼女は慌てて周囲を見回した。彼を止めるのに、何か使えそうな物はないかと探したが、めぼしい物は何もない。どうしよう。メアリー・メイは身構えた。弟が自分に何をする気か定かではなかったが、とにかく怖かった。本能が逃げろと言っている。万事休すかと思った瞬間、近づいてくる彼の足が見えた。彼女は咄嗟に身を屈めて弟の足首を摑み、思い切り手前に引っ張った。バランスを崩してドリューが倒れると同時に、メアリー・メイは脱兎のごとくベッドから飛び出した。

室内には家具らしい家具はなかったものの、暗い中で転ばないよう、腕を伸ばしながら早足で部屋を横切ろうとした。ところが、ベッドから一メートルも離れないうちに足元の何かにつまずいて転倒し、肘と頭をしたたかに床に打ちつけた。

強烈な痛みが襲い、皮膚の痛点から全身に広がっていく。あまりの激痛で一瞬、朦朧《もうろう》としたが、うつ伏せのまま、自分がカーペットの上を引きずられていることに気づき、彼女は愕然《がくぜん》とした。顔を足元に向けると、暗がりの中でドリューの立ち姿がぼんやり見えた。

こちらの足首を握り、戸口へとずるずる引っ張っていく。彼女はなんとか逃れようと、懸命に手を伸ばして何かを摑もうとした。しかし、摑めるような物は何もない。床に突き立てた爪はカーペットを虚しく削るだけで、爪の間に繊維と砂利が溜まるだけだった。

ドリューが扉を勢いよく開けたそのとき、廊下の照明の明かりが室内に注がれた。無地のカーペットが間近に見えるだけだったものの、自分がどんどん入り口に近づいているのがわかる。

「ドリュー！」

弟の名を呼んだが、足を止める様子はない。そのとき、自分の身体がさっきまで彼が寝ていた椅子の横を通り過ぎていることに気づいた。思い切り腕を差し出し、その脚を摑んだものの、すぐに引き剝がされた。次に、寝室の入り口の側柱を摑んだ。弟の力に必死に抵抗したが、蹴りが飛んできたため、手を離さざるを得なかった。蹴られた勢いで身体が仰向けになり、弟の方が手を離したが、彼はすぐに足首を摑み直し、ふたりは寝室の外に出た。

「ドリュー!」

メアリー・メイは叫んだ。「ドリュー!」

声の限りに叫んだはずなのに、弟には聞こえていないようだった。いや、聞こえないふりをしていただけなのかもしれない。彼は動きを止めずに廊下を進み、黙々とリビングルームを横切っていく。彼の手が玄関の扉を開け、とうとう表に引きずり出されてしまった。

地面の上を引きずられるのは悲惨だった。砂利道だったため、顔も髪も埃と砂だらけになり、激しく咳き込んだ。小さな石が背中に擦り傷を作り、顔にも無数の砂利が跳ねてぶつかった。いつの間にか口の中を切ったのか、血の味がする。咳をしながらも、メアリー・メイは周囲の状況を把握しようとした。

ジョンの姿が見えた。どうやらこちらを待っていたようだ。トラックの荷台に腰掛けている。ようやく地面に横たえられた彼女は姿勢を変え、周囲を見回した。大勢の顔がそこにあった。男もいれば、女もいる。皆、教団の信者に違いない。

「やあ」と、ジョンが声をかけてきた。

メアリー・メイは振り返り、上体を起こそうとした。

「これは一体、どういうことなの⁉」

「もうおしまいにしよう」

ジョンは冷ややかな笑みを浮かべている。「これは、私がずっと君に望んでいた結果だ。君はひとりぼっちだった。ファーザーの御言葉を知らずに生きてきた。そんな人生は終わりだ。君はもうひとりじゃない」

彼女は立ち上がろうとした。立ちくらみと打撲の痛みで、思うように立ち上がれない。すぐに数人が駆け寄り、支えようと手を伸ばしてきたが、メアリー・メイはそれを振り払った。だが、その数はあまりに多く、彼女にはどうすることもできなかった。

――えっ？

突然身体がふわりと宙に浮き、メアリー・メイは己の間違いに気がついた。彼らは、立ち上がろうとした自分に手を貸そうとしていたのではなかった。こちらを地面から担ぎ上げ、トラックの荷台に放り投げたのだ。

「ドリュー！」

弟の名前を呼んだ。何度も繰り返し叫んだ。だが、返事は聞こえてこなかった。

CHAPTER 3

我々のひとりひとりが思い出すべきだ。
罪に溺れ、悪魔を寄せつけぬ
盾となる信仰心なしに生きている間、
いかに自分が孤独だったかを。

——モンタナ州ホープカウンティ、
エデンズ・ゲート教祖“ファーザー”

ウィルが目覚めたとき、いつの間に部屋に入ってきたのか、ホリーがもうひとつのシングルベッドに腰掛けていた。

「出かける支度をして」

ホリーにそう言われ、彼は「わかった」と返事をした。それから、目を擦りながら、「今、何時だ?」と訊いた。

「まだ朝の時間帯ね」

彼女は時計を持っていない。携帯電話もない。携帯を持っていたところで、しょせん圏外だ。

ウィルは毛布をめくり上げ、ベッド脇から足を下ろした。床の質感が足の裏に伝わる。

「ちょっと、ウィル。あなた、下着もお手製なの?」

彼女の言葉に、彼は自分の下半身に視線を落とした。身に着けている下着は着古してクタクタで、生地はところどころ黒ずんでいる。長年、川で洗い、日向《ひなた》に干していたことから全体的に薄茶色になっていた。顔を上げたウィルはニヤリと笑った。

「こいつは俺の人生を反映している」

「下着は魂の窓よ」

立ち上がったホリーは、彼にシャワーを浴びてと促し、納屋の食堂で会おうと告げた。

シャワーを済ませたウィルは、昨日と同じ服を着た。服は山の匂いがする。松の葉、土、割れた岩の匂いと、自分の汗と塩気が混ざっていた。ライフルとリュックサックを持って食堂に入ると、ホリーが待っていた。

彼女は、手にしていたカゴをテーブルの上に置き、「サイズが合うのを探して」と言った。カゴの中には男ものの服がいろいろと入っている。

ウィルは一番上に載っていた服をつまみ上げた。

「これはどこから手に入れたんだ？」

「寄付されたの」と、ホリーは肩をすくめた。「ありがたいわよね。教団に参加して、自分の持ち物を寄付し、それを必要な人に分配する。物だけでなく、善意も人々に与えられる。あたしたちは信仰をともにする共同体《コミュニオン》よ。まあ、あたしはそんなヒッピー族が使うような言葉は使わないけど」

ウィルはカゴの中から着られそうな服を何枚か選び、丸めてリュックに押し込んだ。

「服は他にもあるのか？」

「もちろん」

ホリーは彼を別室に連れていった。家を縦半分にしたような細長い空間だ。驚いたことに、両側の壁が山積みの古着で埋まっていた。靴も、ウィルの背の高さほどに積み重ねられている。手袋と帽子の山もあった。あとは、コート、ズボン、シャツ、下着などだ。服の山の間を歩いてあれこれ見ているうちに、大人の服とは別に、子供ものの一画もできているのがわかった。彼は立ち止まり、紐付きの十五センチの靴を手に取った。紐の色は白いが、土で汚れている。靴自体はピンクと薄紫だった。

彼は肩越しにホリーを見た。

「これ、カーショウのところの娘の靴じゃないのか？　カーショウ家には女の子と男の子がいたはずだ。ロニーが、親が娘に靴を買ってやった話をしていた。だが、俺は彼らの子供たちを見ていない。カーショウ一家の誰の姿も見てないんだ」

靴紐をブラブラ揺らしながらそう言い、別の服の山に視線を戻した。次第に、見覚えのある品が目につき始めた。地元のリトルリーグのロゴが入ったTシャツ、やはり地元の材木置き場の名前入りの作業着が何枚も積まれている。

「ここで何があった？　みんなはどこにいるんだ？」

「あなたの気持ちはわかるけど、心配する必要はないのよ。彼らはあたしたちと一緒にいる。だけど、ここにいるわけではないの」

ウィルの手からは、まだ子供靴がぶら下がったままだ。長いこと忘れていた昔の生活――彼が大切にしていた何かを象徴しているようだった。

「意味がわからない」

眉間にしわを寄せる彼に対し、ホリーは「他の場所があるのよ」と、答えた。「東に、教団の農場を営む女性がいてね。彼女があたしたちのための農産物を育て、必要な分を供給してくれるの。卵とか、家畜の肉とか。教団のための食料調達に貢献しているのは、あなただけじゃない。あなたもそれはわかってるはずよ。教団の拠点はこのホランドバレー地区だけじゃなくて他にもあるし、大勢の信者のための食べ物が必要なんだもの」

「子供たちがいるところも？」

「ええ」

ホリーは微笑んだ。「どの子も安全よ。みんな目的を持っている。あなたもいつか会えるわ」

ウィルは持っていた子供靴を山に戻し、再び服の山を見渡した。

「だけど、すごい量だ」

「ジェイコブ……シード兄弟の長男は、北の山の中で本格的な軍事訓練を始めたわ。女性も男性も対象よ」

「ホワイトテイルマウンテンでか？」

「そう」と、ホリーはうなずいた。「それほど遠くじゃない。いろいろと事情は変わってるの。どうやらロニーはあなたに逐一情報を伝えていなかったようね。あたしたちは成長しているのよ。ウィル。あなたもあたしも教団創立当時からいる古株だけど、今まで本当に大勢が教会に来たわ。あたしたちに保護してもらいたくてね」

「保護？」

顔を歪めたウィルに、彼女はきっぱりと「ええ、保護よ」と繰り返した。「自分たちのおぞましい生活からの保護。ちょうどあなたと同じ。あなたがエデンズ・ゲートに来て、酒瓶と決別し、罪を捨てたようにね。あるいは、経済的な支援が必要でここに来た人間もいる。それまでの信仰を失って来た人も。だけど、教会の門を叩いた理由がなんであれ、彼らはあたしたちの助けを求めている。同情するだけでは、彼らは救われないのよ」

一気に話すホリーを、彼は見つめていた。古着の山を再び一瞥し、彼女に向き合った。

「服はこれでいい。ありがとう」

そう言ったものの、ホリーの言葉は彼をどこか不安にさせていた。彼女自身もそれをわかっているはずだ。

「あたしたちはここで築き上げてきた。目的に向かって。その努力は続いてる」

ホリーにそう言われ、ウィルは小さく首を縦に振った。

「わかってる。見てわかるよ」

彼はリュックを背負い、ライフルのスリングを肩から下げた。

ホリーの先導で古着の部屋をあとにした。表に出ると、ふたりがいた小さな木造の下見《したみ》板張《いたば》りの小屋が月明かりに照らされていた。

外には彼女が用意しておいてくれた小型トラックが停まっていた。

「荷物は後ろに置いて」

言われた通りにリュックを荷台に起き、車のドアを開けた。車道には他の車は見えない。小さな木造住宅や建物の向こうには、教団の敷地の出入り口となるゲートがある。その傍《かたわ》らに、ふたりの門番がいるのが見えた。男たちが肩に掛けている、不必要に大きな銃器に目が行った。

ウィルが助手席に乗り込むや、運転席で彼を待っていたホリーはエンジンをかけ、こちらを見た。

「ウィル、久しぶりに会えて良かった」

彼も横を向いた。ライフルを足の間に挟みながら、「こっちこそ、会えてよかったよ」とうなずいた。ホリーがペダルを踏み、トラックは砂利道を動き出した。

「ねえ、これからは最新の情報を知っておくべきだと思う。一ヶ月に一度教会に来る程度じゃ、不十分だって、今日あなたに会ってわかったわ。今後は、あたしがあなたのお目つけ役よ。ジョンに頼まれたの。ロニーはもういないから、あたしがちょくちょくあなたに会いに行くことになるわ」

「それは助かる」

ウィルはもう彼女の方を見ていなかった。窓の外を流れる家並みを目で追っていく。ほとんどが背後にある教会と同じ白いペンキで塗られていたが、塗り方はかなりぞんざいだった。塗装されていない家もあり、雨ざらしのせいか、木目に染みが浮かんでいる。トラックが道を進む中、ある一軒で目が留まった。玄関横の木製の壁に、大きな文字が殴り書きにされていたのだ。

——SINNER《シナー》——

あれは「罪人」を意味する言葉ではないか。

白いペンキがそれぞれの文字から垂れ、壁を伝わる広い筋が何本もできていた。書かれたばかりなのかもしれない。

その間にも車は前進を続け、その家がどんどん後ろに遠ざかっても、彼は身体を捻《ひね》ってずっと見ていた。以前ここに来たときには、あんな落書きはなかったはずだ。正面に向き直ったものの、どうしても気になり、サイドミラーに小さく映る家を眺め続けた。

彼がホリーに事情を訊ねようと運転席を見るなり、彼女が先に口を開いた。

「あなたが前回ここに来てから、何週間も経ってる。少なくとも、一週間に一度は来なきゃダメよ。今も信者なら、日曜日の礼拝には出席して、ファーザーの説教を聞くべきだわ。彼の話し方。彼の意志の力。あたしたちに与えてくださる魂からのメッセージ。教会に来ないと、それらに触れることはできないもの」

「そうするよ」

ウィルはうなずいた。「知らないことが増えすぎた」

もうあの家はサイドミラーから消えていた。

† † †

町の雑貨店の前で、ホリーはトラックを止めた。ウィルは礼を言って車を降り、荷台のリュックを掴んだ。ホリーが声をかけてきたので、彼は運転席側に歩いていった。

「ねえ、本当にここでいいの？　山小屋まで乗せていくわよ」

「いや、ここでいいんだ」

彼は片手を上げた。「罠用の新しいワイヤーが要るし、ライフルのカートリッジも買わなきゃならない。ワイヤーはもう予備がない。今あるのは使い古してボロボロだ」

「わかったわ」と、ホリーは小さく息を吐いた。「じゃあ、山まで帰る宛てがあるのね？」

「問題ない」

ウィルは首肯した。「ありがとう、ホリー」

彼女は少しの間、彼を見つめ、窓に寄りかかって言った。

「あたし、あなたの力になりたいのよ」

「ああ、わかってる。だけど、俺はひとりでも大丈夫だ」

「あなたはそう言うけど、私は物ごとが変化しつつあるってことを伝えたいの。エデンズ・ゲート。ファーザー。ジョン。全てが変わろうとしている。ウィル、あなたが取り残されそうで心配なのよ。今すぐに態度を変えないと、置いてきぼりをくらっちゃうわ」

しつこく食い下がるホリーに、ウィルは苛立ちを覚え始めていた。彼は、あれをしろ、これをしろと指図されたり、自分の行動を疑問視されたりするのが基本的に嫌いなのだ。

「君のように？」

ウィルは嫌味半分でそう返したのだが、彼女は素直に「そう、あたしみたいにね」と答えた。「教団で起きていることを全て肯定するわけじゃないけど、自分が誰についていくべきかはわかっている。あなたはまだ、考えを決めかねているようね」

彼は頬を緩めた。

「まあ、俺はジョン・シードと寝るつもりはないんでね」

「何よ、それ。呆れた」

ムッとしたホリーはハンドルを握り、正面の道路に顔を向けた。そのまま走り去るかと思いきや、彼女はエンジンをかける前に、もう一度ウィルを見た。

「さっきも言ったけど、彼らがしていることに百パーセント賛成してるわけじゃない。でも、助けてもらった借りがある。あなただって同じでしょ。わかってる？　ときには彼らの批判を口にするかもしれないけれど、あたしはいつだって彼らの味方よ。あなたがどういう態度をとるかは、あなたが決めること。あたしはもう決めてる」

彼女はさらに何かを言おうと口を開いたが、結局何も言わなかった。唇を閉じ、エンジンをかけた。

無言のまま窓を閉め、ホリーのトラックは走り出した。白い車が小さくなっていくのを見送りながら、ウィルはどこか釈然としないまま、その場に佇んでいた。少し言い過ぎたかもしれない。バツの悪さを覚えたが、どうすることもできなかった。

気を取り直し、ウィルは雑貨店に入ってカートリッジと直径〇・五ミリのワイヤーを五十メートルほど買った。先の細いラジオペンチとワイヤーカッターも必要だ。春の雨の中でも、冬の雪が積もった野原でも使用し続けてきたから、今持っている工具は錆びつき始めている。彼は全てをロニーの勘定に付けてもらっていた。自分の監視役になったあの若造は、狩猟道具の支払いを肩代わりするよう取り計らってくれていたのだ。ホリーもそうしなければならないことを、彼女は知っているのだろうか。会計カウンターで立っている間、ふと例の子熊を思い出した。生きていたなら、またビーバーの巣穴を襲いに行くかもしれない。そして、彼はビーバー捕獲用の罠と浮きのセットも五つ購入した。買い物した品のほとんどはリュックサックに入ったが、ビーバーの罠だけは大きく、紐を付けて肩から下げることにした。

通りの角まで歩いたとき、ウィルは足を止め、ある建物の窓に目を留めた。手のひらをガラスの上に起き、中を覗き込むと、室内はがらんどうで、埃だらけの座席とテーブルがいくつも並んでいた。一年前はカフェだったはずだ。いつ店じまいしたのか、ここのオーナーはどこへ行ってしまったのか、全く見当もつかない。彼はそこから離れ、街路を横断して反対側へ渡った。目の前にはバーが建っていた。

——スプレッドイーグル——

鷹の翼を背中で広げたビキニ姿の女性が、店名の上でひざまずいている。小さな町では、嫌でも目立つ派手な看板だ。

見慣れた店先は、何も変わっていない。

軒先の「ＢＥＥＲ《ビール》」と書かれた小ぶりのネオンボードのライトは消え、窓には「ＣＬＯＳＥＤ《閉店》」のサインが下がっている。ウィルはリュックをドアの横に置き、窓から店内を見てみた。閉店しているのだから当然だが、人気はなく、暗がりに沈んだ家具類の影と輪郭しか見えない。彼はその場に佇み、考えた。そんなことは見る前からわかっていた。そこまで自分は馬鹿ではない。

ホリーによれば、メアリー・メイと彼女の弟は、早朝に町に向かったらしい。彼は店の前の板張り部分に腰を下ろし、姉弟に思いを馳せた。そして、教団敷地内の小さな家に書かれたばかりの落書きを思い出した。

まさか、あの家が――？　メアリー・メイはあそこに滞在していたのか？

次から次へと起こる出来事に、ウィルは頭を整理しなければならなかった。いろいろなものがうず高く積み重ねられて、自らの重みで崩れてしまう……そんなイメージだ。彼は街路の左右に見やり、この小さな町を見渡した。通りに沿って建物が並んでいる。かつてはどの店も営業していて、活気があった。窓越しには、明るい店内が見えたものだ。忙しそうに働く者、暇そうにしている者、笑っている者、怒っている者と、そのときそのときの人々の暮らしが、どの窓からも垣間見ることができた。こちらに気づいて手を振ってくれたり、表に出てきて立ち話をしたり。別に意識をしなくても、自分がこの町の住人なんだとわからせてくれたのだ。いつの間に町はこんなに変わってしまっていたのだろう。というか、いつ、自分は変化に気づかなくなったのか。いずれにしても、確かなことはひとつだけあった。町はすっかり変わっていた。自分はたった今、その事実を悟ったのだ。

立ち上がった彼は、もう一度窓に手を当てて中を見ようとした。しかし室内は暗く、ガラスに映る自分の顔がこちらを眺めているだけだ。リュックを置いていた場所に戻り、入り口を開けようと把手を押したり引いたりしてみたものの、鍵が掛かっていた。仕方なく後ろに下がり、バーの建物の前をぶらぶらと歩くことにした。立ち去ろうかとも思ったが、考え直して店の裏側に回った。

そこには大きめのゴミ箱がいくつか置かれてあり、貯蔵庫もある。少し進むと、勝手口が見えた。ゴミ箱の横を通り過ぎ、ウィルはドアが開くかどうかを試した。どうせダメだろうと諦め半分だったので、施錠されていなかったことに驚いた。ライフルを肩から下ろして手に握る。使う気などさらさらないものの、他人のバーに黙って立ち入ろうとしている自分に気づき、自然に取った行動だった。

ドアノブを回すと、ちょうつがいが小さく鳴って扉が開いた。どうやら、バーの裏の厨房に通じているらしい。その近く、ちょうど白いリノリウムの床が切れる辺りには、バーの木製の床が見えた。椅子はテーブルの上に乗せられており、外から射し込む微かな陽光が格子状の窓枠の影を落としている。

そのとき、声が漏れ聞こえ、彼はハッとして動きを止めた。手はまだドアノブを握ったままだった。建物内から男性の声がしたのだ。どうやら厨房の中から聞こえてくるようだ。それに続いて、女性の柔らかな声が答えるのもわかった。ウィルは身を傾けてドアを押し開け、中に滑り込んだ。

厨房のステンレスの作業台に、男性が座っていた。がっちりした体軀で、白いコック服を着ている。その白い生地は染みだらけだ。その男性の脇、作業台の角には、若い女性が立っている。二十歳前後だろうか。ふたりともこちらの気配に気づき、会話をやめて顔を向けた。

コックが立ち上がるや、ウィルはライフルの銃口をサッと下げた。そこに立つ相手の顔に見覚えがあったからだ。

「やあ、ケイシー。おまえ、ここの料理人なのか？」

ウィルが話しかけた男性は高校の後輩だった。一歩前に踏み出たものの、動きを止めたところを見ると、向こうは次の出方を決めかねているようだ。女の子は目を丸くして、ウィルとケイシーの両方に視線を行き来させる。そして、ケイシーもようやく口を開いた。

「──ウィル？　ウィルなのか？」

ウィルはニヤリと白い歯を見せた。

†　†　†

地元の新聞の第一面に、その記事は載っていた。

普段はほとんど中身のない内容の新聞なので、物置に貯めておいてはストーブや暖炉の薪代わりに使われるのがオチだった。その地元紙「クロニクル」の裏一面は、トラクター販売やフライフィッシング講座の広告が載り、表の一面でも地域の天気や年に一度の材木祭り、あるいは退役軍人クラブのイベントの週間スケジュールが掲載されるくらいで、目を引くニュースが紙面を飾ることはほとんどない。

新聞を手渡してきたケイシーは、今、バーのカウンターの裏に立っている。女の子──ウェイトレスのジャネットは、椅子をふたつ開けた場所に座り、ウィルの様子を眺めていた。

「酒場のオーナー、死体で見つかる」

ウィルはトップ記事の見出しを声に出し、顔を上げた。「ゲイリーが死んだのか!?」

「それだけじゃない。アイリーンは、あいつが死ぬ二週間前に亡くなってる」

その事実は、めまいがしそうなほどの衝撃だった。ウィルはゲイリーとアイリーンを偲んだ。ふたりは、メアリー・メイとドリューの両親で、このバーの持ち主だ。そして、自分の友人でもある。いや、正確には、ウィルが十二年前に姿を消すまではそうだった、と言うべきか。

「先週、ゲイリーの葬式に出てきた」と、ケイシーがポツリと言った。「その一週間前は、アイリーンの葬式だった。ふたりは、墓地に隣り合わせで葬られた。その上には、まだ芝生も生えてない」

新聞記事に目を滑らせた後、ウィルは再び顔を上げてケイシーを見つめ、それからジャネットにも視線を向けた。

「メアリー・メイはどこだ？　ドリューは？」

ウィルの問いに、ケイシーは肩をすくめた。

「ドリューかい？　何ヶ月も姿を見てない。いや、もっと長いかも」

「じゃあ、メアリー・メイは？」

ジャネットは、まるで許しを請うかのようにケイシーを見ていたが、ウィルに目をやって話し始めた。

「この二日間、彼女に会ってない。バーも閉めたままよ。今日戻ってきて店を開けるって言ってたから、あたしたちは開店準備をしてたの。そこに、おじさんが入ってきたってわけ。あたしたちはメアリー・メイを待ってただけよ。そろそろかなあと思って」

今朝、エデンズ・ゲートを出て町に戻ったんじゃないのか。ホリーの言葉を思い出して、不思議に思ったものの、その疑問はすぐに消えた。

ジャネットからケイシーに視線を移動した後、ウィルは店内をぐるりと見回した。ここに来たのは実に十二年ぶりだが、昔と何も変わっていない。暗い色の塗装。木の羽目板。ビールの看板。埃を被った部屋の隅。全て同じだ。

後輩に目を戻し、ウィルは訊ねた。

「ゲイリーとアイリーンはあの墓地に埋められたのか？　この町の？」

ケイシーは、こくりとうなずいた。

† † †

彼は目の前の墓石を見下ろしていた。片手には帽子を、もう一方の手にはライフルを持っている。土はまだ盛り上がったままで、埋葬されて間もないことが一目瞭然だった。

辺りを見渡すと、知っている名前が刻まれている石がいくつもあった。そして、あるふたつの墓でウィルの視線が止まった。妻と娘。急に、この空間そのものが別世界のような気がした。自分がかつて知っていた人間の魂がここにある。ここで自分だけが生きているのが、奇妙な気がする。生と死の境界線は、どこにあるのだろう。

「――彼らは助けを求めてきたが、聞く耳を持つ者は誰もなかった」

ハッとして振り返ると、そこに神父が立っていた。こちらが記憶しているのと同じ――黒い神父服に白いカラーという出で立ちで。すでに頭髪には白いものが混じっているが、自分より二十歳近くは若いはずだ。聖職者の道に入り、この町のローマ・カトリック教会の神父になる前は、湾岸戦争にも従軍した海兵隊の下士官だったらしい。

「私は……聞かなかった」

そう神父は言った。あたかも、己の罪に対する釈明をするかのように。

ウィルは神父の背後を見やった。墓所は、教会の前後に広がっている。前庭の複数の墓の先に建つ教会の扉は開け放たれており、礼拝堂の信者席とガラス窓が覗いていた。

「てっきり、あなたは私を痛めつけに来たのか、私の教会を破壊しに来たのかと思いましたよ。ですが、今ならわかります。あなた自身の教会が何をしたのか、その目で確かめるためにここに来たのだと。あなたが離れる前とは、ずいぶん町も変わったんじゃないでしょうかね」

「ジェローム。元気だったか？」

ウィルは懐かしさで胸がいっぱいになった。

「正直言って、疲れました。今起きている事態に辟易《へきえき》しています。もうたくさんだ」

神父の表情は曇っていた。その目はウィルが握っていたライフルに向けられている。

「俺は、あんたを撃つために来たんじゃない。嫌がらせをしたり、痛めつけたりしに来たわけでもない。俺は答えを求めに来たんだ」

ジェローム・ジェフリーズは笑った。だが、すぐに真顔に戻り、ウィルと目を合わせた。

「エデンズ・ゲートはたくさんの答えを持っているじゃないですか。ファーザーは、保護を求める人々に対する答えをいくらでも並べられる。一方で、私は答えなど持っていない。ファーザーは人々に彼こそが預言者だと信じさせたがっているが、私は違う。私は預言者ではありません。私は神を信じ従う者。聖書を読みますが、己の間違った考えに合わせるために、その言葉を変えたりはしない」

「なんてことを言うんだ、ジェローム。〝宣戦布告して戦いの火蓋を切る〟なら、俺じゃなくて他の奴にしてくれ」

　ウィルは、シェイクスピアの『ジュリアス・シーザー』の一文「Cry《クライ》 〝havoc《ハヴォック》!〟 and《アンド》 let《レット》 slip《スリップ》 the《ザ》 dogs《ドッグズ》 of《オブ》 war《ウォー》」を引用し、諭すように言った。「『かかれ！』と号令を発し、戦いの犬たちを解き放て」という勇ましい意味合いから、現代でも、宣戦布告をして戦闘を開始する際の表現として用いられる。

　するとジェロームは、今度は鼻で笑ってこう返した。

「戦争を始めようとするとき、人々はシェイクスピアを引用するのが好きなんですよ。自分は頭がいいと思わせてくれるからじゃないでしょうかね。身体を吹き飛ばされて、初めて自分の愚かさに気づく。ウィル、私に何かお手伝いできることがありますか？　それとも、懺悔をしに来たのでしょうか？」

　相手の皮肉たっぷりな返事を気にも留めず、ウィルは真面目な口調で告げた。

「頼みたいことはいくつかあるが、まずは、ここで何が起きたのかを教えてくれないか」

　その言葉を受け、神父も少し態度を変えた。

「数週間前、アイリーンが亡くなりました。感傷的になり過ぎていると言われても仕方ありませんが、彼女は本当に失意のあまり死んだのだと思っています」

「どういうことだ？」

「およそ一年前から、あなたのお仲間たちがアイリーンとゲイリーに対して相当辛辣な嫌がらせをするようになりました。エデンズ・ゲートは、アルコールを売らせたくなかったんです。業者のトラックを何台も阻止し、酒を配達させないようにしました。酒がなければ、酒場は商売になりません。稼ぎがなくなって、家かバーか、どちらかを諦めなければならない状態に陥りました」

「で、バーの方を残したのか？」

「おっしゃる通り」と、ジェロームはうなずいた。「ですが、家が売りに出されるや、タダ同然の値段で買い叩いたのが誰か、わかりますか？」

「エデンズ・ゲート……か？」

「察しが速いですね」

相手は少し頬を緩めた。嫌味なのかどうかは定かではない。「他に誰もこんな物件など購入しやしないから、買ってやるだけでもありがたく思え、みたいな感じでした。ゲイリーとアイリーンがエデンズ・ゲートの言い値を受け入れるしかないことを、向こうはわかっていたんです」

「で、アイリーンに何が？」

「彼女が亡くなったのは、それからひと月後でした。直接の死因は動脈瘤《どうみゃくりゅう》破裂か何かだったと思いますが。心労で脳に負担がかかったんでしょう」

「ゲイリーの方は？」

ウィルはため息混じりに訊ねた。

「ドリューと話をしようと、何度か試みたんですがね。エデンズ・ゲートがよそ者の話を聞かないのは、あなたも知っているはずだ。そこで、ゲイリーは自分で乗り込むと決めたんです。ドリューを見つけて連れ戻し、アイリーンの葬式に参列させる、と」

「だが、うまく行かなかった？」

ウィルと目を合わせていた神父は、フェアグレイブ夫妻の墓石を一瞥し、再び彼を見て言った。

「ところで、ここで何をしてるんです？　あなたはまだ向こうの信者なんでしょう？　答えを求めてここに来たと言っていましたが、あなたはすでに答えを知ってるんじゃないんですか？　無意味はことはやめましょう。お互い元軍人だ。ここは腹を割って話しませんか？　一体何が起こってるんです？」

「俺には事態の全体像が見えていない。要するに、半分――エデンズ・ゲート側からしか見えていない。そう気づき始めたんだ」と、彼は語り始めた。「あんたが見てるのが、もう半分の方だと思う」

「どんな戦争も同じです。敵味方に分かれますからね」

「いいか――」

ウィルは神父を見る目に力を込めた。「アイリーンとゲイリーは、俺にとって大切な存在だった。フェアグレイブ家は俺にとって特別な意味を持っていた。俺の頭は混乱してぃるが、それははっきりとわかっている」

「ウィル、物ごとは変わるんです」

ジェロームの声は少し優しくなっていた。彼は手を上げ、周囲の墓を指していく。「この場所がその証《あかし》ですよ」

「ああ。だが、人には家族がいる。誰にでも、だ。戦いの最中では、それを忘れちまう。家のことも、家で待つ家族のことも、戦火の中では頭から吹っ飛んじまう。あんたも俺も、その感覚を経験済みだ」

そこまで一気に話したウィルは小さく息を吐き、さらに続けた。「戦場にいると、知っていた全てから遠く離れてしまい、そこでの暮らしが本物だと感じ始める。そして、自分が知っている家族との生活、ごく当たり前だった生活、自分が生まれた場所、育った場所が、偽ものみたいに思えてくるんだ。で、どうなるかというと、どうしても戦場に戻りたくなってしまうんだよ」

「それがあなたの望みですか?」と、ジェロームが問いかけた。「私は年齢を重ね、少し賢くなりました。戦争と今の状況の違いくらい、区別できます。かつてのように盲目ではないし、現実とそうでないものをごちゃ混ぜにするほど馬鹿ではない。ですがね、彼らの生活も、ここの生活も同じです。どっちも混乱している。全部ぐちゃぐちゃだ。ここの人々は、最終的にそのことがわかったんです」

ジェロームはウィルの横に立ち、墓地全体を見回した。

何を言えばいいのか。そう考えながら、ふとメアリー・メイのことを思い出した。彼女はエデンズ・ゲートに出向き、弟を見つけたのだ。

「あんたは聖職者だ」ウィルは神父に顔を向けた。「家にペンキで描かれた〝罪人〟という言葉を見たことがあるか？」

相手は驚いたように、すばやくこちらを見返した。

「どこでそれを見たんです？」

「エデンズ・ゲート内の家のひとつだ。それがごく最近に描かれたものかどうか、定かではない。以前にも同じように落書きがあったかを思い出そうとしているんだが……」

「私もあります」と、ジェロームは答えた。「エデンズ・ゲートに近い二軒ほどで。どちらの家の所有者も私の教会に来ました。彼らはその家を売ろうとしたが、買い手などつかなかった。エデンズ・ゲートのすぐそばで暮らしたいと思う人間などいません。普通は、カルト教団の隣人になんかなりたいと思いませんよ。ある日、両家とも家を捨てて出ていった。何も言わず、突然発《た》ってしまったんです。家も土地も売らずにね。もうその場所に価値がないと考えたのでしょう。少しして、エデンズ・ゲートが銀行から買ったと聞きました」

「あんたはそこに行ったのか？」

「数週間連続で日曜礼拝に来なかったので、心配になって訪ねていきました。そしたら、もぬけの殻で……。家具ひとつ、服一着も残っていませんでした。家の中は空っぽでしたよ。何者かが、空き家になったその家の壁に〝罪人〟と落書きをしたんです。誰からも見える場所に」

ウィルは空を仰いだ。太陽はまだ高い位置にある。自分が最後にメアリー・メイを見てから、すいぶん時間が経過してしまった。彼の不安は確信に変わりつつあった。彼女は、まだエデンズ・ゲートにいる。囚われの身となって――。だが、手遅れでないといい。神父に視線を戻し、彼はこう訊いた。

「俺が使える車はないか？　エデンズ・ゲートに戻る必要がある」

「それでは、これからも向こうの人間でいるつもりですか？」

ジェロームの問いに、彼は小さく笑った。

「まあ、向こうとはこれまで通りだ。俺を愚か者だと呼びたかったら、呼べばいい。だが、シェイクスピアを引用する時は近い」

視線を合わせるふたりの間を、一陣の風が吹き抜けていった。

† † †

メアリー・メイは息苦しくて目を覚ました。まるでベッドごと大波に呑み込まれたかのように、酸素を求めてゼイゼイと喘いでいる。彼らに何かされた……？　まさかドラッグを……？

彼女は暗い部屋の中にいた。覚醒してはいるのだが、よく見えない。全ての境目が曖昧だ。ぼやけた空間でしばらく視線を泳がせていたが、徐々に焦点が合うと、写真のネガのように世界の色が反転してしまったように思えた。黒が白に、赤が緑に、と。彼らは、メアリー・メイを部屋の片隅に放置していったらしい。壁に背をもたれて座っている場所からは、ドアの下の隙間から射し込む銀色の光が見えた。その光は床を長く延び、彼女のところまで届いている。動こうとしてみたものの、手は背中で縛られていた。拘束を解こうとして身体をくねらせてから、指が痺れて感覚がなくなっていることにようやく気がついた。

そのまま立ち上がろうとした途端、倒れて床におでこをぶつけてしまった。足首も縛られていたのだ。埃と鉄の匂いがする。血の匂いだろうか。さらに、彼女は壁を両足で蹴り、数センチ、壁沿いに床を移動した。目を頭の上の方に向け、光を探す。手と指の感覚がじわじわ戻り始め、松葉の尖端が残した傷と、血管の中を流れる血の存在を再確認した。もう一度壁を足で押しやり、彼女は少しずつ光に近づいていった——。

彼らにトラックで連れ出され、教団の敷地を出てからずっとメアリー・メイはずっと荷台に転がっていた。何度も起き上がろうとしたが、そのたびに倒れてしまった。擦り減ったタイヤが踏む道路の感触。くたびれたサスペンションの弾力。辺り一帯に漂う松の匂い。全身の感覚を研ぎ澄ませ、己の置かれた状況を把握しようとした。頭上で流れる景色では、長く延びた木の枝が箒《ほうき》となり、月夜の星空を掃いているかのようだった。車が止まったとき、彼女は水流の音に気づいた。

川岸？

間違いない。空気がさっきより冷んやりしているし、水と泥と岩の匂いもする。音から判断すると、水の流れはかなり速い。

なぜ彼らが自分を教団の敷地から連れ出したのか、見当もつかないし、どこに弟がいるかもわからない。男たちに腕を摑まれ、トラックから降ろされて引きずられていく間、彼女は辺りを見回した。そして、連中は水際《みずぎわ》の地面に彼女を投げ出した。いつの間にか、見知らぬ複数の男女が周りを取り囲んでおり、今度は彼らに無理やりひざまずかされた。

「懺悔するか？」

そう言われ、メアリー・メイはギョッとして顔を上げた。声の主を探すと、水の中にジョン・シードがいた。膝まで浸かった状態で立っている。岸へと歩み寄った彼は腕を伸ばし、彼女の顎を手のひらで包んだ。

「懺悔するか？」

ジョンはもう一度訊いた。

「懺悔？　何を？」

「君の罪をだ。さあ、懺悔するか？」

メアリー・メイは眉間にしわを寄せ、相手を見返した。

何よ、これ――？

自分が放り出された状況は、確かに現実だ。それはわかっている。しかし、目前で起きていることに思考がついていけず、彼女は面食らった。

「懺悔せよ。さすれば全て赦される」

彼女は何も答えず、ドリューを探して視線を周囲に向けようとした。ところが、ジョンが顎を摑む手に力を込めたので、顔を動かすことができない。指先が頬の肉に食い込むのを感じる。

「ドリューはどこ？」

なんとか唇を動かし、彼女は問いただした。

「ドリュー？」

ジョンは、まるで初めて聞く名前か何かのように訊き返した。「ドリューは我々全てであり、我々全てがドリューだ。君は弟について何も知らない。今こそ彼の本当の姿を見るのだ。そして我々が何者なのかを。これから君は、己の救いを見出すことになる」

そう言うとジョンは手を離し、水の中で後ろに下がった。そして、降り出した雨の感触を確かめるかのように、空を仰ぎ、両手を高く上げた。

「天国に歩み入る者は、罪という荷を心から下ろした者たちだ」

手を掲げたまま、彼は言った。その声は、メアリー・メイだけではなく、彼女を連行してきた男たちにも向けられているようだった。そこにいる全員が、ジョンの言葉に聞き入っている。

「荷を下ろした者は歩き、神の御言葉の預言者の手を握る。荷が下りた者は天国へと入っていける。だが、神の慈悲に顔を背ける者、己の罪を露わにしなかった者、エデンズ・ゲートとその摂理に背を向ける者、理解するための先見の明を持たぬ者は、自身が招いた地獄へと投げ捨てられることだろう。やがて業火が来たりて世界を紅蓮の炎で覆い尽くし、全ては灰と化すのだ」

彼はゆっくりと腕と顔を下ろし、ひざまずいているメアリー・メイに再び視線を向けてくる。

「さあ、兄弟姉妹たちよ。我々が彼女を救わなければならない。道を見出せるように」

その途端、自分を取り囲んでいた男女が動き出す気配がした。徐々にこちらに迫ってくる。彼らの動きが、まるで辺りから空気を奪い取るかのごとく、彼女は急に呼吸がしづらくなるのを感じた。息が苦しい。酸素を求めてゼイゼイと喘ぎ、今にも過呼吸になりそうだった。歩み寄ってきた人間のうちふたりが腕の下に手を入れて身体を担ぎ上げ、彼女を川へと運んでいく。逃れようとしてもがいてみたものの、抵抗も虚しく、彼女のつま先は河原の砂を削って動き続けている。次第に砂が、冷たく濡れ、重くなっていくのがわかった。

とうとう水に入れられた彼女は、傍らに立つ男が、何やら青黒い液体を川に流し始めたのを見た。液体が油のように水面に浮かんで不気味な渦を描きながら流れに乗ると、ふんわりと花の香りが漂った。だが、どこにも花など咲いていない。自分の周囲にあるのは、黒々とした水流だけだ。

「さあ、兄弟姉妹たち。君たち全員は、一連のプロセスを知っている。なぜそれを行うのかも知っている。我々はこのプロセスをやり遂げるためにここに来た。今宵、我々は救済の一部始終を目撃し、その願いを支える機会を与えられた。メアリー・メイは罪人であり、我々の手でその穢れを洗い落とすのだ」

そう言うなり、ジョンの手が彼女の首を摑んだ。全ては一瞬の出来事だった。メアリー・メイは、仰向けの体勢のまま、頭を油のような青黒い液体が浮かぶ川の水に押し込まれた。顔が完全に水の中に沈み、酸素を求めて彼女は必死に喘いだ。全身で反抗し、拘束を解こうとしたものの、ジョンの両手で頭が押さえつけられ、身動きがとれない。もがけばもがくほど、相手の爪が皮膚に突き刺さってくるのがわかった。

空気が泡となって口や鼻から抜けていく。叫ぼうにも水の中では声にならないし、何より喉に侵入しようとする水を吐き出すので精一杯だ。頭を上げようにも、依然としてジョンの手が強く頭部を押しつけている。すると、いきなり顔が水の上に戻され、再び彼の声が聞こえた。

「この者は、救済に抗っている。己の罪を手放すまいとしている。わかるか、兄弟姉妹たちよ。それが彼女の中の悪魔なのだ。ファーザーから我々が授かり、そして我々が彼女に与えようとする善の心を、この悪魔はかわそうとしている」

轟々と音を立てる水流でときどき掻き消されそうなるものの、ジョンが滔々と語る言葉はメアリー・メイの耳にも届いていた。

「ここでは、抗うことはできない。彼女はそれを思い知るだろう。罪を認め、それを捨て去る道を進むしかないことを。私の手と君たちの手が、預言者の道具であり、預言者自身の大きなパワーの源であることを――」

次の瞬間、ジョンは再び彼女の頭を水の中に突っ込み、そのまま押し続けた。顔の上で黒い液体が蠢き、水の冷たさが肌を刺してくる。暴れると、彼が二度と自分を水から出してくれないのではないかと恐れ、今回は抗うのをやめた。水の外から、こちらを見下ろすジョンと目が合う。だが数秒後、身体が震え出して止まらなくなった。息をしたい、この状況から解放されたい、という衝動がコントロールできないほど強くなったのだ。彼女はまたもがいて暴れたが、ジョンが押さえつける力は強かった。

意識は混濁し、やがて闇に呑み込まれた。

全てを思い出したメアリー・メイは、なぜこれほどまでに身体が酸素を求めているのかをようやく理解した。溺死させられたかと思った。少なくとも、もう少しで溺死するところだった。彼女の服は、まだ濡れている。

手足を縛られたまま、彼女は数センチずつ床を這っていった。光が射し込む方を目指して。

† † †

ジェロームはハンドルを切り、年季の入ったオールズモビル社製の自家用車を郡道へと滑り込ませた。二車線の道は、この先の崖へと続いている。ここまでの道中、ウィルは神父に話せる限りのことを打ち明けたが、自分も知らない詳細がずいぶんあるはずだ。ジェロームにこれまでの経緯を話していくうちに、いかにエデンズ・ゲートというカルト教団とその教祖ファーザーによって自分が判断力を奪われていたかを、改めて思い知った。

崖が近づき、眼下に広がる湖や点在するエデンズ・ゲートの建物が少しずつ視界に入ってきた。教団や信者たちの本性を見破ったと思っていたのだが、自分にはまだまだ見えていないことがあるはずだ。ウィルはしみじみと考えた。

「いろいろ正直に話してもらいましたが……」

崖の下の景色を一瞥したジェロームは、ようやく口を開いた。「あまりにも狂気じみて、すぐには信じられない。あなたもまだ、洗脳されたままかもしれないし……」

オールズモビルは、古びた車体をガタガタ揺らしながら林の中を走っていく。ウィルはぼんやりと、窓の外を流れる景色を目で追っていた。木々の向こうで見え隠れする教団の家屋を視界の隅で捉えながら、頭の中では、崖から降りていくルートを考えていた。徒歩でメアリー・メイの痕跡を追い、彼女を連れ戻すのだ。もちろん、自分の姿を見つけられないようにしないといけない。

「ここを道なりに進んで、身を隠せる岩場があったら止めてくれ」

ウィルの言葉に、ジェロームは背筋を伸ばした。

「隠れ場所はいくらでもありそうですが……」

どこか不安げな神父に、ウィルは足の間に挟んだ相棒を指差した。

「まあ、ライフルを持っているから、俺は大丈夫だ。連中との距離は保つつもりだよ」

ジェロームは速度を落とし、車の向きを変えてから停車した。そこには、大きな松の木が倒れていた。倒れてから歳月が経っているのか、幹から芽生えた新たな松の枝たちが低い茂みを作ってくれている。ジェロームは少し黙考していたが、エンジンを切ると、ウィルに顔を向けた。その表情は深刻だった。

「彼らも武装していることは知っているんでしょう？」

ウィルは視線を合わせ、「まあな」と、ニヤリと笑った。「それが彼らのスタイルらしい」

「なのに、心配じゃないんですか？」

「向こうが武器を使ってきたら、そのときに心配するさ」

「あなたさえよければ、私も一緒に行っても構わない。少しは助けになるはずです」

「あんたは十分助けになってる」と、ウィルは小さく息を吐いた。「それに、彼女があそこで囚われの身になっていて、俺が助け出してここに連れ戻ってきたら、すぐに逃げ出さなくちゃならない。だから、ここで待機し、いつでも車を出せるようにしていてほしいんだ」

「わかりました」

ジェロームは首をしっかりと縦に振った。「撃たれたりしないでくださいよ」

ウィルは小さく首を縦に振り、助手席側のドアを開けた。

「これまでも、銃で狙われたことはあったよ」

「銃で狙われるだけなら結構。撃たれるとのは、次元が違います。あなたなら、そのくらいわかっているでしょう。いいですか、必ずここに戻ってきてください」

ウィルはもう一度うなずき、ドアを閉めた。ライフルを肩から下げ、年季の入った帽子を被り直す。リュックから取り出した狩猟用のナイフを腰にぶら下げる。ポケットに手を入れ、今朝、購入しておいた308口径のカートリッジが入っているのを確認する。準備は整った。ウィルは神父に目で合図すると、木々の間を抜け、一気に坂を駆け下りた。そして、湖とエデンズ・ゲートを見渡せる開けた場所に来て立ち止まった。ライフルのスコープを目に当て、教団の敷地を探っていく。向こうから、誰かがこちらを見ているかもしれないからだ。

† † †

その光は日光だと思っていた。しかし、ドアの下から射し込む銀色の光に近づくにつれ、自分の考えは間違っているのではないか、とメアリー・メイは勘ぐり始めた。背中で縛られた手と、同じく縛られている足首を駆使し、彼女は横たわったまま床を這い進んでいた。ドアの前では、空気が微かに動いているのがわかる。凪《なぎ》の海の緩やかな波間でたゆたうプランクトンのごとく、埃が浮遊していた。

すると、何かの反響音が聞こえてきた。耳を澄ませた途端、彼女は身体を強張《こわば》らせた。それは、足音だった。しかも、こちらに近づいてくる。空っぽの長い廊下を歩いてくるかのように、足音はずっと響いていた。いよいよ音が大きくなると、射し込む光が揺れ始め、何者かの影がドアの前で止まった。

ドアが開くと同時に、大量の光が一気に注がれ、メアリー・メイは目をつぶって顔を背けた。逃げ場などなく、できるだけ端に転がるしかない。そのとき、彼女の目はようやく焦点が合い、自分がいる部屋の様子を確認することができた。それは標準的な大きさの部屋で、どの壁にも何かが書かれた紙切れが大量に貼ってあった。色褪せた紙片の数々に目を凝らしてみると、そこに書かれていたのは〝七つの大罪〟の罪の名だった。そのどれかの単語が書かれた何百枚もの紙切れが、壁面を覆っている。

「貧食」

「色欲」

「物欲」

「高慢」

「嫉妬」

「憤怒」

「怠惰」

メアリー・メイは床を転がり、横たわった姿勢で殴り書きされた文字を見つめた。紙片は四角ではなく不恰好な形で、大きさもまちまち。しかも、縁はギザギザになっている。何かが奇妙だと感じ、穴が開くほど紙を見ていた彼女は、突然閃いて愕然とした。部屋に充満する匂いがなんなのか、気づいたからだ。金属と酢がほのかに混じったようなこの匂い！　彼女の全身が粟立《あわだ》った。四方の壁を埋め尽くしている何百枚もの色褪せた紙切れは……紙ではなく、人間の皮膚だったのだ。よく見ると、それぞれの色は微妙に違っている。個々の人間の肌の色が違うように――。

「別に心配しなくていい」

いきなり話しかけられ、メアリー・メイは声がした方に顔を向けた。扉のところに立っていたのは、ドリューだった。まばゆい光を背後から受け、彼はじっと姉を見下ろしている。まるでこちらの目が明るさに慣れるのを待っているように、彼は黙っていた。すっかり視力が回復したメアリー・メイは、弟が室内を見渡し、再び自分に目を向けるのを見た。

「森に逃げ込んだ後、ジョンは姉さんを殺す気だった。姉さんの存在を消したいと思っていたんだよ。俺が殺さないでくれと頼んだ。真実を見る全ての者を寛大に扱うようにと教わっていたので、姉さんにもそうしてくれと訴えたんだ」

そう言いながら、ドリューは部屋の中に入ってきた。壁に貼られた皮膚の一枚を一瞥し、すぐにこちらに視線を戻した。

「あれ」と、彼は一枚を指差した。「俺のなんだ」

彼女はギョッとし、弟の指の先に目を向けた。そこには、「嫉妬」と書かれている。

「ファーザーとジョンのおかげで、俺がいかに他人を妬みやすい人間なのかを思い知った。俺は常に誰かを妬んでいた。それは、自分が何者なのかを受け入れなければ、永遠に続いたんだろうな。彼らが俺を強い人間にしてくれた。一連のプロセスの中で、彼らは俺がどのようにして道に迷ったかを示してくれたんだ」

「あれが……あんたの？」

メアリー・メイは恐る恐る質問した。事態を呑み込めず、ドリューに目を戻してから、部屋をぐるりと見回した。「一体なんなの？」と、彼女は問いただした。「壁に貼ってあるのは？」

弟は身体を曲げ、彼女の前にひざまずいた。手を伸ばして首に触れ、指を胸骨のところまで下ろしていく。

「ここにタトゥーが入るんだ。彼らは姉さんの魂を見つめ、姉さんが抱えてきた罪を見極める。胸にタトゥーを彫ることで、その罪が表面に浮き出てくるんだよ」

そう言い終えると、彼は手を離して立ち上がった。「罪を受け入れれば、姉さんは罪から解放される」

そして、指でシャツの襟を引き下げた。

弟の胸には、傷痕があった。火傷の痕に似ているが、それよりも傷は深い。そう、その部分の皮膚が根こそぎ剝がされているのだ。メアリー・メイは今一度壁に目を向け、罪の名前を見た。その文字は、かつて彼の胸に彫られていたのだ。ドリューと再び視線を合わせ、彼女は訊ねた。

「ねえ、あいつら、あんたに何をしたの？　あんた、あいつらに何をさせたのよ？　あんたはこんな人間じゃない。あんたは彼らが思っているような輩じゃないのよ」

「その通り。俺は違う人間に生まれ変わった。姉さんの指摘は正しい」

「私の言いたいことは、そんなことじゃなくて――」

そのとき、ドリューが父のリボルバーを取り出したので、彼女は口を閉じた。弟はその銃を愛おしそうに見つめている。まるで、一度は海に落としてしまったものの、なんとか海底から拾い上げることができた大切な宝物か何かのようだ。

「あいつらは、俺を同等の人間として取り扱ってくれたことなど一度もなかった。俺は姉さんより劣る存在だと、いつも思っていたんだ。俺なんか要らなかったんだ。今ならわかる。俺に命を与えたのは、あいつらの罪だ。あいつらの身勝手な振る舞いが、俺をこの世に誕生させたんだ。そんなこと、俺は望んじゃいなかった。だがそれでも、俺はあいつらを受け入れた。あいつらが罪深き人間だったとしても。なのに、どうだ？　あいつらは俺を受け入れてくれなかった。一度たりとて――」

「何言ってんの⁉」

メアリー・メイは声を荒らげた。「父さんも母さんも、あんたのことを愛していたわ！　父さんは、あんたのためにここへやってきたのよ。ここに来て、あんたを家に連れ帰るためにね。ちょうど私がしたように！」

目に力を込め、弟を見つめる。「あんたに対する愛情があったから、そうしたの。その事実を直視しなさい。父さんと母さんの気持ちを理解すべきだわ！」

「断る」と、ドリューは吐き捨てた。そして、銃を構えるなり、銃口を彼女に向けた。

ぽっかりと空いた黒い穴。メアリー・メイはその穴を凝視した。恐怖というより、悲しさが勝った。弟に銃を向けられているという悲しい事実が、彼女を打ちのめしていた。じっと睨みつけていると、銃口が下がり、彼女の膝の辺りで止まった。

「理解すべきなのは、姉さんの方だ！　姉さんは罪で穢れている。姉さんには浄化が必要だ。俺が姉さんを助けてやる。姉さんを救い出してやる。そのおぞましい罪から！」

ドリューは必死だった。だが、その言葉は、空っぽの部屋の中で虚しく響くだけだった。

† † †

傾斜した崖の壁面を、ウィルはゆっくりと降り始めた。湖近くの平地に着くと、木々の合間から建物が見え、自分が教団の敷地のすぐそばまで来ていることを確認した。ほとんどの箇所で、木はまばらに立っている。木の陰から湖を見やりながら、ここからはかなり慎重に行動しなければならないと肝に命じた。辺りを覆う低木の茂みに身を隠しつつ、彼はライフルのスコープで偵察を行った。

「罪人」と落書きされていた家は直線上にあるはずだが、様子がおかしい。塗装されていなかった木製の壁が白一色に染められていたのだ。ウィルは何度も位置を確かめたが、そこが例の家に違いない。「罪人」の文字も白いペンキで塗り潰されていた。今では、そこに何も書かれていなかったかのように、真っ白になっている。メアリー・メイは、おそらくそこにはもういない。

スコープ越しに砂利だらけの車道を眺め、それから道路沿いに建つ建物を一軒ずつ観察していく。さて、どうしたものか。メアリー・メイがどこにいるのか、見当もつかない。そして、一体どの家から始めればいいのかもわからなかった。

十二年前、エデンズ・ゲートに初めて足を踏み入れた日、ウィルは罪を告白するためにやってきた。ファーザーと話をし、赦しを乞うために。それまで彼は、ずっと町の教会の信者だった。家族のために祈り、平和を求めて祈り、自分が犯してしまった過ちを認めるために祈った。しかし、心の中では、何も答えは得られなかった。

ファーザーはウィルに、信じよと言った。ファーザーは自分の肩に両手を置いたが、そのやり方は、町の教会とは全く異なっていた。次に、ファーザーは彼を抱きしめたのだ。本当の兄弟のように、彼を強く引き寄せた。そして、自身の弟ジョン、兄のジェイコブにうなずいてから、ウィルに言った。

「君は我々にとっては、兄も同然。君と我々の絆は、血を分けた我が三兄弟のそれ以上に強いものとなるのだ。君は我らが家族となり、我々は君を家族として気にかけ、君は我々を家族として大切にする。今後の人生、我々はこの絆に安らぎを見出し、互いを養っていくことになろう」

ファーザーはウィルから身体を離し、目の前に佇んでいた。当時は十人程度しかいなかった信者もその場に立っていた。その後ほどなくして、信者の数は数百人に膨れ上がることになるのだが。

ファーザーを見つめ返していると、川の中に浸かるよう指示された。それが洗礼の儀式で、罪を洗い清めるのだ、と。

ウィルに洗礼を施すのは、ジョンの役目だった。

「さあ、懺悔をするのだ。君は己の罪を告白せねばならない」

そう言われたものの、ウィルは困惑した。「ですが、私にはわかりません」と、答えるしかなかった。

「知っているはずだ。君の心の鏡に、何が映し出されていたかを。だが、君は鏡を失い、映っていたものを忘れてしまったのだ」

ウィルは首を横に振った。

「私には何も見えません。私は迷ってしまった。家族をという道しるべを失って。妻と娘を亡くしたことで、私は完全に進むべき道から外れたのです」

ジョンは、ファーザーがしたようにウィルをそっと抱き締め、川の水際まで誘った。水流はゆっくりと流れ、柔らかな渦を描いている。

「ほら、見えるだろう？　君の内側に巣食う罪が」

ジョンは雄大な川の流れを手のひらで指し示した。「君は狩人。君は命を手に掛ける者。憤怒に満ちた人間。善人ではない。君は、確固たる理由があってここにいる。君はここで罪を捨て、己の内にくすぶる怒りの火を鎮めるのだ」

ウィルはスコープから目を離した。十二年前の洗礼の儀式の記憶は、まるで昨日のことのように鮮やかだ。そして、彼は悟った。彼らがどこにメアリー・メイを連れていったのかを。彼女が何をされるかもわかっている。だとすれば……、すでに手遅れかもしれない。最悪の場合を考え、ウィルはゾッとした。

†　†　†

ジョンに首の後ろを掴まれ、メアリー・メイはその腕に抱きかかえられた。すると、何やら粉を吹きかけられた。ひざまずいた相手は、彼女の目を食い入るように見つめている。あまりの鋭い視線に、全てが見透かされている気持ちになってしまう。もしかしたら彼の目には、こちらの眼球を貫き、背後の光景まで見えているのかもしれない。顔に振りかけられた粉はメアリー・メイの鼻腔から喉に落ち、今、彼女の内側で煙のように緩やかに渦巻いている。

「我々は、罪人の心を無上の喜びで満たす。〝祝福〟を味わえるのは、罪人だけ。そう、君だけなのだ」

ジョンの声が響いてくる。相手は目の前にいるのに、その声は己の内側から発せられているような不思議な感覚だ。「これまで君は、この世の本当の姿を見る機会を得ていなかった。偽善やごまかしに覆われた偽りの世しか、君は知らない。今こそ、目を見開き、真実の世界を見るのだ。悪しきものが剝がされた真の世界を」

ジョンは一歩後ろに下がり、こちらに視線を落としている。だが、メアリー・メイの目は、どうしても焦点が合わなかった。視界に靄《もや》がかかっていて、映る全てがぼやけ、ぐにゃぐにゃと変形していく。それでもなお、ドリューがそばに立っていることはわかっていた。しかも、その手に父親の形見のリボルバーが握られ、銃口が自分の頭に押しつけられていることも……。

「もうそいつはいい」

ジョンはドリューに銃を下げるように指示した後、メアリー・メイの手首を縛るロープを切らせた。弟は指示通りに動き、姉の身を自由にすると、部屋の隅で待機した。

拘束を解かれたものの、身体が石にでもなってしまったかのごとく、身体がやけに重たい。腕は自由にはなったが、空気がジェルになってしまったかのようにまとわりついている。固い物質が何ひとつない、全てが柔らかくてふにゃふにゃしている世界に頭から突っ込んだ気分だ。

自分では動いているつもりでも、実際に身体は動いてなどいなかった。ずっとふわふわした感じだったのだが、次第に意識がはっきりし、思った通りに身体を動かせるようになった。しかし、意識と肉体が分離している感覚は鮮烈だった。しかも、こちらを見下ろすジョンを前にして、自分という存在は、まだ肉体の中にあるのだろうかと、ふと思ってしまう。

「私が君をどうしたかったか、ドリューから聞いていると思うが」

ジョンはそう前置きをして、さらに続けた。「私は君が死んだ方がいいと考えていた。だが、この方がいいと、思い直したんだ。ドリューが君をまだ愛していることを、君は知るべきだと。たとえ、君が同じ愛情を彼に与えられないとしてもね。だから、我々は君を選んだ。だから、君を洗い清めるべく連れ出した。さあ、告白したまえ。そうすれば、我々は君を送り返せる。赦されたのではなく、罪に穢されたままの人間として」

頭がグラグラする。だが、なんとか首を垂れないよう、彼女は必死に頸部《けいぶ》に力を入れた。全てがぼんやりして、顔を上げてジョンとドリューを見ても、ふたりの顔が溶け落ちていくかに思えてギョッとしてしまう。

メアリー・メイは壁に視線を向けた。自分の周囲を、壁に貼られた皮膚が取り囲んでいる。引き伸ばされ、ピンで留められている様子は、死んだ蝶の標本を思わせた。水に流された青黒い液体はドラッグだったのか。顔にかけられた白い粉もそうだったのか。いずれにせよ、自分の周囲は白い靄で覆われており、白く煙った世界がきれいだと思わずにはいられない。

壁を埋め尽くす皮膚。皮膚に書かれた罪の名前。そして、皮膚は罪人の胸から剝ぎ取ったものだというではないか。なんて美しい。

ジョンはドリューに向かって、次の段階に立ち会うのは、弟である君には辛いことだろうから、家に戻れと命じた。彼女に懺悔させればすぐに終わるから、と。

ドリューは一瞬躊躇したものの、指示を受け入れた。メアリー・メイはすぐに察した。自分はジョンとふたりきりになるのだ。弟が出ていってドアが閉まるや否や、ジョンは足を踏み出し、天井の電灯の下に立った。相手の頭で電灯の明かりが塞がれ、ジョンの顔は影で暗くなる。シルエットだけになった相手の立ち姿が、亡き父親にも見え、彼女は混乱した。

父さん？ 父さんなの？

相手の位置がずれ、顔に光が当たったとき、メアリー・メイは目を丸くした。それは、間違いなく父の顔だったからだ。父の優しい目がこちらを見ていた。父の大きな手がそっと頬に触れる。

ああ、どうして——？

彼女が理解できないでいると、父は離れ、こちらをじっと見つめながら部屋の奥まで歩いていった。

あれは父さんよ。父さんだわ。

父の顔を見まごうはずはない。メアリー・メイは、自分は間違っていないと思っていた。だが同時に、身体をめぐる全ての血管に流れる何かが、自分の意識を曖昧模糊なものにしていることも感じていた。

父は部屋の端まで行くと、向きを変えてこちらに戻ってきた。彼は娘の手を取り、手のひらが上になるようにした。身を屈め、彼女の指を凝視している。まるで指紋の渦巻きが、重要な意味を持つ地図か何かのように。彼は何かを話し始めたが、すぐに言葉を止め、しばらく沈黙してからじっと娘の目を見つめた後、また話し出した。彼女の耳に聞こえる声は、ジョン・シードのものではない。死んだはずの父の声だ。あの世から彼女を慰めに来たのかと思えるほど、穏やかな話し方だった。注意深く言葉を選び、ときどき口をつぐむ。ある単語の発音は長く伸ばし、ある単語は短く切るように発音した。

「おまえの手――」と、父は言った。「この手が全てを物語っている。おまえがその手に何をしたか。ここにいるために、その手にしたことを。手は痣と切り傷だらけじゃないか、手の使い方を間違っている。こんなに怪我をして」

私の手。メアリー・メイは改めて自分の手のひらを見た。二日間、森の中を逃げ回っていたせいで、確かに傷がたくさんできている。

「目的は手から始まる。手は何かを作り出し、手は何かを築き上げる。おまえの指の一本一本が秘める可能性はとてつもなく大きい。十本もあるのだから、可能性は無限大だ」

彼女はふと、キリスト教の一部の教会で行われている、ある儀式を思い出した。聖書によれば、「信じる者は蛇から害を受けない」とされているため、それを証明するために、蛇――ときには、敢えて毒蛇――を身体に這わせるのだという。目の前の出来事は、どこか見世物小屋的な胡散臭さを漂わせているが、その宗教的な儀式をも彷彿とさせる。うまく脳が働かないものの、彼女は今の状況を把握しようとした。自分の目が見ているものは何なのか。

ジョン？　それとも父さん？　ダメだ。見分けがつかない。

声の抑揚具合に耳を澄ませてみる。ジョンの声のようでもあるし、父の声にも聞こえる。混乱する頭の中で、彼女は必死に考えた。

来世なんてあるの？　必要とあれば、死者の魂は現世に戻ってこられる？　死後の世界で、魂は永遠の命を得て、生者を見ることができるの？　だったら、亡き父は娘に押される烙印をすでに知っている？　私は聖者？　それとも悪魔？　救済されるの？　それとも地獄の業火で焼かれる運命にある？

彼はこちらを見ていた。いや、私の背後にある壁を見ているんだ。そこに貼りつけられているおびただしい数の皮膚片を。メアリー・メイの意識の中で、無数の皮膚片は蠢き出し、カサカサと音を立て始めた。まるで蛇の皮。脱皮した蛇の皮のコレクションのようだ。

こんなの正気の沙汰じゃないわ。これは、狂気よ。

彼女にはわかった。あれは父ではない。死んだ人間が現われるわけがない。彼は旅立ってしまったのだ。もうこの世にはいないし、帰ってくることもない。だから、目の前に立つのは、父であるはずがない。

彼女が顔を上げると、そこにはジョンの顔があった。彼は視線を壁からこちらに戻し、射抜くように彼女を見ていた。暗がりから獲物を睨むクーガーを思わせる捕食者の目。頭の中の霧が晴れるように、彼女は全てを呑み込んだ。自分が今どこにいて、誰が一緒なのか。この身に危険が降りかかろうとしている現実も、だ。

メアリー・メイはもがいた。だが、ジョンの自分の手を掴む力は強かった。その手を見たとき、彼女の中で、再び父親の姿が浮かんだ。その手は父の手だ。硬くてゴツゴツした手。大きくて温かい父の手。子供の頃、父と手をつなぐのが大好きだった。今、この手を離さなければ、父はこのまま自分のそばにいてくれるのだろうか。

再び顔を上げると、彼はこちらの手を愛おしそうに撫でていた。父親が、手を怪我した子供にするように。

「私たちは一緒だ」

彼の声は一層柔らかくなっていた。

「おまえの手は、私の手の中にある。私たちは、強い絆で結ばれたひとつの家族。そこにあるのは、温もりと理解。そして、大きな可能性。それらは、おまえに与えられる本当の贈り物だ。だが、その贈り物がなければ、おまえはひとりぼっちなんだ」

しばしの間、父は指を擦っていたが、突然その手を離した。彼が今言ったことは、あながち嘘ではないのかもしれない。その手の温もりを失った途端、メアリー・メイは、急に室内の寒さを感じ、空気中に漂う不快な匂いに気づいた。皮膚の匂いだけではない。埃の匂いもだ。さらに、喪失と孤独の感覚がなんともいえない匂いを醸し出している。

「わかったかい?」と、彼は訊ねた。「己の罪を理解したかい? そして、それが前途に立ちはだかっている事実で、天国の門を塞いでいるということも」

彼は光の中に立っていた。その光を受け、肌がキラキラと輝いている。

ああ、父さんだ。

その髪は蜘蛛の糸のようだった。周囲を見回した彼女は、せっかく目覚めたのに、また夢の世界に引き戻されていくのを感じた。危険が迫っているのはなんとなく理解しているものの、それが具体的に何かは見えてこない。自分の目に映るのは、父だけ。そして、猛烈に父のところに行きたいと願っていた。そして、二度と自分を残して遠くに行かないで、と言いたかった。しかし、身体が異様に重たくてたまらない。まだ水の中にいるかのように。彼はこちらを見下ろしていた。彼は、ちゃんと呼吸ができる水の外の世界にいる。自分は、水が全身にまとわりついて、息もろくにできていない。

彼は再び語り始めた。

「この罪は、人として目覚めた瞬間から、最後の夢を見るときまでおまえを支配する。だが、私にはそれを阻止できるのだ。おまえの中の奥深くから罪を表面に引き出し、皮膚に浮かんだそれを切り取ることが可能だ。喜んで承諾するか？」

口を閉じた彼は、こちらの答えを待っていた。

メアリー・メイは、もう一度室内を見た。吊るされた皮膚の一枚一枚に目を滑らせ、最後に彼の顔に視線を戻した。父はすでに消えていたが、父の代わりは誰にもできない。ジョンであろうと、ドリューであろうと、父と同じではないのだ。彼女の目に映ったのは、もはや人間ですらなかった。頭上から声は聞こえてくる。何百メートルも離れた山の上から話しかけてくる神か何かの声のようだ。

「……はい」と、彼女は返事をした。

彼は場所を移動したのか、その声は大きくなったり小さくなったりしている。どこから声が聞こえてくるのか、彼の姿をなかなか追うことができない。部屋の中にいるのは確かなのだが。

「手という贈り物。なんと美しい。手は、我々全てに送られたギフトだ。手は、舌のようでもあり、心のようでもあり、皮膚の下の筋肉のようでもある。手は道具《ツール》だが、ずっと使い方を間違えられてきた。切り取られ、曲げられ、傷つけられ、ときには折られる。とはいうものの、それらは治るのだ。手は治癒の力を持つ。この上なく素晴らしい力だ」

彼はそこで一旦言葉を切り、室内を歩く足音が数秒間聞こえた後、再び話し始めた。

「その手が行った全ての悪行。その手が誤っておまえを導いた全ての道。その手が偽の預言者の偶像を作り上げるために費やした無駄な全ての日々。それでも、その手は癒えるのだ。そして、再び道具となる。今度は、もともと意図された形で」

そう言い終えた彼は、メアリー・メイのところに戻ってきた。ドラッグの効果が薄れたのか、目の前にいるのは父ではなく、ジョンになっている。再び手を握られ、彼女はゾッとした。自分がいる場所や一緒にいる人間のせいではない。彼が使う言葉のせいだ。その言葉の数々は彼女の中に浸透し、形を変え、硬くなっていく。自分という存在を支える足場があったとしたならば、その足場の下からどんどん言葉が積み重ねられて、彼女の足、腰、胴体が埋まっていく感じだ。全身がすっかりジョンの言葉に飲み込まれるのも、時間の問題だろう。

「うれしいよ」と、ジョンは言った。「君の中で幸福が解き放たれた。真実を理解する道ができたのだ」

彼はメアリー・メイの手を摑み、彼女自身の襟元へと持っていく。彼女の手をすっぽり包むジョンの手が力任せに襟を引っ張り、シャツを裂いた。静謐な空気の中で、彼女の胸元の肌が露わになった。

「君の罪は、乳房の上、ここに浮き上がってくる。そして、君がそれを忘れぬよう、印を付ける。幾日も、幾晩も、それを思い出すのだ。最終的に、君はひとつの結論に行き着くだろう。罪を捨て、エデンズ・ゲートに参加し、我々とともに歩むという唯一の結論に。だが、初めに、我々は君に準備を施さねばならない。君を洗い流すのだ。君の罪は〝嫉妬〟。その罪が浮き上がってくるのを、皆が見るために――」

†　†　†

裏口から中に入ったウィルは、長い廊下の端に立っていた。廊下の上には、ワイヤーケージに入った電球が光っている。照明は三メートルほどの間隔で、計六ヶ所、各部屋の扉の前に設置されていた。もう何年もここに足を踏み入れていなかったが、この場所を忘れることはできない。その部屋がどこにあるのか、自分のタトゥーが壁のどこに貼られているのかもわかっている。連中がメアリー・メイをどこに連れ込んだのかも見当がつく。なぜなら、自分自身がかつてそこに連れていかれたからだ。

廊下を数歩進んだところで、ドアが開く音が聞こえた。ハッとして足を止めたウィルは、咄嗟に近くの部屋に飛び込み、身を隠した。室内は真っ暗で何も見えない。ドアの裏で息を殺しながら、頭の中で考えをめぐらせた。ここで捕まったら、一体どうなるのか。

自分が信仰心を失ったことを見破られてしまうだろうか。彼らは自分の小屋に来て、壁に「罪人」と殴り書きするかもしれない。

薄闇の中で、ウィルはナイフを革製の鞘から引き抜いた。三本の指で柄を強く握り、親指と小指を軽く添えた。こうすれば、相手の動きに臨機応変に対応できる。重いブーツが床を鳴らす足音が近づき、彼は緊張したものの、足音はほどなく遠ざかっていった。

彼はドアを少しだけ開けて廊下を確認し、部屋からわずかに顔を覗かせた。足音の主はドリューだった。歩くその姿はロボットのようだ。手と足を出すタイミングや間隔が、どこか不自然で機械的なのだ。やがて通路の外れまで歩いたドリューは、角を曲がって見えなくなった。

ドリューが建物から外に出るのを確認してから、ウィルは再び廊下に滑り出た。どうにも腑に落ちない。なぜドリューはメアリー・メイと一緒にいないんだ？　自分の勘が正しかったのかどうか不安になると同時に、彼女の身を案じる気持ちが一層強くなった。

廊下には何も変わったところはなく、彼が以前来たときと全く同じだ。壁に沿った木の枠には、冷たい金属の羽目板がはめ込まれ、廊下の天井には、数メートルおきに照明が取り付けられている。各部屋の扉は通路の壁から少し奥まっており、まっすぐな廊下に、唯一、陰になる箇所を提供していた。

ウィルはライフルを身体の前で構えたまま、通路を進み始めた。かかとを先に、つま先を後に床に押しつけるようにし、できるだけ音を響かせないようにする。もしメアリー・メイがこの建物にいるのだったら、彼女はこの廊下を進んだ先にいるはずだ。彼はまっすぐに前を向き、体勢を低くして歩き続けた。視線は、目的の部屋を見据えている。

そのとき、ドアのちょうつがいが鳴る音と、靴の音が前方から聞こえてきた。男の声もする。ジョン・シードだ。奴に違いない。

ウィルは少し足早に三歩進んだ。歩調を速くしたのは、相手の歩くリズムと合わせ、こちらの靴音を紛れさせるためだ。そして、近くの部屋の戸口の陰に、すかさず身を寄せた。その直後、ジョンは視界に入ってきた。まだ十五メートルほど離れている。相手は誰かと話しているようだったが、己の心臓の鼓動がやたら大きく頭の中で反響し、会話を聞き取ることができなかった。

この状況は、以前も経験したことがある。巨大なグリズリーベアと対峙したとき。妻と子供の身に何が起きたかを知った瞬間。もちろん戦火の最中でも、同じ状態になった。自分の脳内、いや全身に膨張しつつあるこの感情を、なんとか心体から押し出さねばならない。皮膚にまとわりつくような、この嫌な感覚を。

身体を曲げ、奥まった戸口からそっと廊下を覗き込むと、ジョンは向きを変え、反対方向へと進んでいくところだった。相手が別の部屋のドアを開け、中に消えていったので、ウィルは戸口から歩み出て、廊下を再び進み出した。心臓が早鐘を打ち、皮膚にまでその振動が伝わっている気がしたが、それでもウィルは前進し続けた。歩みを止めないのは、そうしなければならないからだ。このチャンスを逃したら、次はないかもしれないのだ。メアリー・メイを救うチャンスは一度きり。彼女を見つけ出さないと。彼女の身に何が起きていようが、どこであのプロセスを受けていようが、今は救い出すことが最優先事項だ。

さっきと同じ速さ、同じ慎重さで歩を進め、とうとう通路の端までやってきた。壁が〝罪〟で埋め尽くされた部屋の扉が、目の前にある。ウィルはノブを回し、静かにドアを引いた。

メアリー・メイ！

果たして彼女はそこにいた。扉から一メートル半ほど離れたところで、ひざまずいている。その目はガラス玉のようで、生気がない。ウィルが近づいていっても、腕を取って立ち上がらせようとしても、ほとんど無反応だった。彼女のシャツの襟は破かれて手前に垂れ下がり、ブラジャーの一部と胸骨が見えている。できるだけ肌が見えないよう、横にぶら下がった生地を持ち上げ、手で支えた。

「メアリー・メイ」

ウィルは彼女の耳元で囁きかけてから、ふと後ろを振り返った。急に冷気を背後に感じたからだ。まるで幽霊か何かに背中を触れられた感じがしてゾッとしたのだが、開けたままのドアから廊下の冷たい空気が流れ込んだだけらしい。安堵した彼はメアリー・メイに向き直り、もう一度身体を支えて両足で立たせようとしたが、彼女はぴくりとも動かない。そこで、催眠術を解くときのように、相手の顔の前で指をパチンと鳴らしてみた。

「メアリー・メイ、よく聞いてくれ。ここから逃げ出さないといけない。君を教団から逃したいんだ。一緒にここから抜け出よう。奴らに何をされるか、君はわかっちゃいない」

彼女はゆっくりとウィルの方に顔を向け、視線を合わせた。

「あなたはあそこにいるの？　神に選ばれて？」

そう訊ねられた彼は、メアリー・メイの顔を凝視した。半開きの目は、眼球をつなぎ留めている結膜を失ったかのごとく、まぶたの下で泳いでいる。だが、その声はあまりにもはっきりとしていたので、一瞬、ウィルは困惑した。再び背後を確かめてから、彼女に視線を戻してからこう告げた。

「君を抱き上げて運び出すこともできるが、もしも自分の足で歩けるなら、そうしてくれ。なんとかしてここから脱出するんだ。走らなければならないかもしれない。そうなった場合、逃げおおせるかどうかはわからないが――」

　メアリー・メイの目は焦点が合わず、すぐに宙をさまよう。ウィルはなんとか視線を合わせようとしたものの、彼女は頭を回し、壁沿いに天井を見上げた。

「ウィル、あなたは天国にいるの？　他のみんなと一緒に天上の世界に？」

「なんてこった」

　彼は大きく息を吐いた。「奴らは一体君に何を与えたんだ？」

「ねえ、あなたはあそこにいるの？」

　彼女は同じ質問を繰り返している。

「そうだとも」と、彼は答え、周囲を見渡した。なんとか逃げ道を確保しなければ。ここで捕まってしまうのは、最悪のシナリオだ。「俺に手を貸してくれるか？　君をここから連れ出せるように」

　彼女の返事を待つより先に、彼は身体を曲げ、その身体を抱き上げて肩に担いだ。きっと大昔の狩猟時代の人間は、大きな獲物を運ぶときにこうしていたに違いない。ウィルが戸口に向かい始めるや否や、メアリー・メイが口を開いた。

「やめて。私を連れていかないで」

「なんだって？」

「連れ出さないで。下ろして」

ドアを出ようとしていたウィルは足を止めた。誰かに見られていないか、辺りに目をやる。それから、「何を言ってるんだ？」と問いただした。

「ジョンが私にタトゥーを入れてくれるのよ」

メアリー・メイは訴えた。「私は弟を連れに来た。ドリューのためにここに来たの」

ウィルは、彼女の言葉に耳を傾ける気はなかった。これは、ドラッグのせいだ。薬がそうさせているに過ぎない。

「下ろしてよ」と、彼女はもう一度言った。「元いた場所に戻して」

だが、薬で朦朧としているとは思えないほど、その口調はしっかりしている。ろれつが回らないとか、滑舌が悪くなっているとか、そういうことは全くない。「わたしの家族があなたにとって特別な意味があったのなら、今すぐ私を下ろして」

小さく息を吐き、ウィルは向きを変えて彼女を下ろした。

床の上にぺたんと座ったメアリー・メイは、こちらを見上げている。

「ドリューは、あの家にいるわ。昨日の晩、彼らが私を押し込めた家に。弟はそこで待っているの。それ、知ってた？」

この娘はドラッグを与えられている。彼女の表情や動きからも明らかだ。だが、昏睡状態から覚めた人間が、再び意識を失う直前にやたらと思考が鮮明になる様子にも似ていた。

「ああ、すぐにわかるだろう」と、ウィルは返事をした。

「私が思うに、あいつらだわ。あいつらが、父を殺したのよ」

後から思いついたかのように、彼女はそう言ったが、ウィルはそれが思いつきで出た言葉だとは思わなかった。彼女はずっとそう考えていたはずだ。

「気をつけないといけないわ」と、メアリー・メイは忠告した。「私は弟を取り戻すためにここに来たの。ここから連れ出すために。父さんが望んでいたことなの。ウィル、私のためにそうしてくれる？　あなたはいつだって、父さんの一番の親友だった。あなたが死んだわけじゃないとわかっていたけれど、あなたがいなくなって本当に寂しかったわ」

ウィルは肩越しに、開けっ放しになっているドアを一瞥した。時間がない。これ以上ここに長居したら、命の危険だってある。エデンズ・ゲートの信者が何をできるか、彼はよく知っていた。メアリー・メイの死を望んでいた人間は、ロニーだけではないはずだ。

「私にそんなことを頼むなんて。君はどうなるんだ？」

「ジョンは私にタトゥーを入れたいんですって。私に印を付ければ、自分がコントロールしていると思えるんでしょうね」

彼女の物言いはしっかりしていたものの、ドラッグの効果が消えたとは言い難《がた》い。今しがた肩に担いだとき、全身の力が抜けていて、穀物の大袋のごとく重かったのだ。ウィルは再びドアを見た。もう行かなくては。しばし出口を眺めていた彼は、ベルトにぶら下がっている狩猟用のナイフを取り出した。そして、それを彼女のふくらはぎの下にそっと隠した。

「ジョンを信用するな」

自分の意図がメアリー・メイに伝わることを祈りながら、ウィルは語りかけた。「奴の言葉は何ひとつ信用できない。君は自分の力でここから脱出しなければならなくなるかもしれない。そのときには、このナイフが役に立つだろう。とりあえず、俺は君の弟のところに行く。その後のことは、その場で考えるしかない。可能なら、ここに戻ってくるつもりだ。ジェローム神父が車で待機している。エデンズ・ゲートの敷地の北西にある崖の上の道だ。いいか、君が自分の力で逃げ出さないといけなくなったときのために、この情報を君に伝えている。俺の言っていることがわかるか？」

彼女はこくりと首を縦に振った。

最後にもう一度目を合わせてから、ウィルは踵《きびす》を返して廊下を駆け出した。通路の中ほどまで来たとき、また扉が開く音がしたので、彼は先ほどと同じ場所にすばやく身を潜めた。そっと顔を出して覗いたところ、ジョンが通路の向こうから歩いてくるのが見えた。その視線は、メアリー・メイがいる部屋にまっすぐに向けられ、右手で救急箱、左手でステンレスの医療用トレイを持っている。ウィルは知っていた。そのトレイは、タトゥーマシンやインクを入れるためのものだと――。

✝　✝　✝

ウィルが部屋を出ていってからジョンが戸口に現われるまで、メアリー・メイはピクリとも動かなかった。ふと気づいたのは、ジョンが出ていくときには扉を閉めていったはずなのに、彼は今、開け放たれたドアから入ってきたことだ。

部屋へと足を踏み入れてきたジョンの動きを、じっと目で追っていく。彼は救急箱を床に下ろし、その横にトレイを置いた。トレイの上では、タトゥーマシンと針が鈍い光を放っている。その横で微かに揺れているのは、黒いインクのボトルだった。ジョンは振り返り、開いたドアを見つめた。一瞬、何かを考えているようだったが、すぐにこちらに視線を戻した。

「君は動かないよな？　そこにじっとしていてくれるんだろう？　そうしてくれれば、簡単に済む。罪を認め、今から行う施しを受け入れるのならば、な」

「そうするわ」と、彼女は答えた。メアリー・メイは、さっきと全く同じ場所に膝を突いて座っている。

ジョンは彼女の後ろの壁を見てから、再び開いたドアを肩越しに見やった。

「よし」

満足げに彼はうなずいた。「これ以上、君を押さえつけろとか、縛りつけろとか、誰かに命令するのは嫌なんだ。罪人が素直で協力的なのは、非常に助かる。スムーズに全てが進むからな。罪の名を肌に刻むのは痛みを伴う。君だって、少しでも早く終わった方がいいだろう？」

ジョンは扉へと歩き、こちらに背を向けて戸口に立った。そして振り返り、彼女を見下ろした。

「だが、君のことは、今ひとつ信じられないんだ」

そう言いながら彼はドアを抜け、一旦廊下に出たものの、数秒で室内に戻ってきた。その手には、金属フレームのスツールが抱えられている。そして、それを彼女の隣に設置すると、座面を回転させ、高さを調整した。

次にジョンは、救急箱の中から出した綿棒をトレイに載せ、消毒用のアルコールも傍らに並べていく。必要な道具を揃え終えた彼は、スツールに腰を下ろした。

「君は動かないと言ったが、タトゥーを入れる針が皮膚を刺し始めると、どうしても動いてしまうものなんだ。君が動いて、私の仕事を台なしにされるのが一番困る」

彼は立ち上がり、ポケットから粉が詰まった小瓶を取り出した。さっき、メアリー・メイの顔に振りかけたのと同じ粉だ。コルクの蓋を外し、同じように粉を吹きかけた。

すると、海岸に波が押し寄せるがごとく、再度湧き上がった感情に全てが覆われていった。感情の渦に巻き込まれた彼女は、自分の身に何が起ころうとしているのか、何もわからなくなっていた。

† † †

建物のドアを抜けたウィルは、午後の陽射しの中に飛び出した。抑えていた感情が一気に噴き出し、ひどく胸が苦しい。メアリー・メイの言葉を聞くべきではなかった。彼女を無理にでも連れ出し、ふたりで陽光を浴びながら、ジェロームが待つ場所まで戻るべきだった。

メアリー・メイがこの場所から二度と離れられないとしたら？　そう考えただけで身震

いした。洗脳されて囚われの身になるなら、まだマシかもしれない。最悪の場合、ジョンがこの瞬間に、彼女を殺そうとしているかもしれない。首を絞められていたり、切りつけられたりしていたら――？

手遅れにならないうちにあそこに戻るべきではないのかと、ウィルはもう少しで引き返すところだったが、結局そうはしなかった。メアリー・メイは、紛れもなくドラッグを与えられていた。その一方で、自分をコントロールできているように思えた。たとえタトゥーを彫られても、それで弟を教団から連れ出せるのならば、取るに足らない犠牲だと考えていたのは明らかだ。

しかしながら、タトゥーはほんの始まりに過ぎない。ウィルはそう承知していた。彼女の周りを取り囲んでいた無数の皮膚片。一体あそこに何枚ぶら下げられていたのか。あの光景が視界に入るなり、彼は恐怖に打ちのめされていたのだ。想像を絶する数だった。百枚どころの話ではない。エデンズ・ゲートの信者は、以前自分が正確に数を把握していた頃より、かなり増えている。それは、自分が知らない信者ばかりになっているということだけでなく、彼らがこちらを知らないということでもあるのだ。もし自分のことを知らない誰かに不審者だと思われたら、それだけでも十分危険だろう。

エデンズ・ゲートという場所を構成している様々な建物の出入り口に気を配りつつ、

ウィルは歩き続けた。そうしているうちに、砂利道沿いに立ち並ぶ家々の裏側までやってきた。背を丸め、顔ができるだけ見えないように片手で帽子を押さえる。もちろん反対の手では、ライフルを握り絞めていた。

家屋の裏手を移動していく最中、建物と建物の間では、姿が丸見えになるので小走りに駆けた。おそらくドリューがいると思われる家まで来たものの、ウィルには確信がなかった。ここにある家のほとんどが同じ外観だからだ。細心の注意を払いつつ、裏から正面に回った。砂利道の向こうには複数の番兵が立っており、教会のそばでは、大勢の信者の姿が見受けられた。別の車道には、さらに数人が歩いている。ウィルは家の壁に張りついたまま手を伸ばし、戸口付近の塗装を確かめた。以前「罪人」と落書きされていた箇所に上塗りされたペンキは完全には乾いておらず、指先が白くなった。壁を見ると、彼の指紋の渦巻きが、わずかに塗料の上に残っている。間違いない。ここだ。

指に付いたペンキを服で拭いながら、彼は羽目板に沿って家の裏へと戻っていく。塗料はほぼ乾いていたから、指先の色は元通りになった。だが、当然のことながら、今度は服に白い跡が残った。

家の裏手に再びやってきた彼は、勝手口に歩み寄った。その前でしばし佇んでいたが、ドアノブを摑んで回した。ドアが壁に当たって音を立てぬよう、慎重になりながら、彼は室内へと足を踏み入れた。目の前には廊下が続いており、片側には洗面所、もう一方には寝室がある。通路の先にはキッチンとリビングルームの片隅が見えた。背後から射し込む日光が薄暗い室内を照らし、足元から影が長く伸びている。音を立てぬよう注意を払っているが、影に関してはどうすることもできない。とにかく前進あるのみだ。

こちらに背中を向けて立っている男性がいた。おそらく、ドリューだろう。ブラインド越しに、例の建物を眺めている。その視線の先にある建物には、あのおぞましい空間があるのだ。タトゥーが入った皮膚片が壁面を埋め尽くしている場所。弟が姉を置き去りにした部屋だ。

「やあ、ドリュー」

ウィルは廊下とリビングの境で立ち止まり、そう声をかけた。

振り向いた相手は目を丸くしていたが、予想だにしなかったというわけではなさそうだ。

「君がエデンズ・ゲートに入信した初日に、声をかけておくべきだった。もう少し君に関わっておけばよかったと思ってる」

ウィルは落ち着いた調子で語り出した。「俺は町から離れたが、君の両親はいつだって大切な存在だった。君とメアリー・メイも同じだ」

そう言いながら徐々にドリューに近づいていく。ウィルはライフルを手にしていたままだったが、エデンズ・ゲートの敷地内では、ライフルを担いでいる奴などゴロゴロしている。彼はさらに言葉を続けた。「君の近くにいてやるべきだった。そうすれば、君の親父さんに起きたことを防げたかもしれない。あまりにも多くのことが変わってしまった」

ドリューは、部屋の一画にあった小さなコーヒーテーブルを凝視している。テーブルはちょうど互いの中間に位置し、その上にはクロムメッキのリボルバーが置かれていた。ウィルが視線を戻すと、相手もこちらを見ており、ふたりは目を合わせる形となった。

「ウィル、あんたは俺を殺しに来たんだろ？」

「違う」と、ウィルは首を横に振った。「なんでそんなことを言うんだ？」

「俺がしたことのせいだ」

「君は何もしてないじゃないか。何か大きな間違いを犯してしまう前に、俺が君に手を差し伸べよう」

「あんたは、母さんと父さんの友だちだったよな」

「そうだとも」

ウィルは即答した。フェアグレイブ夫妻との楽しかった交流の日々が、ふと脳裏に蘇る。まるで昨日のことのようだが、あれから十年以上の歳月が流れ、もう二度とあの頃には戻れないのだと改めて悟った。「だからこそ、君の助けになりたいんだ。私はふたりが大好きだった。君もわかっているはずだ。君の親父さんとお袋さんは、俺にとっては家族も同然だった。彼らの子供である君やメアリー・メイを傷つける気など全くない」

さらに数歩、ドリューに近づくと、その視線は再び拳銃に向けられた。

「あんたは俺が何をしたか知らないくせに！」

半ば吐き捨てるように言うなり、青年はサッと身を動かし、テーブルに置いた銃に向かっていった。

ウィルも反射的に動いていた。咄嗟に身を屈めてドリューに肩からぶつかり、全体重をかけて相手を壁に突き飛ばしたのだ。ドリューはこちらより十五センチほど背が低く、体重も二十キロは軽いだろうが、その痩せた身体が壁に当たった衝撃は、瞬時にウィルの肩から全身に伝わった。背中を壁にしたたかに打ちつけた青年は、そのまま滑って床に倒れた。しかし、さすがに若いだけはある。彼はすぐさま立ち上がり、こちらに突進してきたのだ。正面から体当たりされ、ウィルは床に転がった。

ふたりは摑み合ったまま転がり、テーブルに当たった。その直後、テーブルが揺れ、床に落ちた拳銃が鈍い音を立てる。ウィルのライフルは、ドリューがぶつかったときに手から離れ、どこかに行ってしまっている。必死に周囲を見回して〝相棒〟を探したが、目に入ったのは床に放り出された拳銃だった。手を伸ばそうとした矢先、鋭い痛みに襲われ、ウィルは声を上げた。

　ドリューの拳が肋骨を激しく殴りつけたからだ。身をかわして次の攻撃をよけようとしたが、すばやく二回連続でパンチを喰らった。ウィルが逃げてもドリューは執拗に追いかけ、男ふたりは組《く》んず解《ほぐ》れつして床の上で闘い続けた。ソファーに手を置き、なんとかして上体を起こそうと試みるも、ドリューは再びいきなり突進してきて、背中からウィルを押し倒した。ソファーの縁を摑んでいた手が離れ、ウィルは立ち上がるチャンスを逃してしまう。

　しかし、ウィルもやられっ放しではない。ドリューの腕が届かないところまで床を転がり続け、繰り出された相手の膝が目前に迫った瞬間、コーヒーテーブルを倒して盾にしたのだ。テーブルに激突する直前、ドリューは手で膝を覆って防御する。膝の強打は免れたが、相手はバランスを崩して床に突っ伏した。

　ウィルはその隙に立ち上がり、体勢を整えた。最初に襲撃したときと同じくらいの勢いで青年に全体重を預けると、彼らは摑み合いながら床を転がり始めた。体格はウィルの方が優っているが、ドリューは圧倒的に若くて瞬発力がある。突然、頭突きを見舞われたウィルは、激しい衝撃で目が回り、仰向けに倒れた。その間に青年は立ち上がり、拳銃を拾いに走っていく。ウィルは猛烈な頭痛に襲われつつも、咄嗟に足を伸ばしてドリューの向こう脛《ずね》に叩きつけた。相手がつまずいて床に突っ伏したのを幸いに、ウィルは両手を突いて膝立ちの姿勢となり、ドリューのシャツの裾を摑んで引き寄せた。

クロムメッキのリボルバーは、ドリューの頭のすぐそばに転がっていた。必死に腕を伸ばし、指をカーペットに這わせて武器を摑もうとしている相手を見て、ウィルは慌てた。さらに力を込めて服を引っ張ったものの、ドリューはウィルの手から逃れようと、何度も足で蹴りつけてきた。それでもウィルは、なんとかキックを凌《しの》ぎ、這いながら相手の身体の上にのしかかった。渾身の力で服を引くと、ドリューは背骨を曲げて海老反りの形になった。顎が上がったためか、相手は拳銃の位置が見えなくなったらしく、懸命に手を動かし、銃の位置を確かめようとしている。それも阻止しようと、ウィルはますます強く服を引っ張った。

太ももに馬乗りになったウィルの脇腹を目がけ、ドリューは上半身を捻って何度も肘打ちを試みていたものの、大した威力ではない。ところが、相手は細めの体格を利用し、身を激しくよじって、こちらの手がほんの一瞬緩んだ隙に、するりと仰向けになってしまった。ウィルはギョッとして青年の腕を取ろうとしたところで、腕に鋭い痛みを感じて顔をしかめた。なんと、ドリューが引っ掻いたのだ。あっと思った矢先、今度は五本の指が顔に突き立てられた。相手の爪の先が肉に食い込み、ウィルは激痛で唸り声を漏らしたものの、ドリューの両手首を抑えることに成功した。右の手首を捻り上げた彼は、青年の腕を力ずくで曲げ、相手の喉に押し当てた。かなり激しく抵抗していた相手だったが、一分ほど首に腕を押し続けていたところ、次第にその動きが弱まってきた。さらに数十秒もすると、ドリューはぐったりとして意識を喪失した。

肩で息をしながら立ち上がり、青年の身体をまたいで拳銃の方へと歩いていく。武器を拾い上げたウィルは、ズボンの前ベルトにそれを押し込み、ドリューの元へ戻った。青年がまだ気を失っているのを確認し、今度は両手と膝をついてソファの下を覗く。案の定、ライフルはそこに滑り込んでいた。手を伸ばし、相棒を摑んだ彼は安堵した。

ライフルのスリングを肩に通してから、ウィルは立ち上がって呼吸を整えた。ドリューを見下ろしながら、拳で殴られた箇所を擦る。多少は痛むものの、肋骨は折れてはいない。だが、みぞおちを打たれ、胃液がこみ上げた感触がまだ口の中に残っている。ふと唇に生温かさを感じ、舌で舐めてみたところ、血の味がした。口の中が切れたのか、もっと身体の奥深いところが裂けたのだろうか。顔の引っ掻き傷からの出血かもしれない。しかし、怪我の心配は後回しだ。今は時間がない。室内を見回し、あれこれ考えている場合ではないのだ。

呼吸と気持ちが徐々に落ち着いてきたので、ドリューが立っていた窓際に移動してみる。青年が見つめていた方角を見やると、教会に向かう信者たちが数人いた。幸いにも、先ほどの格闘で立てた音に気づいている人間はいないようだ。

ウィルは再び部屋を横切り、倒れているドリューを見下ろした。シャツの下の胸はわずかに上下している。横向きになった顔に指を近づけ、規則正しい呼吸をしているのを確かめた。床に落ちていた自分の帽子が目に入ったので拾い上げ、頭に載せてから形を整えた。できれば、この若者にきちんと言って聞かせる時間があればよかったのだが。もっと話ができていたならば――。胸部の動きを見つめ、ウィルはそう思った。やむを得まい。ドリューは、こちらに他の選択肢を与えてくれなかったのだ。ふたりでエデンズ・ゲートの敷地から歩いて出ることが理想だったものの、そうはならなかった。今は、この小柄な青年を肩に担ぎ、あの崖を登っていくしか道はない。

キッチンに置いてあったナイフを摑むと、ウィルは各部屋の電気コードを片っ端から切り外していった。電化製品からライトまで、見つけられたもの全てのコードをだ。リビングに戻った彼は、集めたコードでドリューの足首を括り、手首を背中側で縛った。それが済んだら、彼は同じナイフを使ってソファーから切り取った布切れを小さく畳み、横向きに転がした相手の口に突っ込んだ。

ドリューの意識が戻り始めたのがわかったので、すばやく電気コードの残りを顔に巻きつけ、口と後頭部に結わえつけた。ウィルが立つとほぼ同時に、相手の目が瞬《またた》き始めた。顔を覗き込むこちらに気づいたのか、ハッとした表情となり、巻かれたコードを解こうともがいている。

ウィルは数歩後退し、青年がコードと格闘する様子を傍観した。口が塞がれているのでくぐもった声となり、何を言っているのかはわからないが、必死で何かを叫んでいる。おそらく自由にしろと訴えているのだろうが、気に留めるつもりはない。ウィルは腕に残った引っ掻き傷を見た。赤くみみず腫れになっている。顔に指を這わせると、頬や額にも同じ傷ができているのがわかった。しかも、顔の半分は殴られたせいで腫れている。

再び窓の外を確認したが、今のところ変化はない。少しだけ頭を動かして、メアリー・メイが囚われている建物に視線を向ける。それから、遠くに生えている木々を見て、エデンズ・ゲートからジェロームが待機する場所までの距離を目算する。おそらく一キロ半くらいだろう。ウィルは急にメアリー・メイのことが心配になった。彼女の言うことを聞いて、ドリューのところに来たが、果たしてその判断は正しかったのだろうか。

窓から離れたウィルは有無も言わさず、青年を肩に担いだ。男性としては軽く、おそらく六十五キロもないだろう。それでも肩にずしりとそれなりの重量がかかり、最初の一歩を踏み出すのは辛かったものの、二歩目からは、比較的スムーズに足を動かせた。ドリューとほぼ同じ重さの雄鹿を運んだことはあったけれど、雄鹿は死んでいて抵抗したりしなかったから、今回よりは楽だった。あまりにももがくので、裏口から表に出るとき、わざとドリューの頭を戸口の縁に二回ぶつけてやった。

「馬鹿な真似はするな」

ウィルは小声で話しかけた。「おまえをここから連れ出すと、メアリー・メイに約束したんだ。俺は彼女との約束を守りたいだけだ。とはいうものの、おまえはクソ重いから、彼女の助けが必要だ。だから、俺はおまえの姉さんを取り戻しに行く」

少し歩いて振り返ってみたとき、自分が十五メートルも進んでいない事実に愕然とした。細身だと思って軽く見ていたらしい。二十代の筋肉質の身体は想像以上に重かった。再び歩を進めるべく、気を取り直して顔を正面に戻したウィルはギョッとした。視線の先に、ホリーが立っていたからだ。まるで、彼女の足がその場に根を生やしてしまったかのように、直立不動だった。大きく開いた口からは、今にも悲鳴が飛び出しそうだ。その目もまん丸で、こちらを凝視している。片肩に縛り上げたドリューを担ぎ、反対側の肩にライフルをぶら下げ、ズボンのズボンにリボルバーを挿し、顔や腕に痣やミミズ腫れや血痕が残るウィルを。

一瞬、彼女に事情を説明しようと思ったが、彼は思い直して、唇を結んだ。そんなことしても、単に言い逃れをしていると受け取られておしまいだと気づいたからだ。

この状態では、全てドリューのためにやっていると訴えても、そう簡単には信じてもらえまい。ホリーがこちらに歩み寄ろうとしていたのか、道路の向こうにいる教団の誰か、もしくは自動小銃を抱えた護衛たちに叫ぼうとしていたのかはわからないが、彼女が次の行動をとるよりも先に、ウィルは方向を変え、ドリューを肩に載せたまま駆け出した。残されたわずかな力全てを総動員して——。

† † †

頭が水の下に沈んだり、水面から出たりを繰り返す感覚が長いこと続いている。洗礼の儀式がまだ続いているのか？　自分が、朦朧とした意識の海を漂う流木となった気がする。あるいは、自分自身が肉体から抜け出し、深海の流れに身を任せてたゆたっている感じ、とでも言おうか。

メアリー・メイはふいに、胸にかかる圧を感じた。何かがのしかかっている？　そう思っているうちに、今度はツンとした匂いがした。この匂い。ジョンが私を清めるのに使ったアルコールだろうか。次は痛覚が刺激された。針で刺されるようなチクチクとした痛み。胸の上を伝わる痛みは、微量の電流が流れたときの痺れにも似ている。そんなことを考えていると、胸の圧と痛みから同時に解放された。ジョンが、こちらの身体から針を離したのだろうか。薄目を開けると、彼が前屈《まえかが》みになり、彼女の胸元を布切れで拭いているのがぼんやり見えた。次に、上体を起こしたジョンは、こちらをじっと見下ろしている。

彼はスツールの上に腰を下ろした。メアリー・メイは何度も瞬きをし、眼球を覆っていた膜のようなものを涙で洗い流そうとした。しかし、視界は白っぽく濁ったままだ。そうこうしているうちに、ジョンは再び身を屈め、彼女の肌に針を置いた。顎を下げて自分の胸元に視線を向けた彼女は、ギョッとし、一気に正気を取り戻した。タトゥーが半分ほど仕上がっているではないか。黒いインクで白い肌に刻まれた文字の縁は、わずかに赤くなり、盛り上がっている。

「今回は、我々の意見が一致して、本当にうれしいよ」

ジョンは作業の手を止めずに言った。「私は印を刻むとき、じっくりと時間をかけて〝作品〟と向き合うのが好きなんだ」

針が上がると、布切れがそっと胸元を拭き取っていく。生地に付着した黒いインクの中に、赤い血が混じっているのが見え、メアリー・メイの意識は一瞬遠のきそうになったもののの、すぐに回復した。

ジョンは施術を再開し、メアリー・メイは胸の上の針の動きを感じていた。針が一旦下がって、また上がってくる。おそらく彼は「V」の文字を描こうとしているのだろう。

「ときに〝祝福〟は、人の本質を頭の中に押し留めておく効果がある」

彼がそう語りかけてきた。「我らの祝福が奇妙な〝効果〟を人々にもたらすのを、私はこの目で見てきた。幻覚を見させたり、恍惚状態の中でその幻覚が消えたり。あとで彼らに話を聞くと、共通の経験をしているのがわかった。高いところから何かを見下ろしているらしい。自分の姿やどこまでも続く長い道とか。あるいは、井戸の底のような場所から上を仰いでいる自分がいるとか。一番上まで登れれば、元に戻れるとわかるのだが、それは到底無理かもしれないと不安に駆られてしまうようだ。大勢の者たちが口を揃えてそんなふうに言っていたな」

ジョンの手が「V」の字を描く作業を再開した。「メアリー・メイ、君なら可能だ。君は達成できる。君は大丈夫だ。自分の罪を認めてしまえば……罪がどのようにして肌に刻まれたかを見れば、君は罪への理解を深め、私のところに再びやってくるはずだ。自分の肉体から〝罪〟を切り離してくれと頼みにね」

繰り返し針は皮膚を突き破り、今は「Y」の文字を彫り始めている。より覚醒するにつれ、感じる痛みの鋭さも増していく。部屋をグルリと見回すと、なぜ自分がここにひざまずいていたか、その理由を徐々に思い出してきた。

ドリュー。

弟がこの手筈《てはず》を整えたのだ。彼女は、ドリューに思いを馳せ、ウィルのことを考えた。ふたりは今、どこにいるのだろう。ウィルは自分のために戻ってきてくれるだろうか。

この痛みは、今まで経験したことのないものだった。止まらない鈍痛が胸の隆起を這い回り、皮膚の下に滑り落ちて骨を包み込む――そんな感じだ。メアリー・メイが顔を持ち上げて針を見下ろすと、胸に刻まれている単語が形を成そうとしていた。

――ENVY《エンヴィー》――

妬みを意味する黒い文字は血の赤で縁取りされ、ぷっくりと膨らんでいる。

「もうすぐだ」と、ジョンは胸を布で拭いながら告げた。そして、少しのけぞると、己の〝作品〟を自画自賛するように口笛を吹いたので、メアリー・メイはまたもや胸元に視線を向けた。それぞれの文字は五センチほどの長さで、胸の上の中央に並んでいる。

胸に布を押し当てた後、ジョンは彼女を褒め、それから今一度、四つの文字全てを縁取るように針を刺していった。メアリー・メイに目に涙があふれた。どうしてこんなことに

――。彼女は手と足に神経を集中させ、自分の意思通りに動くことを確認した。今すぐ逃げ出したい。ここからずっと遠くに。

ウィルはジョンを信用するなと言っていた。自分の足で走り、自分で逃げ出さなければならないかもしれないとも言っていた。だが、彼女のために戻ってくるとも言っていたではないか。メアリー・メイは、ジョンの背後にある扉を見つめた。ドアは開いている。ウィルとドリューが現われてくれないかと思ったものの、その願いは叶わぬものなのだろう。

彼女が通路の方を眺めていたとき、サイレンが鳴り出した。ジョンも作業の手を止め、サイレンが聞こえてくる方に顔を向けている。音はますます大きくなっているようだ。彼は立ち上がって身体の向きを変え、通路に視線を走らせている。一体何が起きているのか？　だが、ふたりがいるこの部屋からでは状況を把握しようがない。業を煮やしたらしく、ジョンはとうとう部屋を出ていった。

メアリー・メイは再び自分の胸を見下ろした。刻まれた文字から出血しているが、大した量ではない。ジョンが戻ってくる前にと、メアリー・メイは立ち上がろうとした。だが、足元がふらつき、スツールの助けなしには身体を支えることもままならなかった。

そのとき、ウィルがふくらはぎの下に何かを忍ばせたのを思い出した。ナイフ？　記憶が曖昧だったので、半信半疑で床に手を伸ばしてみると、ウィルの置き土産は確かにそこにあった。驚いて心臓の鼓動が少しだけ跳ね上がったが、彼女が急いでそれを拾い、柄を握った。

どうしても足がぐらついてしまう。それでも、自分の足で立ち、走らなければならない。ウィルは自分を助け出そうとしていた。さらに、弟を見つけてここから逃げ出すつもりだったはずだ。しかし、それが失敗に終わったのではないか。その疑念は確信に変わりつつある。もしそうだとしたら、もう一度ドリューを見つけ出さねばならない。

メアリー・メイは手を伸ばし、バランスを取ろうとした。ジョンは部屋の中にいない。彼女は開けっ放しのドアを見た。一歩ずつ、足を出して進もうとしたものの、両足がゼラチンにできているかのようにぐらついてしまう。

とにかく歩かなければと焦ったせいか、片足を繰り出したとき、粉で満たされた小瓶を蹴ってしまった。あっと思ったときには、瓶は床の上を転がっていき、彼女は前のめりにつんのめった。幸い、瓶は廊下の手前ギリギリのところで止まってくれた。だが、身体を動かすたび、タトゥーを彫られたばかりの皮膚が引っ張られ、痛みが走る。乳房から首までの全体が熱を持っていたが、彼女は動き続けた。小さな瓶を一瞥し、正面を見据える。ほんのわずかでも可能性があるのなら、それに懸けるしかない。

壁までなんとかたどり着いたが、よろめいて壁に激しく身体を打ちつけ、足を滑らせた。それと同時に、空いていた方の手を床についた。もう片方の手には、ナイフが握られている。ふと、蹴飛ばした小瓶が目に入ったので、指を伸ばして拾い上げた。コルクで栓がしてあったので、それを口にくわえて歯で外し、吐き出した。

サイレンは相変わらず頭上で鳴り響いている。しかし、サイレン音に混ざって、誰かの足音が近づいてくるのも聞き取れた。必死で身体を起こし、壁を利用して自分を支えて戸口まで来たときに、ちょうどジョンが戻ってきた。

「どこへ行くつもりだ？」

そう問いただすジョンの顔には、不気味な笑みが浮かんでいる。まるでゲームか何かを楽しんでいるかのような顔だ。ところが、こちらの手に握られた刃物に気づくや否や、彼は真顔に戻った。相手がギョッとして一歩後ろに下がるのと同時に、メアリー・メイは飛びかかり、男の身体を床に押し倒した。ナイフを握る手に力を込め、大きく振り下ろしてやろうかと思ったが、次の瞬間には思いとどまっていた。その代わり、反対の手で持っていた小瓶の中の粉を口と鼻の穴にぶちまけた。ジョンの目が大きく見開かれ、眼球の毛細血管が広がっていく。その様子は、星が突然爆発し、空いっぱいに星屑が飛散したかのようだった。

メアリー・メイは必死になって立ち上がり、咳き込むジョンを尻目に走り出した。うまく足に力が入らず、まるでゴムになってしまったみたいだ。それでも彼女は、正面の出口を見据え、前進し続けた。

† † †

残された時間は皆無に等しかったが、それでもウィルには休憩が必要だった。人気のない家に目星を付け、すばやく忍び込む。かりそめの隠れ家にたどり着いてドリューを室内に下ろした途端、サイレンが鳴り始めた。その音は、ウィルがまだ子供の頃に聞いた空襲警報に似ている。

廊下の壁に背中をもたれさせ、ドリューを座った姿勢にした。その家は、さっきの家と同じ間取りだ。ウィルはリビングを横切って窓辺に進み、陰になっている部分に身を寄せた。表では信者たちが行き交っていたが、見たところ、彼らはなぜサイレンが鳴っているのか、どこで脅威が発生しているのかがわからないようだ。少なくとも、現時点では。ウィルは向きを変え、教団のゲートの方を見やった。門番はふたりだけになっており、あとのふたりは砂利道をこちらに向かって歩いてくる。

反対側に顔をやると、ホリーが道の真ん中に立っていた。このサイレンを鳴らしたのは、十中八九、彼女だろう。ウィルがドリューを抱えて別の家から出てくるのを目撃したのは彼女だったし、知らない間に、それ以前からこちらの行動を監視していた可能性だって捨て切れない。今、ホリーは、さっき彼女が自分とドリューを見た場所を指差している。それから、おそらく移動したと思われる方角を大雑把に指していた。

「クソッ」と、ウィルは吐き捨てた。表から見えない位置を選びながら部屋を横断し、ドリューの様子を見に行く。口が塞がれていて表情はよくわからないが、若者はこちらを嘲笑しているように思えた。

「俺はまだ生きてるぞ」

彼はドリューを見下ろして言い放った。

腰から拳銃を取り出し、回転式弾倉を回して弾丸を確認した。それからズボンのウエストに武器を戻し、再びリビングを横切っていく。プロパンガスのタンクが家の外に並んでいるのは、わかっていた。そこで、彼はキッチンに移動し、コンロのつまみを捻ってみた。点火すると、赤かった炎が青くなっていく。どうやらガスはしっかり通っているようだ。

それから、慌てて室内を見回す。どうにも焦りが行動に出てしまっていると気づき、ウィルは落ち着けと己に言い聞かせなければならなかった。まずは何を最優先すべきかを考えろ。自分は何をしたいのか。そうだ、俺はここから脱出するのだ。チャンスはまだある。諦めるのは早すぎる。コンロの火を点けっ放しにしたまま、彼は食器棚や引き出しを片っ端から探り始めた。ここにいる連中のことはわかっている。彼らの考えや価値観も知っている。だから、向こうの出方も行動も予測できる。

焦るな。きっとうまくいく。

引き出しに非常用のロウソクがあったので一本取り出し、さらに身を屈めて中を漁った。缶入りの固形燃料も見つけ、それをカウンターの上に置く。金属の蓋をこじ開けると、ピンク色の可燃性の中身が見えた。ボヤボヤしている時間はない。ウィルは早速、コンロの炎をロウソクに移し、それで固形燃料を発火させた。缶入りの固形燃料の炎は、紫色に近い。彼は火の点いた缶を持って洗面所に入り、ドアを閉めた。

洗面所から出てドリューを一瞥すると、青年の様子は変わっていた。不審な行動をとっているこちらを怪訝そうに見ている。ウィルは相手と目を合わせたまま、リボルバーを再び取り出し、これ見よがしに撃鉄《ハンマー》を起こした。それから視線をガスコンロに戻す。踊るように揺れ続ける炎を見つめ、この家から出て丘を登るまでの時間と距離を頭の中で弾き出す。ただし、途中で撃たれることは計算に入れていない。

正面の窓に戻ったウィルは、再び陰に身を潜めた。警備の男たちがホリーと話をしている。彼女は、さっきと同じ方向を指差していた。男たちは銃を構えて歩き出し、家と家の間に消えていった。そこでウィルは、玄関の扉と鍵に視線を向けた。そっと近寄り、きちんと施錠されていることを確認する。

キッチンに戻ってコンロの火を消した後、洗面所のドアとドリューを見た。ドリューはこちらの一挙一動が気になるのか、ずっと目で追っている。ウィルは再びコンロのつまみを回した。ガスが流れ出した直後に、カチリと音が鳴って点火する。火を吹き消そうとしたものの、炎は消えずに揺れるだけだった。違った方向から、二度ほど息を吹きかけてみたものの、ガスコンロの火が消えることはなかった。

ウィルは振り返って裏口の方に目をやった。小窓に引かれたカーテンの隙間から、建物の前を通り過ぎていく番兵の姿が垣間見えた。ハッとして正面に向き直ると、別の番兵が近づいてくるのがわかった。レースのカーテンの向こうに、男の姿が透けて見える。どうやら連中は一軒一軒チェックして回っており、次はこの家の番らしい。

ウィルはもう一度コンロのつまみを捻り、火を見た。青白い炎が小さく噴き出ている。さらにもう一回、つまみを最大限に回してから、反対側に絞っていく。しかし、思ったほどのとろ火にならない。こんなことをしていても、結局何にもならないかもしれない。

一縷《いちる》の望みに懸けているわけだが、しょせん、わずかな望みに過ぎない。言い方を変えれば、自分は死んだも同然なのだ。ただ、諦めてはいない。彼はコンロのつまみを調節して可能な限りの弱火にし、カウンターの壁に据えつけられたオーブンの両サイドに手を置いて引っ張った。オーブンを壁から引き剝がすゆえ、当然のことながら大きな音がした。力を込めて引き、オーブンを数センチずつ移動させるたび、発砲されたか、炎が空中高く噴き上がったかと思ってしまうほどの音が鳴った。

オーブンを十分壁から引き離したところで、彼はすばやくカウンターに飛び乗り、オーブンの裏側に足を置き、渾身の力で押した。音を立てたくはなかったものの、もはやそれは無理だ。オーブンはぐらりと傾き、大きな音を立てて床に倒れた。たちまちガスの匂いが漂い、室内に拡散していく。床を見下ろすと、壁の中のガス栓から外れたゴムホースが引き抜かれて転がっている。ガスが噴出するシューという音も聞こえた。

カウンターから降りたウィルは、裏口のドアへ駆け寄った。小窓のカーテンの隙間から番兵の姿が見えたが、間髪入れずに扉を開いた。そこにいた番兵は、ハッとして自動小銃AR-15の銃身をスイングさせ、こちらに狙いを定めようとする。相手が引き金を引くよりもほんのすこしだけ早く、ウィルはその銃身を摑み、銃口をやや下向きにそらした。連続して発射された223口径のライフル弾が、彼の腰と右足のすぐ横の壁にたくさんの穴を開けていく。手の中で銃身が熱を帯びるのを感じつつも、ウィルはAR-15ごと男を家の中へ引き入れ、床に突き飛ばした。相手は、ドリューの伸ばした足を飛び越えて転がっていく。番兵が振り返って反撃に出る前に、ウィルは腰から取り出しておいた拳銃のグリップの端を男の後頭部に激しく叩きつけた。男は小さくうめいて床に突っ伏し、動かなくなった。

そのとき、玄関のドアがガチャガチャと音を立てた。ノブが乱暴に揺さぶられている。別の番兵が鍵を開けようとしているらしい。ウィルは相手の頭と思われる高さに向けて、一発お見舞いした。だが、砂利道に飛びのく音と毒づく声が聞こえたから、当たらなかったのだろう。

室内の床に倒れている番兵を見やり、その右手にしがみついているAR-15を奪おうかとも考えたが、もしも相手の目が覚めて格闘することになるのは面倒だ。そもそも無駄にしている時間などない。ウィルは即座にドリューの元に行き、その身体を担いで裏口から出た。表にも、ガスの匂いが漏れ出している。あたかも、自分の首にまとわりついたケープを引きずってきたかのように、ガスの匂いを外の世界まで引っ張り出した。

リボルバーを腰に突っ込むと、ウィルは両手でドリューの足をしっかり押さえて走り出した。青年の身体はバウンドし、こちらの肩に腹が当たるたびにうめき声が上がったが、立ち止まっている余裕はない。ウィルの反対の肩からはライフルがぶら下がり、脇腹の横でスイングしている。ここに来たときのルートを逆戻りしながら、彼は家々の間を縫うようにして進んでいった。

サイレンは、家の中にいたときよりも音が大きく響いている。教会まであと半分というところで、自動小銃の弾丸の雨が降り注いだ。銃弾はウィルの足元の地面を削り、近くの木造の家の壁を穿っていく。こちらを狙っている奴を探し出すのは後回しだ。ウィルは必死の思いで二軒の家の間に入り込み、家の外れでようやく足を止めた。ここなら、狙撃者からは死角になっているはずだ。

ドリューは想像以上に重く、思ったように距離が稼げていない。呼吸を整えつつ、ウィルはそっと家の角から顔を覗かせ、砂利道の奥を見やった。エデンズ・ゲートの信者たちが続々と集まってきている。このままでは、追っ手を引き離せるほど速くは走れない。さっき仕掛けた〝小細工〟が功を奏するまで、待っているべきだろう。クソ……まだか。まだ起きないのか。時が止まってしまったかのような気分になり、ウィルは焦った。誰かが、どうにかしてガスを止めた？　あるいは、密閉した洗面所の固形燃料が見つかった？

まさか。

そのとき、自分の背後から、三人の男が近寄ってくるのがわかった。太陽が彼らの背後にあり、長い影が伸びているのだ。その影は、彼らが細長い何かを抱えていることも示している。おそらくアサルトライフルか銃身の長いサブマシンガンだろう。

徐々に近づいてくる影を見つめながら、ウィルは、彼らがここにたどり着く前に移動しなければならないとわかっていた。再び砂利道に視線を向けるなり、彼は覚悟を決め、影とは反対側の小道に飛び出し、全速力で教会を目指した。教会は高台になっている。もしたどり着いてライフルを構えられれば、サイレンや銃声を聞いて集まった信者たちに対して優位に立てるかもしれない。

無我夢中で走り、ウィルはとうとう教会までやってきた。だがそのとき、三人の武装した男たちが道の角を曲がってくるのが見えた。建物の脇に群生する藪の中にドリューを放るなり、教会の端から顔を出したウィルはライフルの安全装置を外した。そして銃を構え、三人のうちにひとりの胸を目がけて発砲した。弾は男の右の鎖骨に命中し、身体を貫通して肩甲骨《けんこうこつ》から飛び出し、血飛沫が風に流されていく。一瞬の出来事だが、スローモーションのようでもあった。ウィルが薬莢を排出し、再びボルトを前に押し出すのと同時に、男は地面に倒れた。

その男が叫び声を上げ、別の男が倒れた男の名前を呼んでいる。しかし、ウィルは再び発砲したため、他の男たちは反射的に身を縮め、誰も撃たれた奴に手を貸す者はいない。

ライフルのスコープ越しに、その三人だけでなく、大勢が家々の裏に隠れているのがわかった。彼らの動きが、影となって地面に映し出されているからだ。すると、五人の男たちがある家の裏から飛び出し、別の家の陰へと駆けていった。ウィルは引き金を引いたが、狙いを低くしたため、銃弾は地面を削り、埃とともに弾んでいった。五人は驚いて身を屈め、その直後、慌てて元の場所に戻る者もいれば、すばやく近くの家の裏に隠れた者もいた。

ウィルは排莢し、新たな弾を充填した。道の上では、撃たれた男が助けを求めて泣きわめいていたが、なんとか転がってうつ伏せになり、片腕と足を動かして道路を移動していく。男が動くと、砂利道の上には赤い血の筋が残った。再度、ウィルがその男に向かって銃を撃つと、男は驚愕して這うのを諦めたらしい。その場にただ横たわり、友の名前や助けを呼んでいた。

先ほどと同じく、彼は薬莢を排出し、新しい弾を込めた。そのときだった。教会の角から、巨大な男がヌッと顔を出したのだ。ウィルは目を剝いた。不覚だった。砂利道の方に気を取られ、近くに注意を払わなかったせいだ。

ウィルは慌ててレミントンの銃口を移動させたが、手遅れだった。大男はライフルの銃身をむんずと摑み、それを無理やりこちらへと押しつけてくる。自分もしっかりと銃を握っているつもりだったものの、さすがに大男の怪力には叶わない。銃身は少しずつ動き、横向きになってウィルの喉元に当てられてしまった。このままではマズい。そう直感した彼は、大男とともに地面に転がった。

ウィルはキックを浴びせるつもりだったが、足も膝も思うように当たらない。相手はおそらく、自分よりも十センチは背が高く、十五キロ以上重いだろう。ウィルは自由になろうと必死にあがいたものの、男はびくともしない。筋肉と腱だけで身体ができているようだ。男は両手に体重をかけ、ライフルを首に押しつけてくる。まるで百キロ以上のバーベルを喉の上に乗せられた感じだ。

ウィルは必死に抵抗したが、喉にギリギリと銃身が食い込んでくる。呼吸がままならず、意識が朦朧としてきた。視界もぼやけ、ところどころ暗くなっている。一瞬、何もかもが見えなくなったが、ウィルは懸命に意識を保とうとした。思い切り力を込めてライフルを持ち上げると、大男も少し持ち上がった感じがした。呼吸ができるようになり、ウィルは喘ぎながら酸素を求めたのも束の間、再び巨漢が全体重をかけ、こちらの喉に銃身を埋め込もうとしてきたのだ。ウィルを地面に押しつけておくべく、相手も必死になっている。その息が顔にかかり、食いしばる歯が間近に見えるくらいふたりの距離は接近した。

砂利道に倒れている男が友人を呼ぶ声が聞こえていたが、それも次第に遠のいていく。

被弾した男が出血多量で死にかけているせいなのか、それとも己のライフルで自分が窒息死しかけているのか、ウィルにはわからなくなっていた。

突然、大男が背中を丸め、苦しみ出した。その顔には血管が浮き出て、蜘蛛の巣のようになっている。相手の手が緩んだ隙に、ウィルは地面を転がって咳き込み、肺に酸素を行き渡らせようとした。ライフルが男の手から離れたので、急いで取り戻そうとした彼は、相手の腰にナイフが深々と突き刺さっているのに気がついた。驚いて顔を上げると、後ずさりするメアリー・メイの姿が見えた。顔をゆがめた男は身体を捻り、手探りで腰に刺さったナイフを摑もうとしている。

相手はメアリー・メイを追おうとしつつ、ナイフを摑み損ね、もう一度手を伸ばした。その三度目に、とうとう男の手が刃物の柄を握り、乱暴に腰の肉から引き抜いた。そのときの音は、ウィルが過去の狩猟経験で幾度となく耳にしてきたものだが、人間相手に聞いたことはなかった。そして今、その音には、男の怒りと憎しみが含まれていると感じた。メアリー・メイに対して噴き出した大男の感情が、さらなる暴力を生み出す音だ、と。彼女はさらに後退し、距離を稼いではいたが、大男は腰から抜いた血だらけのナイフを手に、ものすごい形相で突進した。

危ない！

ウィルはライフルの銃口を上げ、引き金を引いた。発射された弾丸はまっすぐに飛び、男の背中側の肋骨と肋骨の隙間から入って心臓を貫通した。次の瞬間、その巨体は地面に崩れ落ち、少しだけ痙攣した後、全く動かなくなった。

荒い呼吸をしながら男に歩み寄ったメアリー・メイは、落ちていたナイフを拾い上げ、ウィルの方に歩いてきた。彼女の顔にも服にも、おびただしい量の血飛沫が付いている。シャツの襟は胸元まで裂けたままで、彫られたばかりのタトゥーの文字が見えた。傷口から垂れた赤い筋は、胸の谷間で消えている。ウィルは目を逸らし、大きく咳き込んだ。どうやらまだ酸素が必要なようだ。ふたりともひどい状態だった。

砂利道の向こうで叫んでいた男は静かになっていた。事切れたのかと思い、そちらに視線を向けたところ、道に引きずられた跡が残っていた。仲間に回収され、今頃は連中に怪我の手当てを施されているのかもしれない。

すると、こちらに向かってくるさらなる足音が聞こえてきた。腰から拳銃を取り出し、教会の角に再び身を潜ませたウィルは、丘の下に狙いを定めてすかさず二度発砲した。それによって追っ手たちは四散し、全員が物陰に隠れた。

ウィルは身を翻し、メアリー・メイを見た。彼女は藪の中の弟を見つけ、その傍らでひざまずいている。ドリューを見下ろしていたその目が、ウィルに向けられた。彼はよろめきながらも、彼女のもとへと向かった。かなり体力を消耗していたが、ひと呼吸するたび、新たな力が湧いてくるのを感じた。途中で落ちていたライフルを拾い、ポケットから新たなライフルカートリッジを取り出し、装塡した。

「ジョンはどこだ？」と、ウィルが訊ねた。

開口一番、彼女の具合を訊くのではなく、その質問を投げたことを申し訳なく思ったが、グズグズしてはいられないこともわかっていた。現にメアリー・メイは生きており、こうして目の前にいる。その事実だけで十分だ。

「ドラッグをしこたま顔にかけてやったわ」

メアリー・メイはそう即答した。「でも、他の連中が来るのが聞こえたから、あいつらは私たちを捕まえに来るはずよ。あの場所より外の方が、サイレンって大きく聞こえるのね」

ウィルは彼女の背後にある林をぼんやりと見た。エデンズ・ゲートの敷地を囲んでいる木々だ。彼は、あの部屋で見た何百というタトゥーが刻まれた皮膚片をふと思った。自分は大勢の信者を見てきたが、何百という数ではない。彼は踵を返して教会の角に戻り、最初に目に入ったものを撃った。長く延びる砂利道の中ほどにある家の窓だ。銃声の直後、そのガラスは粉々に割れた。

それからメアリー・メイのところに駆け寄り、彼女が地面に置いていたナイフを取った。シャツで刃の血糊《ちのり》を拭い、腰の鞘に挿し込んだ後、リボルバーを彼女に差し出した。

「弾は三発残ってる」

うなずきながら、彼女は手を伸ばしてくる。

「ジェロームは、まだ私たちを待ってるかしら？」

肩越しに遠くの崖を見やり、そう訊いてきた。

「かなり歩くのが辛そうだが、大丈夫か？」

ウィルの問いに、メアリー・メイは「やるしかないでしょ」と、答えた。

彼女の様子をまじまじと見ると、目はまだ多少泳いでいる感じだった。加えて、彼女自身の血と大男の血で、全身が真っ赤だ。

「君ならできる」

ウィルはそう答え、ドリューを藪の中から担ぎ上げた。足を踏ん張り、荷物の位置を調整する。肩の上で、青年はまだ身をよじっていた。四肢と口を縛ってある電気コードと格闘しているのだろう。いまだアドレナリンが血流に乗って全身を駆けめぐっていると感じたウィルは、ドリューのことはなんとかできると判断し、メアリー・メイにたどるべきルートを説明した。

「とにかくここをまっすぐに進んで、湖から離れたところにある道路脇の倒木を探すんだ。そこにジェロームがいる」

「なんで、私にそれを教えるの？」

「君の方が身軽だ。まずは君が彼を見つけ、俺たちを見つけるよう告げてくれ」

ウィルはドリューを担いだまま、教会の角から顔を覗かせようとした。だが、途端に数発の銃弾が飛んできた。クソッ。連中はこちらの居場所を確実に摑んでいるらしい。

彼は慎重にメアリー・メイのところに戻った。彼女は教会の横壁にぴったりと身を寄せていた。

「行け」と、ウィルは言った。「連中は、俺とドリューの姿を見た。だが、君がここにいることは知らない。君がどこに向かうかも。ジェロームに伝えてくれ。郡道に向かう道を一キロ半ほど下ったところで落ち合おう、と」

彼女は困惑した表情でこちらを見ている。こんなのは、いいアイデアとは言えない。かといって他に代替策が思いつかない——そんな顔をしていた。彼女は正しい。しかも、成功する確率は限りなくゼロに近い。しかし、ウィルにはわかっていた。これが、今できる精一杯の策だ。

「さあ、行くんだ」

彼はメアリー・メイを促した。

† † †

またひとりぼっちだ。メアリー・メイは教会の裏手に回って林の中に入り、ウィルがさっき指差した方角へと走った。しかし、百メートルも進まないうちに、背後から銃声が聞こえ始めた。それだけではない。男女を問わず、人々の悲鳴も混じっている。

振り返っても、背の高い松の木々の間から教会が見えるだけで、ウィルとドリューはどこにいるのかわからなかった。気を取り直して再び前進を続け、しばらくして周囲を見回した。そして、自分が敷地の外れまで来たことを知った。丘を上がりながら背後の景色に目を滑らせると、遠くに複数の家が建っているのが見えた。徐々に傾斜はきつくなり、彼女はもたつく足に苛立ちを覚えた。教会を上から見下ろせるところまで登ると、かなりの数の人間が集まってきているのが目に入った。エデンズ・ゲートの信者はこんなにいたのか、と目を丸くした。そのとき、誰かがこちらを見つめていた気がして、彼女は咄嗟に籔の後ろでしゃがみ込み、できるだけ身を低くした。足元には、木々の隙間を埋めるかのように草が鬱蒼と生えている。

連中との距離は百メートルちょっと。一体どこから湧いて出たのかは定かではないが、信者は増え続けていた。トラックも複数台、到着した。自分が下にいたときには、一台もなかったはずだ。車の荷台から降りる男たちは皆、銃火器を抱え、防弾チョッキを着ている。これから戦争でも始めるつもりなのか、と思ってしまうほどの重武装だ。

どうしても男たちの動向が気になり、メアリー・メイは何度も後ろを振り返った。ウィルから指し示された場所はまだまだ離れている。発砲音がした直後に、ウィルがいた方向から反撃する銃声が鳴った。ウィルのライフルに違いない。ボルトアクション式ライフルの重厚な発射音の後、一発撃つごとにボルトを操作する音が続く。手慣れたウィルは、非常に短い間隔で何発も立て続けに銃を撃っている。銃声が五、六回鳴った時点で、ふと、彼のところに戻ろうかと思ったが、戻ったところでできることはほとんどない、と思い直した。

彼女は今、38口径のリボルバーを手にしている。これは父の形見の拳銃だ。シリンダーに残る弾は、三発。ウィルとドリューは銃撃戦をやり過ごし、崖を登って待ち合わせの道路までやってくる。きっとそうだ。もしウィルがそこまで来ても、ジェロームがいなかった場合、もしくはウィルが少しの間待たなければならなかった場合、エデンズ・ゲートの人間にたちまち包囲されてしまうだろう。そうなったときにウィルがどうなるかは、想像に難くない。自分とウィルが動き続ける限り勝算はゼロではないが、もし自分が動けなくなったら、自分もウィルもジェロームも、さらには弟のドリューでさえも、命の保証はないのだ。

走らなければ。走れるうちに。

使命感がメアリー・メイの心に火を点けた。ウィルに言われた通り、湖から離れるようにして進んでいく。ドラッグの作用は、すでに抜けている。汗とともに成分が排出されたのか、あるいは、アドレナリンによって体内で破壊されたのかもしれない。斜面に木が密集して生えている地点まで来たとき、一発の弾丸がすぐ近くの木の幹に当たった。ギョッとして振り向いた彼女の目に映ったのは、こちらに向かってくる十人ほどの男たちだった。自分の行動はあからさまだったかもしれない。崖をまっすぐ登って、上にある道路に出る。そこからさらに遠くに逃げるという単純明快なシナリオは、すでに連中も承知のはずだ。傾斜がきつくなった場所まで来たとき、六発から七発の弾丸が周りに撃ち込まれた。地面を穿って土が跳ね、木を削って小さな木片や折れた小枝が飛んだ。どう考えても、高い斜面を登る自分は、向こうに丸見えではないか。どうぞ狙い撃ちしてくださいと言わんばかりで、この位置関係は圧倒的に不利だ。一体どうすればいいのか――。

そのとき、一瞬、全ての音が消えた。銃声も枝が折れる音も何もかも、だ。あたかも嵐の前の静けさのような……それとも、世界が竜巻の渦に吸い込まれて無音になってしまったかのように……と、メアリー・メイが感じた次の瞬間、それは起こった。

最初は凄まじい閃光が降り注いだ。次に耳をつんざくような轟音が響き渡り、それから、エデンズ・ゲートの真上にキノコ雲が立ち上がった。全てを目撃した彼女は、言葉を失った。何が起きたのかは正確にはわからなかったが、エデンズ・ゲートの敷地内で爆発が起きたということだけは容易に想像がついた。あまりの衝撃で呆然自失になっていたもののの、ふと我に返り、連中が気を取られている今のうちにと、大急ぎで崖を登り始めた。

焦るあまり何度も足がもつれたが、手を伸ばして低木を掴み、地面を蹴って、ひたすら上を目指していく。振り返ると、松の木の間から、長い煙の柱が空へと続いている。危険を承知で見晴らしのいい場所に移動したところ、敷地内のある箇所が真っ黒に焦げているのが見えた。おそらく家が建っていたはずだ。ウィルは爆発については何も言及していなかった。理由はなんにせよ、ウィルとドリューが立ち寄った家だった可能性もある。

しかし今は、ここで立ち止まっている場合ではない。何が起きたのか、いくら考えてもわからないし、不確実なことであれこれ頭を悩ませていても仕方がない。不安だったものの、ウィルとドリューがあの家に引き返してはいないと信じよう。あそこで最後の抵抗を試みたとは、思いたくなかった。自分を追って林に入ってきていた数人の男たちも、爆発騒ぎで気を取られ、こちらを見ていない。この隙にと、速やかに斜面を上へ上へと進み、敵との距離を稼いだ。そして斜面は丸みを帯びた形になり始めた。

太陽はまだ空で輝いているが、地平線へと傾きつつあり、気温が下がってきているのが肌でわかる。ジョンに破られた襟が身体の前で垂れ下がり、胸元が大きく開いてしまっている。露わになった肌は、汗と血とインクと埃にまみれている。ここで起きた状況と脱出時の困難は全て、肌の汚れが表現しているかに思えた。時折、直立して歩ける場所もあったものの、ほとんどが傾斜地で、手で生えている籔を摑んで身体を持ち上げなければならなかった。足を上げるたび、ジーンズの腰に挿した銃が、その存在を訴えてくる。

再び背後を確認し、ここまで来た道を見下ろした。取り立てて変わった様子はない。風が少し強まったらしく、草木がそよいでいる。石が滑り落ちる音は聞こえず、追っ手の気配はない。銃声も、怒号も、話し声もしなかった。奇妙なほどの平穏に包まれて、逆に落ち着かなくなる。今しがたまで、人生で最も恐怖を覚えた混沌の中にいたのが、急に正常な世界に放り出され、これが現実なのか、非現実なのかわからなくなりそうだ。

彼女はもう一度だけ振り向いた後、斜面を登り出した。腕を伸ばし、草木を摑み、足場になりそうな箇所に足を掛け、一気に身体を持ち上げる。その動作を繰り返しながら、メアリー・メイは思った。はるか下の森や湖畔で一発だけ銃声が響けば、ウィル、あるいはドリューに対して安堵を覚えたかもしれない。少なくとも、銃撃戦は終わっておらず、ふたりはまだ生きているという証になる。しかし、何も聞こえてこなかった。それが何を意味するのかと考えるのは、これまでの何よりも恐ろしかった。

崖の上にたどり着くと、風は思ったよりも強く、大きく開いた首回りの汗が急激に冷えていく。林の向こうに目指していた道路が垣間見え、彼女は力を振り絞って走った。途中で、ジェロームの姿を認めた。神父は、思っていた場所のちょうど南で待っていて、ありがたいことに思っていたより近くにいた。

ジェロームもこちらに気づいて駆け寄ってきた。疲労困憊《ひろうこんぱい》のメアリー・メイは、崩れ落ちるように彼の腕の中に倒れ込んだ。彼女を支えながら、神父は年代物のオールズモビルへと向かっていく。

「ウィルは？」

そう訊ね、彼はメアリー・メイが抜けてきた林の方に目をやった。「一緒じゃないのか？」

車までたどり着くと、ジェロームが助手席のドアを開け、彼女は中に乗り込んだ。座席に身を置き、荒い呼吸を整える。汗に濡れた肌は、ずいぶんと冷えていた。

「ウィルに何があったんだ？　爆発音が聞こえて崖の縁から眺めたが、林から立ち上る煙以外は何も見えなかった。彼は無事なのか？」

メアリー・メイは答えに窮した。起きたことをどのように簡潔に話せばいいのか。頭の中に浮かぶのは、自分が逃げてきたという事実だけ。走り、登ったという行動だけは覚えている。とにかく、あのクソみたいな場所から逃げ出したのだ。

しかし、ジェロームは彼女の返事を待っている。とはいえ、なんと説明していいのかわからなかった。彼女は肩越しに、背後の森を見やった。ウィルと弟がそこからヌッと現われてくれないかと願う。教団の男たちの裏をかき、見事に逃げおおせて崖を登り切り、自分たちがいる場所を見つけてくれたら――。だが、そこには誰の姿も見えない。あるのは、風に揺れる木々だけだ。

「ウィルがここまで来られるかどうか……」

メアリー・メイは背の高い松の木に覆われた場所を見つめながら、言葉を濁した。

「まさか、彼は死んだのか？」

「……わからない」

振り返った彼女はジェロームと視線を合わせ、それからその先に延びる道路に目をやった。「行かなきゃ」と、彼女は言った。「ここから出るのよ。追っ手が来る前に」

神父は黙って車のドアを閉めた。車の前を通って運転席に回り、乗り込むやエンジンをかけた。

「ウィルに弟を連れ出してと頼んだの」

メアリー・メイは事情を語り出した。「だけど、一緒には抜け出せなかった。ウィルとドリューは、私と反対の方に進んだの。ウィルは、この道の先で落ち合うと言ってたわ。だけど、彼らがそこに来られるかどうかは定かじゃない」

声が震える。ジェロームの車に乗った今、ようやく自分が安全な空間にいるのだと実感した。ただ座って、己を振り返る余裕ができた。そして、彼女は確信していた。エデンズ・ゲートが非常に危険な存在になってしまったことを。

ジェロームはアクセルを踏み、ふたりを乗せた車は二車線道路を走り出した。正面の道路を見てから、彼女は後ろを振り返り、上がってきた崖を見つめた。弟に思いを馳せ、ウィルを思った。彼らは生きているだろうか。生きていてほしい。彼女は心の底から彼らの無事を祈った。

† † †

「さあ、行くんだ」

メアリー・メイをそう促したウィルは、彼女が踵を返して木々の向こうに消えていくのを見つめた。彼はドリューを肩に載せていた。男ひとりの体重は、ウィルの膝をぐらつかせるのに十分な重さだ。だが、自分から進んで飛び込んだ状況ではないか。そして、言った通りに、メアリー・メイの弟を見つけて確保した。狂気の沙汰ではないが、ここまで成し遂げた。問題はこの後の展開だ。

ブーツのかかとで土を撒き散らしながら、ウィルは、起伏のある草地を小走りに進んでいた。教会が建つ小高い丘から出て、低地に駆け込む。数千年前に氷河が流れ込んで削られた土地は、今ではシダや木の群生地になっている。樹齢の若い木がまばらに生えている森が前方にあり、その向こうには丘陵地だ。崖のような斜面があり、その上には道路が走っている。肩から下げたライフルが身体の横でスイングし、その反対側の肩の上では、ドリューの足が上下にバウンドしていた。こちらに発砲してくる者も、追ってくる者もいない。時折背後にあるエデンズ・ゲートの教会の方を確認しながら、その理由を考えた。

そのとき、トラックの走行音が聞こえ、ウィルはハッとして足を止めた。後ろを振り向くと、門から五台のトラックが埃を巻き上げながら入ってくるのが見えた。その様子を眺めながら、その日彼が切り抜けてきた全てと、今迫りつつあるものは何も関係がないと、確信した。

トラックは居住区の家々を縫うように走り、車道を目指している。ウィルと教会との距離は二百メートル余り。今彼は、湖から続く、木が茂る平地に立っていた。奴らが道を曲がってこちらを追いかけることにした場合、車の足止めになるほど、松の木々は密集してはいない。車が通れるだけの隙間が開いている。

ウィルが目指す方向には崖があるが、遮蔽物になりそうなものまで、五百メートル近く離れていた。つまり、連中から丸見えになってしまうということだ。教会裏の丘を降りて敷地を囲むフェンスを越え、ここに至るまで、彼はずっと孤独感を覚えていた。絶望的なまでのその気持ちは、自分の内側から込み上げているように思えた。

彼はドリューを地面に下ろし、ライフルを構えてスコープを覗いた。トラックがこちらに向かってくるのが見えたが、彼らは教会に到着する寸前だった。エデンズ・ゲートの信者たちが大勢、そこで待っている。スコープで人々を舐めるように見ていくと、ホリーや他の数人の顔見知りの姿があった。彼らは皆、敷地内のある方向を指差している。そう、それは林の奥。自分が立って、連中を見ているこの場所だ。

ライフルを下ろして身を屈め、ドリューを再び肩の上に載せた。青年は一瞬もがいたものの、ウィルは気に留めずに低地を横切り始めた。可能な限り歩調を速めると、肩の荷が揺れた。そのとき、最初の銃声が轟き、彼の頭上の数十センチ上を飛び越していった。二発目はかなり離れており、彼の左の方にあった松の幹に埋め込まれた。ウィルは蛇行しながら前進し、平地を横切っていく。林の立地を利用して、松の木が断続的に狙撃者たちの視界を遮るようにした。

振り返ると、トラックは五台とも教会に横づけし、荷台から男たちが降り始めた。遠くでライフルの閃光が瞬き、少し間を置いて銃声が鳴った。弾丸は、彼の一メートル半ほど手前を飛んでいくのがわかった。どうやら、自分と同じように、スコープでこちらの動きを観察し、狙い撃ちしている奴がいるらしい。命中するのは時間の問題だ。

彼は走り続け、ふたつの丘の間にある窪地に身を隠す。一番低くなっているところには、干上がった川があった。再び丘を上がって教会の方を見やると、止まっているトラックは二台になっていた。そこにはまだ埃が舞っている。間違いない。残る三台は、こちらを目指しているはずだ。

さらに丘を登っているとき、またもや銃弾が飛んできた。弾はウィルの足元を削り、飛び散った土が腕や脇腹に付いた。今度こそ万事休すかもしれない。弾丸はどんどん自分の近くに被弾している。丘のてっぺんに着き、反対側を見下ろした彼は足を止め、背後に視線をやった。その直後、銃弾がすぐそばの空気を切り裂き、ウィルは反射的に地面に伏した。ドリューは肩から落ち、猿ぐつわの下から声にならない声が響いた。青年はそのまま丘の斜面を転がっていき、電気コードで縛られた手足が激しく動くのが見えた。

トラックがいよいよ近づくと、タイヤが砂利を踏む音が近くの湖を越え、木々の中で反響した。周囲を見渡したウィルは、前方に格好の隠れ場所を見つけたが、そこに身を潜めて連中に取り込まれた場合、今度こそおしまいだろう。トラックのエンジンが唸りを上げている。敷地から続く上り斜面を進んできているはずだ。そして唐突に、連中の姿が見えた。全速力で進んできたトラックだったが、林では木々の合間を縫うようにして走らなければならず、どうしても減速しなければならないのだった。

やがて開けた場所に出た三台は、森林の中にある不毛の平地を横切っていく。ウィルは、連中が刻一刻と近づくのを目の当たりにしていた。彼は相手より少しだけ高い場所にいたが、ときどき松の木の幹や藪の陰になるたび、トラックの姿を見失う。車が起伏のある丘を走り切ると、猛スピードで平地を疾走し始めた。そのとき、教会が建っている小さな丘から、再びライフルの閃光が見えた。銃弾は、ウィルのすぐ手前の地面に突き刺さり、土と石の欠片を撒き散らした。

もう時間がない。自分の死が迫っているという恐ろしい事実が、今にも胃をひっくり返しそうだ。さらにもう一発が足元に着弾し、ウィルは慌てて飛びのいた。目を凝らすと、教会の横に残っていたトラックの片方の荷台に、男が立っているのが見えた。車の屋根に銃身を載せてライフルを覗き込んでいる。すっかり低くなった太陽の光を受け、スコープのレンズがキラリと輝いた。

ウィルは相棒を持ち上げ、自分と相手の距離を目測した。おそらく五百メートルはないだろう。さらに、近くの草地と、自分と教会の間にある木々を見た。木と木の間隔と横風を計算に入れる。標的との現在地の高度の差も考慮した。あとは幸運を祈るだけだ。再びスコープに目をやり、彼は思った。この時点で正しい選択がひとつだけあるなら、それを実行するまでだ。

全てを迅速に行わなければならない。手早く照準を調節し、教会横のトラックの荷台に立つ男に狙いを定める。

別のトラック三台は、小さな草原を横切ってきた。ウィルはそれらの動きもスコープ越しに観察した。エンジン音はますます大きくなり、助手席の男がこちらの方角を指差している。別の男は、開いた窓から顔を出した。その手にはアサルトライフルが握られている。奴らとの距離は次第に狭まり、もう三百メートルもない。

ウィルはレミントンM７００のボルトを操作した。追っ手の前に立ちはだかる松林の中、彼は幹と幹の隙間から狙いを定めた。引き金を引いて発砲した後にボルトを引いて排莢し、今度はボルトを押しこんで次弾を装填する。小高くなった場所でうつ伏せの姿勢のまま、彼はライフルを撃ち続けた。銃弾の発射とともに火花が散り、その後に空になった薬莢が宙を舞う。スコープの向こう側で、一番手前のトラックのフロントガラスにひびが入り、それがたちまち蜘蛛の巣状に広がっていく。予備の弾がほとんどなくなるまで、ウィルは発砲の手を止めなかった。周囲の草の上には、熱を帯びた薬莢が何個も転がっていた。三台のトラックは速度を落とすことなく近づいてくる。蛇行運転しているのは、こちらからの攻撃を避ける意味もあるのだろうが、無秩序に木が生えている森に、どこからどう入るべきかを連中が考えあぐねているようにも思えた。ウィルはポケットを漁り、最後の弾を取り出した。正確には、残っているのはこれだけではない。できるだけ間隔を空けずに発砲していたので、装塡時に誤って地面に落とし、見失ってしまった弾もある。だが、空の薬莢がそこら中に散らばっている草地で、それを見つけ出すのは難しい。特にこの非常事態では。ウィルは手にしたカートリッジをライフルに詰め、ボルトを前方に押し込んだ。薬室の一発を含めても、残弾は六発。チャンスはあと、六回だ。

頼むぞ、相棒――。

彼はスコープを覗き込み、引き金を引いた。そして、すばやく空の薬莢を弾き出す。さらに続けて発砲した結果、一台のトラックのミラーを破壊し、タイヤ一本をパンクさせることに成功した。運転手はハンドルを取られ、ケツ振りした車体はそのまま横転し、傾斜地を転がり落ちて視界から消えた。まだ勝負はついていない。ウィルは再び発砲した。その銃弾は二台目のトラックのエンジン部分に埋め込まれ、車は急停止をした。乗っていた男たちが車外に飛び出し、遮蔽物目がけて走り出したので、彼はまた弾を放った。三台目が百メートル先に現われたときは、次弾の装填が間に合わなかったので、ウィルは立ち上がり、駆け出した。こちらが逃げなければ、たちまち追いつかれてしまっただろう。

ドリューのところにやってきたウィルは、アドレナリンの効果で火事場の馬鹿力を発揮し、彼を肩に乗せるなり、全速力で丘を登り始めた。足に火が点いたかのように走ったが、三台目のトラックは着実に迫っていた。

そのときだった、例の家が吹き飛んだのは。

大きな爆発音が轟き、ウィルはギョッとして振り返った。下の方に赤い光が見える。枝葉の間からだとはっきりしなかったが、おそらく炎が上がっているのだろう。彼は諦めていた。爆発するのなら、とっくにしているはずだと思っていた。なんらかの不具合で不発に終わるのだろう、と。だから、今頃、爆発したことに驚きを隠せなかったのだ。

エデンズ・ゲートの敷地内からまっすぐに立ち上る煙と炎を見て、衝撃を受けたのはウィルだけではなかった。自分をトラックで追いかけてきた男たちは、さらにショックだったに違いない。

三台目のトラックは急に進行方向を変えた。振り返った運転手が目を剥いている。爆発で発生した火球が、自分たちの方に飛んでくるとでも思ったかのような形相だ。ウィルは立ち止まり、このチャンスを逃す訳にはいかないと思った。今こそ、木が密生した森を抜け、崖を登るのだ。

ウィルは再び走り出した。だが、さすがのアドレナリンも疲れをごまかし切れなくなっているようだ。足は、動かすたびに石化したのかと思えるほど重たくなっている。肋骨の下で心臓がドクドクと脈打ち、血の半分が酸になってしまったかのように、血管が熱を持っているのを感じた。以前ここに降りてきたときには、まっすぐに進めたものの、今は多少事情が異なる。彼は一番近くの隆起している岩場に移動し、トラックの死角に入るように、岩陰に身を隠した。岩と岩の隙間にできた曲がり道をジグザグに進み、最短距離ではないが、着実に斜面に向かっていく。

ちょうどそのとき、三台目のトラックが丘の上までやってきた。運転手がギアを変え、エンジンの回転数が下がるのが音でわかった。車のタイヤが、ウィルの通ってきたのと同じ道を踏み始めたとき、彼が森を抜けて崖に到達するまで、あとわずかとなっていた。まだ傾斜は緩やかだったものの、それでも一歩ずつ足を踏み出すたびに肩の上のドリューが唸った。トラックは、木の下に至るところに生えている低木の茂みを踏み潰し、再び加速を始めている。

　助手席の狙撃者が窓から身を乗り出すや否や、マシンガンが火を噴いた。銃弾が、松の木に無数の穴を開けていく。ウィルは足を滑らせてバランスを崩したものの、片手でドリューの足を持ち、もう一方の手で丘の斜面を押さえて姿勢を直した。気を取り直して丘を登ろうとしたとき、自分と青年のふたり分の重量がずしりと足腰にのしかかり、ウィルの身体が大きくぐらついた。あっと思ったときには、彼は一メートル以上斜面を滑り落ちていた。肩の上にいたドリューはいない。ウィルは咄嗟につま先を窪みに埋め込んで身体を止め、自分を追いかけるように転がってきたドリューを受け止めた。

　ウィルは振り向き、それと同時にライフルもスイングした。トラックが眼下の脇道に停車するのが見えた。だが、狙撃者は助手席に座ったままだ。スコープを覗いたウィルは、慎重に狙って引き金を引いた。弾は思惑通り、狙撃者の右膝に命中した。男は叫びながらドアを開け、半ば転がるようにして荷台の後ろに隠れた。

　運転手も狙撃者も、どちらも防弾チョッキを着ている。それぞれがトラックの車体の陰に移動するのを見ながら、ウィルは、今何ができるかと考えた。残る弾丸は一発。自分は斜面の途中にいて、相手からは丸見えだ。柔らかい土の上は、茶色くなった松の落ち葉で覆い尽くされている。そこに腰を下ろしたウィルは、かかとに力を入れて踏ん張り、背中をドリューの身体に固定させた。身体が揺れて、狙いを外さないようにするためだ。もう無駄にする銃弾はないのだから。

唐突に、マシンガンがまたもや銃弾の雨を降らせた。頭をかすめて、上の方の木々に当たった弾もあれば、ウィルの周囲の低木を傷つけた弾もあった。ウィルはスコープを覗き見て、男が十字の中央に来るのを待ち構えた。こちらが座っている斜面を目指し、男が森へ入ってこようと走る方向を変えた瞬間、レミントンM700から銃弾が放たれた。弾は、防弾チョッキの金属プレート二枚のわずかな隙間を突き破り、相手の肋骨と肋骨の間を貫いた。即座に男は地面に倒れ、持っていた銃が草の上に放り出された。だが、男は銃を取りに行こうとはしない。スコープ越しに確認したところ、男は眼球すら動かなくなっていた。

手持ちの銃弾は、もう残っていない。トラックと車の後ろに隠れている運転手を一瞥した後、彼は、背当てになってくれていたドリューの身体を起こした。斜面の上で、青年は両手両足を縛られたまま立たされた。体力の限界が近く、ドリューを運んでそれほど遠くまでは行けないと、ウィルはわかっていた。しかし、まだ歩ける。彼は上体を曲げ、若者の腹を肩に載せて持ち上げた。丘を再び登り始めると、肩の荷を支えるべく筋肉が今にも悲鳴を上げそうになっているのを感じる。ああ、どうにかメアリー・メイがジェロームの元にたどり着いていればいいのだが。そうすれば、希望の火はつながり、何か策が見いだせるかもしれない。

ようやく崖まで到達したウィルは後ろを見やり、運転手が木々の間を抜けて斜面を登ろうとしているのがわかった。その運転手も他の男たち同様、防弾チョッキを身に着けている。肩からはショットガンの銃尾が覗き、相手が身体を動かすたびに、リズミカルに上下していた。

万事休すだ。もはや成す術がない。ウィルは頭を上げ、森の奥に視線を向けると、崖の上の岩だらけの山の尾根が目に入った。低木と松の木の狭間から、滑らかな表面の岩のさらに先に、土や砂利がところどころ顔を出しているのが確認できた。おそらく車道がそこにあるに違いない。あとほんのわずかだ。ウィルは気を取り直し、歩を進めた。耳に聞こえてくるのは、己の呼吸と心臓の鼓動、それに地面を蹴るブーツのかかとの音のみで、周囲は静まり返っている。心を無にし、足を繰り出し続けた。今は汗も乾いてしまっている。喉がカラカラで、内臓も舌も水分を求めていた。疲労困憊だ。次の一歩でもう動けなくなるのではないか、と感じながらも、彼は走るのをやめなかった。

ついに滑らかな表面に岩場までたどり着き、急に視界が開けた。尾根の反対側の斜面の下には、二車線道路が延びている。ここから十五メートルくらい下だろうか。周囲に広がる峡谷も、森の中の開けた箇所も、同時に視界に飛び込んできた。ウィルは安堵したい気持ちを抑え、足元を見下ろした。運転手の姿はここからは見えない。さて、これからどうするか。待ち合わせの道路は峡谷の方にある。そこまでドリューを運ぶのは、今の彼にとっては、ロープや酸素ボンベなしでエベレスト登山をするのに等しい。

これ以上足に力が入らず、ウィルは地面に膝をついた。肩からドリューを下ろすと、重荷から解放された身体がふわりと軽くなり、彼は大きく伸びをした。ドリューを肩に担いで延々と歩き、森を抜け、崖を登るなどという無謀な行動により、彼は肉体を酷使した。背骨と背骨の間の軟骨が押しつぶされ、骨の柔軟性が失われてしまった気分だ。悪いが、もう背負えない。手荒な真似だと思われるかもしれないが、こうするしかないんだ。ウィルは寝転がるドリューと目を合わせ、片足でその身体を押しやった。手足を縛られた若者が目を丸くした直後、その身体は丸太のように坂を転がっていく。行き着く先は、十五メートル下にある道路だ。そして峡谷の底には、干上がった川が見える。雨が多い数ヶ月間だけ、水が流れる川だった。

ウィルは再び立ち上がった。ドリューがいなくなったことで、安心して敵と向き合える。運転手は七、八十メートル下の木々の間を歩いていた。ウィルはやや横の方に移動し、相手の頭上に小石をいくつか落とした。驚いた運転手は慌ててふためき、銃を構えるよりも先に、節くれだった大木の根元に飛び込んだ。土からはみ出した根っこを摑み、男はさらに登ってこようとしている。こちらのライフルは弾切れなので、ウィルが頼れる武器は狩猟用ナイフのみだ。腰の鞘から刃物を抜き、片手でしっかりと握る。ドリューの方に視線をやると、彼は下の道路で横たわり、こちらを見ていた。

そのとき、木の枝がガサガサと揺れる音がした。あの男だ。次第に近づいてくるのがわかる。ウィルは耳を澄ませ、松の葉で覆われた地面を踏みつける音が、滑らかな岩の上を移動する音に変わったことに気づいた。ほんの少し身を乗り出して下を覗くと、男は慎重に岩の端を移動していた。ショットガンは、身体の前で持っている。

ウィルは適度な大きさの岩を見つけ、そっとその陰に隠れた。とうとう運転手は、尾根まで上がってきた。落ち着かない様子で周囲を見回していたが、反対側の斜面を覗き込み、しばし立ち尽くしている。どうやら、下の道路に横たわるドリューを見つけたらしい。相手の次の行動は容易に想像できる。斜面を降りてドリューのところに行くつもりだ。ウィルはナイフを握り直し、乾いた地面の小石や土を掬って、男の背後に忍び寄った。尾根の上はやや強めの風が吹いている。風向きを計算し、彼は相手の右側に近づいていく。背後に立ったとき、下からこちらを見上げていたドリューの目が見開いた。彼は運転手とウィルを交互に見やったので、その視線を不審に思ったのか、男が右へと首を回し始めた。次の瞬間、すぐそばに立つウィルにギョッとし、相手は後ろに飛びのこうとしたが、こちらが小石入りの土を振りかける方が早かった。土埃は風に流され、運転手の顔面を直撃した。目潰し効果は抜群で、視界を得ようと慌てる相手の首を目がけ、ウィルはナイフを振り下ろした。

ふたりは一緒に地面に倒れ、ウィルの下敷きになった男の喉から、くぐもった音が聞こえた。それは、人間が事切れる直前の音だ。海の向こうで生死を懸けて戦った二十代の頃の経験から、ウィルはその音が何かを知っていたのだった。男の喉から鮮血があふれ、湿った呼吸音が鳴った。男の肺が酸素を求めて闘っているのだ。かつてウィルは、同じ音を自分が手にかけた敵兵からも聞いたし、自分の腕の中で息を引き取った味方からも聞いていた。当時は、自分の心も切り裂かれるほどの痛みを覚えていたものだが、今は、その音が聞けてホッとしていた。

とはいえ、あの頃、彼が行なった全ては何も変わらない。自分は無力感を覚え続けるしかないのだ。自分のせいで人々が死に、この手が人々を殺した。自分が殺らなければ、殺られるという状態であることは自分でも理解できる。それでも、自分が正しいことをしたとは、到底認められない。葛藤やトラウマに苛まれないようにするため、彼ができた行動はひとつだけ。全部忘れることだった。遠い過去に、戦場での全ての記憶を置き去りにしたのだ。

それが突然、ウィルの脳裏に蘇ってきた。

戦場での自分はどんな人間だったのか。その後――戦場から帰還した後の――自分はどうだったのか。そして、今の――時間と後悔が築き上げた――自分は？　妻と娘の死は、彼にとっては永遠に開きっ放しの傷口のようなものだ。妻と娘がいたからなれた自分。こうした経験を重ね、演じてきた自分というキャラクター。もう顔を背けることはできない。物陰に隠れ、どこかに行ってくれと願うだけではダメなのだ。自分は今、何かを成し遂げようとしている。それが〝赦し〟にふさわしいことであってほしいと思う。神から赦してもらうために必要なことを、今、しているのだと信じたい。神じゃなくてもいい。自分の運命を決めた何かしらの存在に、己の犯した罪を赦してもらうのに必要なことを――。自分はあまりにも多くの苦痛を生み出したというのに、償いはほとんどしてこなかった。今回の行動が、それにふさわしいといいのだが。

ウィルはドリューを見下ろした。向こうもこちらを見ている。青年の一連の行動を、剝き出しの苦悩を全部見ている。ウィルの頭の中を駆けめぐっている様々な思考は、心の深層部分から噴き出し、身体の裂け目という裂け目から油のように浸み出していた。自分はそれを失いつつあるのだろうか。ひどく疲れた。もうヘトヘトだ。今一度、身体の内側から何かが動き、剝がれて出てくるのを感じた。激しく咳き込むと、それが喉へと上がってきたので地面に吐き出す。

──血の塊。

ゴルフボールほどのサイズだった。胃の中ででかくなった潰瘍なのか。エデンズ・ゲートに対する恐怖や疑念が物理的な形となったのだろうか。

ウィルはもう一度ドリューに目を落とした。青年はじっとこちらを見つめたままだ。その顔には嫌悪感が滲み出ている。一瞬、めまいがし、彼は意識を失いそうになったが、車の走行音が聞こえた気がして、必死に踏ん張った。ここで倒れるわけにはいかないのだ。

そのとき、通りの奥から、確かにエンジン音が聞こえてきた。ウィルは、息絶えた男のショットガンを拾い上げ、その場に腹ばいになって横たわった。遺体の胸に銃床を置き、銃口を道路に向ける。もう移動するつもりはない。やってくる人間をこの場で待つことにしよう。いざとなったら戦わなければならないのは百も承知だ。そのときは、ありったけの銃弾を撃ち込んでやる。

尾根を吹き抜ける風を頰で感じながら、ウィルはじっとその瞬間を待ち続けた。

CHAPTER 4

私は真の預言者として人々の間を歩く。
私は、政府と呼ばれる偽《にせ》の神々が発した警告に傾聴し、
従う全ての者に言葉を広める。
なぜなら、私が使者だからだ。
私が友好の手を差し伸べるひとりひとり、
心を開くひとりひとり、我々の家族を抱き締め、
我々に魂を差し出すひとりひとりに、
皆も我々の仲間であると知らせよう。
それぞれが我々の使者であり、全員が我々の愛を有する。
そして、我々は結びつくであろう。
どこへ行こうと、我々はエデンズ・ゲートの
仲間に囲まれるのだ。人生のいかなる歩み、
いかなる階級、いかなる家庭の中でも、
草原、森林、あるいは街にあるどこの家でも、
我々は、同じ心の兄弟姉妹を見つけ出す。
我々が彼らであり、彼らが我々であるのだから。

——モンタナ州ホープカウンティ、
エデンズ・ゲート教祖“ファーザー”

ウィルが目覚めたとき、空は淡いブルーだった。満月の前後三、四日でしか見られない幻想的な色だ。オールズモビルの後部座席の窓に頭を押しつけて眠っていた彼は、身体を起こして姿勢を正した。あちこちの筋肉が凝り固まって、うまく動かない。まるで陽に晒されたまま長い間放置されて錆びついた金具みたいだ。車内にいるのは自分ひとりかと思っていたが、助手席ではメアリー・メイが、やはり窓に頭をもたれさせている。運転席は空っぽで、ジェロームの姿はない。ドリューもだ。

ウィルは周囲を見回した。自分の足元を見下ろすと、防弾チョッキとショットガンがあった。あの死んだ男から頂戴し、ここまで持ってきた品だ。自分の〝相棒〟は、フロントシートのメアリー・メイのところにある。身を乗り出して前の座席をよく見ると、ライフルは彼女の膝の上に置かれていた。武器があることに安堵したのも束の間、ふと、ウィルの中で恐ろしい考えがむくむくと頭をもたげた。ジェロームとドリューはどこに行った？　ふたりとも連れ去られたのか？　もしくはそのどちらかが？　メアリー・メイは微動だにしない。まさか死んでいるんじゃないだろうな。

そっと指を伸ばし、ウィルは後ろから彼女の首筋に触れた。温かい。指の下で、頸動脈が脈打つのを感じる。彼は手を引っ込め、青い夜の帳が下りた外の景色を見やった。そこにあるのは大きな草原で、農場主の家が何軒か建っている。真っ暗になっている家もあれば、カーテンが引かれた窓の奥がほんのりと明るくなっている家もあった。

そっとドアを開け、ショットガンを手に外に出る。砂利道と草原の境目で立ち、静かにドアを閉めた。ジェロームは、土手の上に車を止めていた。道を挟んだ両側に草地が広がっており、ウィルは、その土地の上を横切るように移動する月の動きを読み取った。

土手の端に佇んで周囲を見渡すと、足元から眼下の川へと斜面が続いていた。緩やかに流れる水面は、満月が輝く夜空を反射してちらちらと明滅している。川沿いに滑らせた視線の先に、ジェロームはいた。三十メートルほど上流の草むらで腰を下ろしている。その右手には、ドリューの姿もあった。

会話は聞こえないものの、ふたりは対岸を見つめていた。川向こうにいたのは、四頭の馬だ。土手を歩き出したウィルは、川岸へ続く斜面を降りる前に立ち止まり、オールズモビルを肩越しに一瞥した。ジェロームたちまであと一メートル半のところまで来たとき、ふたりはこちらに顔を向け、ウィルが隣に並ぶまで動きを目で追っていた。

「美しい生き物だ」

ジェロームが感嘆するようにつぶやいた。神父の視線は、川の反対側の馬に向けられている。四頭は横に並び、茂みから顔を出していた。それぞれが時折首を曲げ、背の高い草の新芽を食んでいる。豊潤な水を湛えた川の恵みを受け、水際の大半はその植物の群生地と化していた。

馬から目を離したウィルは、再びジェロームを見やった。それから上体を傾け、ドリューを覗き見た。青年はまだ後ろ手に縛られていたが、猿ぐつわ代わりの口のコードは外され、足も自由になっている。

「ずいぶんと危ない賭けに出たもんだな」

ウィルの言葉に、神父は「この子はかつて、うちの教会の礼拝に来ていました。私は今も覚えています」と、返した。

「君はそうかもしれないが、ドリューが同じように覚えているとは限らないぞ」

頬を触りながら、彼はつぶやいた。青年に引っ掻かれた傷は、熱を帯びている。「慎重になった方がいい」

ジェロームは手にしていた拳銃を小さく振った。闇の中で、クロムの銃身が微かに閃く。神父は青年を一瞬見下ろした後、ウィルと再度視線を合わせた。

「自分たちが何と向き合っているのかは、いとも簡単に忘れてしまうものです。特に、この者の話し方では」

「ドリューは、君に連中の信条を教えようとしてるのか？　神父の君に？」

「エデンズ・ゲートの信者はいつでもそんな感じですよ」

ジェロームは川の流れを眺めていた。「彼らはファーザーの言葉しか聞かず、ファーザーが〝聖書〟と呼ぶ独自の教典しか読まない。彼らの思考は、ファーザーに占領されている。ドリューも同じです」

「君は？」

その問いかけにジェロームは驚いたのか、パッとこちらに向き直った。

「私……ですか？」

「君の信じる宗教は、どう違うんだ？」

「私は人に信仰を押しつけたりしません」

神父の目は、まっすぐにウィルを見ている。「私は〝通訳〟なんです。ときには自分自身にも通訳します。聖書は外国の本のようなものですからね。神がともにあろうが、なかろうが、すべきことをする。それが人間にとって大切なことなんです。あなたも同じだ。そうでなければ、私は弁解などしません」

「どうやら、君は議論するためにここにいるようだな」

「私なら、議論とは呼びませんがね」

凜《りん》とした表情のままの神父に、ウィルは顔をしかめた。

「じゃあ、なんて呼ぶんだ？」

「袋小路にいる状態とでも言いましょうか」

ウィルはドリューに目を向けた。青年は馬を見つめていたが、こちらの会話は聞こえているはずだ。

「こいつは何か言ってたか？」

そう訊ねると、ジェロームは「エデンズ・ゲートは私たちには従わない。だから、行っても無駄だ、と言っています。私たちがどこで協力者を見つけようが、その人物の生活は剝奪される。ジョンが建物を焼き払ってしまうだろうから、と」

「ジョンは、そんなことをして楽しいのか？」

ジェロームも馬を一瞥し、またウィルと目を合わせた。

「ドリューもメアリー・メイも私の教会に連れていくことはできない。彼女のバーにも。どちらの場所も、簡単に奴らに嗅ぎつけられるでしょう」

「わかってる」

ウィルは首を縦に振った。「連中が俺に与えた山小屋も、いいアイデアだとは思わん。町に戻るのも安全じゃない。監視の目が厳しいからな」

「メアリー・メイには治療が必要です。ジョンが入れたタトゥーを洗浄できる場所に連れていかないと」

神父の目が、こちらの頭から足までをじろりと見た。「あなたにも治療が必要だ。ドリューが、あなたはどこかが悪いと言ってました。あなたを信じるな、あなたは死にかけている、と。なんでも、咳き込んで血を吐き、彼の前で気を失いかけたとか。それは本当ですか？」

「俺は大丈夫だ」

「私には、空元気《からげんき》にしか思えませんがね」

ジェロームに見透かされた気がして、ウィルは顔を背けた。

「自分で治せる。ゆっくりできる時間と場所が必要なだけだ。とにかく、俺たちはここから移動しないといけない。しかも、今すぐに」

「私にはどうすればいいのかわからない」

ジェロームは首を横に振った。「ドリューによれば、エデンズ・ゲートは常に監視しているらしい。まさかそんなことあるわけない、と反論したいところですが」

「俺も反論したいが、ドリューの言う通りだ」

ウィルは息を吐き、草地と馬とその向こうに目をやった。エデンズ・ゲートは、今この瞬間も、こちらを監視しているに違いない。彼は数歩進んで水際の草むらに膝をつき、ショットガンを傍らに置いた。両手で水を掬い、頬と首を洗った。それから前腕を水に浸し、傷だらけで熱を持った肌を冷やした。水圧も水温も心地よい。目をつぶると、水の音しか聞こえず、心が穏やかになる。現実に起こった出来事が全て、夢だったのではないか、と思えてしまう。自分の過去も何もかも。そうだったなら、どんなにいいか。だが、人生は川の流れのごとし、だ。流れに逆らうことはできない。過去から未来へと進むしかないのだ。

急に喉の渇きを覚えたウィルは、リュックサックに水が入っているのを思い出し、立ち上がった。その途端、目がドリューを捉え、ふと、何かが自分の中で引っかかっていることに気づいた。一体なんだろう。そのとき思ったのは、ロニーだった。崖の際のギリギリまで、あの若造は自信満々だった。なぜだ?

ウィルはショットガンを掴み上げ、ドリューが座っている場所へ歩み寄った。銃口を相手の胸に突きつけ、こう問いただした。

「俺たちが知らない何かをおまえは知ってるな?」

「ウィル、あんたは彼らに焼かれる。彼らはあんたの臓物を引き出し、あんたの腸であんたを吊るす。それからあんたに火を点けて、炎の中で崩れていくのを見物するはずだ」

「このクソったれめが」

こちらがそう言い放つや、ドリューは唾を吐きかけた。しかし勢いが足りず、唾は草の上に落ちただけだ。

「おまえはクソったれだ」

彼は繰り返した。それが事実だとわからせるように、もう一度「ク・ソ・っ・た・れ」とわざとらしく発音した。

「あいつらが俺に発砲したとき、おまえのことなど考えていなかったって気づいてるだろう？　ドリュー、おまえはその事実をよく嚙みしめるべきだ」

「ジョンはあんたを見つけ出す」と、ドリューはこちらを睨みつけた。「そして、もう今までみたいな対応はしないはずだ。ウィル、あんたは俺たちのひとり。これからもそうだ。だから、俺たちに逆らう者が受ける裁きがあるのもわかってるはず。もちろん、ファーザーを受け入れたのに、顔を背けるようになった奴に対する裁きもな」

「ああ、知ってるとも」

ウィルは相手を睨み返した。「だが、おまえがじきに起きると思っている大混乱がなんであれ、そいつに巻き込まれる前に、俺たちは物ごとをはっきりさせる必要がある」

銃で胸を乱暴に突くと、ドリューは地面に倒れた。それからウィルはショットガンを神父に手渡し、ボディチェックをする間、銃を構えていてくれと告げた。

青年の片足を両手で叩くようにして、異物を隠していないかどうか調べていく。片方が終わり、もう一方の足も同様に確かめた。さらに両腕、胸、背中と、怪しそうなところは全て調べてから立ち上がり、ウィルはドリューを見下ろしながら首を振った。

「こいつ、純粋に気が触れているのかもな」

そうつぶやきつつ、ジェロームからショットガンを受け取る。

「何が見つかると思ったんです？」

「自動送受信無線機《トランスポンダー》だ。あらかじめ定められた無線信号を受信すると、自動的に応答信号を返信する装置のことだよ。山の中でジョンが使っていた。ジョンだけじゃない。奴によれば、兄のジェイコブも狼を追跡するのに使ってるとさ。だが、連中は人間の居場所を突き止めるのにも利用していた」

「でも、ドリューからは見つからなかった……？」

「ああ。さっきの口ぶりから、装置を持っていると思ったんだが……」

ウィルは片手で顎を擦った。

「じゃあ、とりあえず私たちは大丈夫なんですね？」

不安げな顔で神父が訊いた。

「そのようだな」と、ウィルは首をすぼめた。「とはいえ、俺たちが直面している問題が解決したわけじゃない」

「これからの行き先ですか？」

「ああ」と、彼は首肯した。

「宛てがないんですか？」

「宛てはあるよ」

彼はジェロームを見た。「多少の食料と医療品がそこにある。理想的とは言えないがね。俺が長い間避けてきた場所だ。それでも、今はそこが一番マシだろう」

ウィルは、再び川の対岸に視線を向けた。さざめく水流の向こうの馬たちは、いつの間にかいなくなっていた。

†　†　†

車が止まり、メアリー・メイは目を覚ました。目を擦りながら窓の外を見ると、月明かりの下に小高い丘があった。百メートルかそこらの登り道が続き、丘の頂上から屋根の低い家と暗い窓が覗いている。あの高さなら、一帯を見渡せる素晴らしい眺望の家に違いない。意識が徐々にハッキリしていく中、彼女はハッと気づいた。

「ここ、見覚えがあるわ」

「よく覚えてたな」

後部座席からウィルの声がした。「君の親父さんが、君とドリューを一、二度連れてきたことがある。あのとき、君らは丘を転がって遊んでたな。もうずいぶん昔のことだ。十五年くらい前か」

おぼろげに、楽しかった記憶が残っている。もう十五年も経ったのか。あの頃の自分は無邪気だった。もちろんドリューも。そして、あの家は当時ままだ。ウィルにとっては特別な場所であり、彼がここに戻りたくなかった理由もわかる。だが今、彼は戻ってきた。家の中にあるのは、ただの部屋ではない。大切な何かが封印されている空間。そして、彼はその封印を解こうとしている。

「ここは安全なの？」

メアリー・メイが訊ねると、ウィルは家を見上げた。その目が少し泳いでいる。丘の上からは、遥か下を走る郡道も、遠くまで広がるパッチワークのような農地も見えるはずだ。

「ああ」と、ウィルがポツリとつぶやいた。「家の裏手は崖に囲まれている。つまり、一方向からしか近寄れない」

彼は周囲に再び視線を滑らせ、門と南京錠付きのチェーンに目を留めた。

「よし。奴らが来ても、門で足止めできる」

ジェロームも辺りを一望してから、ウィルと門を交互に見た。

「南京錠の鍵は持っているんですか？」

ウィルは首を横に振った。

「俺がこの家の主じゃなくなって、ずいぶん時間が経つからな。だが、そんなことは今、重要じゃない。君は俺たちを十分遠くまで連れてきてくれた」

神父を見つめる彼は、そこで一旦言葉を切ったが、すぐに先を続けた。「君にこれ以上のことは頼めない。連中はまだ、君が一緒だとは気づいていない。俺たちとは距離を置いた方が君のためだ」

ジェロームの片眉が上がる。

「あなたたちをここに置き去りにしろと言ってるんですか？」

「自分の身の安全を守れと言ってるんだ」

「断ります」と、神父は即答した。「そんなことなら、最初から手伝ったりしません。考えてみてください。あくまでもここは一時的な避難場所だ。こもっていられるのは数日でしょう。水や食料など、いろんな物が必要になる。事態が落ち着くまでここで息を潜め、それから私があなたたち三人を連れ出しますから、助けを求めましょう」

その言葉を聞き、メアリー・メイはジェロームに問いかけた。

「助けを求めるって、誰に？」

「まずはアール・ホワイトホースに声を――」

「保安官？　それはダメ」と、彼女は相手をさえぎった。「ほんの数日前、私、彼に会いに行ったの。助けを求めにね。自分が何をするかを話したわ。エデンズ・ゲートに出向いて、ドリューを取り戻すつもりだってね。保安官以外、その話は他の誰にもしていなかった。ねえ、私の言いたいこと、わかる？」

「なるほどな。この事態の発端が見えてきた気がする」

そう言ったウィルの方に顔を向けた後、彼女は弟を見た。

「ジョンは私を待ち構えていたのよ。まるでこっちの計画を知っていたかのように。あいつ、私がエデンズ・ゲートに向かう理由も知っていた。保安官じゃないかもしれない。でも、ジョンに私の行動をばらした人間がいるのは確かよ。それが誰かはわからないけど」

ドリューに目をやると、弟は肩をすくめた。そして、すぐにそっぽを向いて窓の外を見てしまった。何かを言ってやろうと思ったが、彼女は思い留まり、唇を閉じた。ドリューの態度に、悲しみが込み上げる。ようやく会うことができたのに、心の距離はちっとも縮まっていないではないか。いや、まるっきりその反対だ。

車のエンジンは、まだ動いている。ジェロームはギアをバックに入れ、門の横の小さな林の中に車を移動し始めた。

「私はあなたたちと一緒に行きますから」と、神父は告げ、エンジンを切ってキーを抜いた。「これが済んだら、私たちはホープカウンティを去り、連邦政府の助けを求めるべきです。もう十分だ。この土地は、政府の介入が必要なほどひどい状態に陥っている」

ようやくエンジン音が消え、急に辺りは静かになった。これからどうなるのか、全く先が見えない。メアリー・メイは再びドリューに顔を向けたが、彼は外を眺めたままだった。弟の表情のない横顔を見た途端、胸が痛んだ。タトゥーの傷が疼いただけなのかもしれない。だが、心は例えようのないほど重たかった。

✝　✝　✝

狩猟用のナイフで切り取った細い枝を、ウィルはオールズモビルの上にどんどん乗せていった。それから少し後ろに下がり、仕上がりを確認しながらジェロームに話しかけた。

「カモフラージュとしては、過去最高の出来だな」

彼の愛車は、林の中にすっかり溶け込んでいる。

「素晴らしい。ここに車があるってことを覚えておかないと」

神父は腕組みをし、セカンドオピニオンを求めるかのようにメアリー・メイを見やった。

彼女は車から門に目をやり、「家の中にボルトカッターはあるの？」と訊ねた。

ウィルは家の方を一瞥した。すでに百回は見ている。まるで、家がどこかに行ってしまうのではないかと心配でたまらないかのようだった。

「あそこに何があったかなんて、もう覚えてない。まあ、行けばわかるさ。当時はいろいろ生活必需品がしまってあったが、正直言って、全く記憶にない」

彼はそう言って頭を掻いた。「とにかくボルトカッターを探してくる。見つけたら、この鎖を切ろう。で、車で家まで上がる。そうしよう」

「能書き垂れてないで、さっさと行けよ」

ドリューが吐き捨てた言葉に反応し、ウィルはハッとして振り返った。ここにやってきた、という事実にどこか圧倒され、この青年の存在をほとんど忘れかけていた自分に気がついたからだ。車の中から必要な物を全て取り出した後、最後にドリューを外に出した。今の今まで、青年は黙って地面に座っていたのだった。

ウィルは小さく首を横に振った。

「おまえの仲間もいずれここにたどり着く、と確信しているようだな」

「おい、彼らはあんたの仲間でもあるだろう？」

言い返したドリューを無視し、彼は自分のリュックサックを拾い上げた。中には、水、輪縄、罠、予備のカートリッジが入っている。門まで歩いた彼は、荷物を門の向こうに投げ入れた。次に門の下の隙間を覗き込み、そこに誰もいないのを確認してからライフルを滑り込ませた。

彼は皆に、門を登れと告げた。それぞれが防弾チョッキとショットガンを手に歩み寄ってきた。ジェロームとウィルが手を貸し、最初にメアリー・メイが門を越えた。彼女は腕を動かすのでさえ辛そうだった。森の中の追跡劇で身体を酷使した挙句、胸にタトゥーを彫られたばかりだ。無理もない。腕を動かすたび、胸の皮膚が引っ張られて患部が痛むのか、苦しそうに顔をしかめていた。タトゥーの傷痕が垣間見えたのだが、かなり腫れている。あれでは傷が痛むはずだ。

二番目にジェロームが門をよじ登り、今度はドリューの番だ。ウィルは青年を立たせ、門まで連れていった。三人で協力して、細身だが軽くはないその身体を門の内側に移動させていく。そして、最後にウィルが続いた。

敷地内に降り立った彼は、もう一度丘の上の家を見上げた。彼の中で、堰き止めていた思いがドッとあふれ出す。そうだ。もう何年も前になるが、いずれにせよ、ここは俺の全ての出発点だった。

この場所に戻ってきたことが、自分にとって何を意味するのかは知られたくなかったが、結局、ここにいる仲間にはわかってしまうに違いない。ひとつため息をつき、ライフルとリュックを拾い上げた彼は、神父たちに顔を向けて「行こう」と、うなずいた。ふたりずつ並んで丘の道を登っていく。なんとかここで打開策を見つけられればと願っているものの、どうなるかはわからない。家の中の様子もよく覚えていないのだ。実際、自分はこの家のことをすっかり忘れていた。いや、敢えて思い出さないようにしていた、といった方が正しいのか。いずれにせよ、その事実を、今ひしひしと噛み締めていた。

丘の上まで登り切ったウィルの視界に、ある物が飛び込んできた。木の下で微かに揺れるブランコだ。太めの枝に結ばれた二本のロープと、その下にある木製シート。空っぽのブランコは、乗り手を失って久しい。彼が帰ってくるのを待ち侘びていたかにも思える。自分は、理由があってここに戻ってきた。それは、わかっている。しかし、なぜ死の恐怖が、ここに戻る決め手となったのだろう。他の者たちが自分の横を通り過ぎていっても、ウィルは佇んだままブランコを眺めていた。

「ウィル？」

メアリー・メイに呼ばれ、彼は過去の呪縛から解き放されたかのごとく、我に返った。メアリー・メイ、ジェローム、ドリューに顔を向けた。三人は家の横に立ち、こちらを見つめている。

「ちょっと昔を思い出して感傷に浸ってしまったよ」

ウィルは冗談のつもりで言ったのだが、笑う者は誰もいなかった。彼はそれ以上何も語ることなく、三人の方に歩み寄った。

平屋の家は、昔とほとんど変わっていない。違っているといえば、塗装が剥げかかっている箇所があるのと、庭の草が伸び放題になっていることくらいだろうか。雨樋《あまどい》や排水溝など、あちこちから雑草が覗いている。それでも、建物は当時と同じままだ。そこに集う家族は、もういないし、厳密には彼の所有物ではないのだが。

娘のカリは、ここで育った。あのブランコは、ウィルが設置したものだ。彼女が幼い頃、よく後ろから押してやった。少し大きくなると、娘は自分で漕ぐようになった。遊ぶ子供がいない今、ブランコを残しておく理由は何もない。彼は小さく息を吐いた。自分がエデンズ・ゲートに入信する際、この家も土地も差し出した。もちろん、思い出のたくさん詰まった小さなブランコも。愚かにも、そうすることで全てを捨てられると思ったのだ。

ドアの近くの石の下に、いつも鍵を隠していた。ウィルが石をどかすと、その鍵は家主を待っていた。少し錆びついた鍵を回して解錠し、肩で押して玄関を開けた。何年も開かずの扉だったせいか、木製のドアとドア枠が擦れて耳障りな音がした。待ち構えていたように、仄かに暖かい空気が開け放たれた玄関から外へと逃げていく。暗い室内は、しんと静まり返っていた。埃とカビの匂いが、長年無人のまま閉め切られていたことを教えてくれる。

ウィルは中に足を踏み入れ、部屋を見回しながら数歩進んだ。途中で蹴飛ばした何かが、乾いた音を立てながら床を転がっていく。ドアから射し込む月明かりの中で止まった。それは、ビールの空き缶だった。

「どうやら、無断で入り込んだ奴がいたようですね」と、ジェロームが口を開いた。彼の後ろにはドリューが続き、最後に入ってきたのは、メアリー・メイだった。彼女がドアを閉めた後、全員が室内のあちこちに目をやった。

ウィルは、あの日の朝まで、自分がどれだけ酒に溺れているかなど考えたことがなかった。最愛のふたりを失って初めて気づいたのだ。今ここで部屋を見渡してみて、己がいかに間違っていたかがわかる。思った以上に、自分は酒浸りだった。空の酒瓶が至るところに転がっている。妻と娘を亡くす前に飲んだものも含まれているはずだが、多くは彼女たちの死後のものだろう。あの頃は、浴びるように飲んでいた。飲んでは空き瓶を部屋の片隅に放り、また新たな瓶を開ける。その繰り返しだった。居間の一角には、割れたガラス瓶の山ができている。その上の壁にあったのは、スプレー塗料で書かれた「MURDER《マーダー》」という文字だった。

――人殺し――

一見、ここに侵入してきた誰かによる落書きに見えたが、ウィルは自分の手でそれを書いたことを覚えている。色の褪せたMURDERの文字には、壁にぶつけて砕けたガラスの細かい破片が張りついていた。文字通り、自分が殺したんだ。絶対に失いたくなかったふたりを。当時、家族はいて当然の存在だった。あんなふうにいとも簡単にいなくなるなんて想像もしなかった。だから、大切だという思う気持ちを蔑《ないがし》ろにしてしまっていた。どうせ明日も同じ日が続くだろうと、これっぽっちも疑わなかった。

ふたりの代わりに、自分が死ねばよかったのに。安易にアルコールに助けを求め、ますます酒に依存するという悪循環に陥った。だが、いくら飲んでも、酒は自分を助けてはくれなかった。飲んでも飲んでも心の傷は癒えず、妻と子が自分にとっくに愛想を尽かしてくれていればよかったのに、と思わずにはいられなかった。そうすれば、あの夜、ふたりがあの道を通りかかることはなかった。いつまでも酒場から帰ってこない自分を迎えに来ることなどなかった。そうだったら、彼女たちは今でもここで笑っていたかもしれないのに――。

そんなふうに考えても、なんの答えにもなっていないのは知っていた。自分のせいだ。もっと早い時期に自分が変わるべきだったのだ。

「確か、灯油ランプがあるはずだ」

ウィルはそう言って、三人を見た。彼らはこちらを一瞥し、家の中を見回している。ここは、ウィルが過去の記憶を閉じ込めておいた場所。いわば、彼の〝記憶の牢獄〟だ。最愛の家族を事故で亡くして自暴自棄になり、全てを捨ててエデンズ・ゲートに駆け込んだという個人的な事情を知っている彼らには、踏み込むのがためらわれたはず。だが、今はそんなことを言っている場合ではない。自分たちが置かれた状況を考えれば、中に入らざるを得なかった。本人のいる前で彼の生々しい過去と対峙するのは、さすがに居心地のいいものではないだろう。

「右の棚の一番上にあったはずだ。マッチもそこに置いていたと思う。予備の燃料は流しの下にある……たぶん」

ウィルがそう言うと、彼らは居間を出ていき、あちらこちらを引っ掻き回し始めた。その音を聞きつつ、彼はランプをふたつ見つけた。ひとつに火を灯し、さらにもうひとつに火を点けると、暖色の光が部屋いっぱいに広がった。その瞬間、昔、娘のお気に入りで何度も読んでやった絵本を思い出した。

闇の国で暮らす女の子は、暗がりに潜む姿の見えないお化けたちが唯一の友だちだった。生まれたときから真っ暗な空間で暮らす少女は、お化けたちと楽しく遊んで暮らしていた。あるとき、彼女は火を熾すことを覚え、明かりというものを得た。明かりに照らされた明るい世界は、様々な色と形にあふれ、少女はたちまち虜《とりこ》になった。だが、ふと気づくのだ。友だちのお化けたちがいなくなってしまったことを。彼女は悲しくて泣いた。うつむいて涙をポロポロとこぼした。そのとき、足元に暗がりができていることに気づく。自分の影だ。そしてその影の中で、ニッと笑う歯が見えた。まばたきする目も見えた。それは、一番の親友のお化けのものだった。驚いて辺りを見回した少女は、あちこちにできた影で他のお化けたちの目や口が光っているのがわかった。お化けたちは影の中に隠れていたのだ。こうして、少女は明るくなった世界でも、お化けたちと楽しく暮らしていけたのだった。

娘は、主人公の親友のお化けが影の中で笑う場面が好きで、その部分に差しかかると、決まって白い歯を見せていた。無理やり笑顔を作るカリが可愛くて、ウィルもそのページを読むのが待ち遠しかったのを覚えている。なんと愛おしい時間だったのだろう。彼は自分の足元に視線を落とした。少しだけ影ができているが、お化けがまばたきすることも、ニッと笑うこともない。

ジェロームとメアリー・メイの話す声が聞こえ、ウィルは我に返った。キャビネットの中で、長期保存用の缶詰と飲料水を一ダース見つけたらしい。

台所に入ったところ、彼らが発見した戦利品は床に並べられていた。食料を確保したことで、場の空気はさっきより和やかになっている。ウィルは水道の蛇口を捻ってみたが、水は出てこなかった。次にコンロのつまみを捻ってみたものの、火花も飛ばず、炎も出てこない。彼は一歩後ろに下がり、はて、どうしたものか、と今度は自分の頭を捻った。

五分後、彼は古いキャンプ用コンロを持って戻ってきた。そのふた口コンロは、戦地から帰還したばかりの若い時分に使っていた年季物だ。コンロ用の燃料も見つけたので、ガスを充塡し、スイッチを回した。ガスが噴き出す音が聞こえ、ウィルはマッチでバーナーに点火した。なんてことだ。骨董品《こっとうひん》並みのコンロで、安定した美しい炎が揺れている。さもないことだったが、ウィルは奇妙な感動を覚えた。

彼が救急箱を見つける頃には、メアリー・メイたちは、テーブルの上で缶詰のサヤインゲンとコーンを使い古したフライパンで温めていた。もうひとつのバーナーでは、トマトペーストを缶入りの保存水で薄め、小さく切ったスパムを入れたスープが調理されている。

「いい匂い。おいしい食べ物って匂いだけでも、人を幸せにするのね」

メアリー・メイが頬を緩めた。その手は、ウィルから渡された救急箱を抱えている。

「ありがとう。ここに来るには、勇気が要ったでしょうに」

「十二年ぶりかな。ずいぶん久しぶりだ」

礼を言われるのにウィルは慣れていない。照れ隠しで鼻の頭を掻いた。「俺は平気だよ」

「本当は平気じゃないくせに」と、彼女は返した。「見ててわかるもの。大丈夫なふりなんてしなくていいのよ」

彼はメアリー・メイをじっと見つめた。これまで、彼女と視線を合わせないようにしてきた。両親を失い、残された唯一の家族である弟も失いかけながらも、必死に闘ってきた。彼女は、自分より強い人間に違いない。その瞳を見れば、彼女の芯の強さがわかる。同時に、その目はこちらの痛みを見抜いているのだ。

「弟の……」

そう言いかけて、メアリー・メイを振り返った。ドリューは台所の壁にだらしなく寄りかかっている。手はまだ背中で縛られたままで、床の上で足を大きく広げていた。

「彼の手のコードを解いてあげたいの。鬱血して、指の先が紫色になってるわ。あれじゃ、痛いはずよ」と訴え、彼女はウィルの方に顔を戻した。

ウィルはしばしメアリー・メイと目を合わせ、少し考えた後、ドリューに歩み寄った。身体を曲げて相手の顔を覗き込む。

「おまえの姉さんが、手首を結んでるコードがきつすぎると言ってるが、そうなのか？」

「見りゃわかるだろ」

ドリューは身体を捻り、肩越しに手を見ようとした。「手首から先の感覚がなくなってる」

青年の指先に視線を落とすと、メアリー・メイが言っていることが本当だったとわかった。ランプの明かりの中では、やや灰色がかっている。ウィルはよく調べようと、相手の腕を少し引っ張った。それから彼は、最初にメアリー・メイ、次にジェロームに見た。

神父はコンロの前に立ち、トマトスープを掻き混ぜている。ウィルと目を合わせると、彼はゆっくりと、だが断固として首を横に振った。ドリューを自由にすれば、こちらに危害を加える恐れは否めない。だから反対だ、と無言で訴えていた。

立ち上がったウィルは奥の部屋に行き、台所に戻ってきたときには、手に登山用ロープ、結束バンド、女性用のシャツを持っていた。コンロとは反対側のテーブルの端に、それらを置く。ジェロームは相変わらず黙って、こちらを見ている。

ウィルはテーブルから一脚の椅子を引き出し、部屋の隅に持っていった。それからメアリー・メイに話しかけた。

「君が弟を気遣うのは当然だし、助けたいと思う気持ちは理解できる。俺だって助けてやりたい。だから、ドリューはここにいる。エデンズ・ゲートに置いてきたら、命はないかもしれないからな。しかし、彼は信用できない。君に残された唯一の家族だということはわかってる。それでも、この状況下では、仲間として扱うには時期尚早だ」

メアリー・メイは弟を一瞥した後、こちらに視線を戻した。

「じゃあ、どうするの？」

彼女に問われたウィルは流しに進み、その横に置いてあったもうひとつの灯油ランプを手に取った。次に、飲料水の缶も一本摑み、両方をメアリー・メイに手渡した。

「ドリューの手首の拘束を解くよ。だが、君はシャツと水とランプを持って洗面所に行け。ジョンに入れられたタトゥーの傷の手当てをするんだ。その間に、俺はドリューの足と胸を椅子に縛りつけ、それから手首を自由にしてやる」

「私も手伝うわ」

「いや、いい」

ウィルは彼女の申し出を断った。「君に手伝ってもらいたくないんだ。もしドリューが逃げたときに、君が俺やジェロームをさえぎるかもしれない。そうなってほしくないんだよ。俺たちはドリューの安全を確保するつもりだが、決して信用しているという意味ではない。わかってもらえるかな？」

「私はあなたの味方よ」と、メアリー・メイは即答した。「だから、手伝えるわ」

そう言って、彼女はウィルの後ろにいる弟を見やった。ウィルも振り向いてドリューに目をやると、にやついた顔でこちらの会話を聞いている。

「それはわかってる。だが、事態は急変する可能性がある。ジョンが君にタトゥーを彫り始めたとき、ドリューを退室させたのと、俺が君を洗面所に行かせるのは同じ理由だ。身内のことになると、想定外のことが起こりやすい」

メアリー・メイは、三人の男たちを交互に見た後、小さく首を縦に振った。

ウィルは、彼女が廊下を進み、洗面所に入るのを見届けた。彼女が持ったランプの明かりが通路の奥で屈折したかと思うや、洗面所の扉が閉じられる音が聞こえると同時に、光が消えた。

彼女が戻ってこないのを確かめた後、ウィルはドリューを立たせ、椅子に座らせた。青年が暴挙に出た場合に備え、ジェロームはすでにショットガンを構えていた。もちろん、銃口の角度は、咄嗟に発砲してもこちらに当たらないように考慮してくれている。ウィルはロープを伸ばし、椅子の背とドリューの胸に巻きつけていく。同様に足首も縛った。さらに念のために、足首から伸びたロープを椅子の脚に結びつける。結び目を再び確認し、彼はようやく相手の手首のコードを切った。胸元と上腕に巻きつけたロープは、きつすぎないようにしておいたので、両手を太ももの上に置くように移動させた。とはいえ、それほどの緩みはなく、ドリューは痛みで顔をしかめていた。

ロープがきちんと縛ってあることを今一度確かめ、ウィルは後ろに下がった。そして、ジェロームにうなずき、銃を下げさせた。

ドリューはおとなしく座ったまま、解放された手を開閉している。何度もそれを繰り返し、ウィルを見てニヤリと笑った。

「ほら、俺のこと、信用していいんだぜ」

憎々しく思い、彼は顔を背けた。ドリューの言葉は無視し、他の作業に専念することにしよう。分厚い毛布と釘を持ってきた彼は、丘の小道に面した方の窓を目隠しした。灯油ランプや調理コンロの火の明かりが外に漏れないようにするためだ。最後の釘を打つ前に、少し毛布をめくって表を見やると、空っぽのブランコが丘を駆け上がってきた夜風に吹かれていた。

揺れるブランコに、楽しそうに笑う娘の幻影を重ね、ウィルはしばらく表を見つめていた。脳裏で蘇る幸せだった頃の記憶に、思わず嗚咽が漏れそうになり、彼は必死でそれを呑み込んだ。

「おまえたちが今どこにいるか、俺の言葉が聞こえるかはわからないが、ここで一緒に暮らした日々は俺の人生の一番の宝物だったよ」

そう小さく囁いた彼は毛布で窓を完全に塞ぎ、最後の釘を打った。

† † †

救急箱には、ガーゼと消毒用アルコールが入っていた。ハサミと絆創膏《ばんそうこう》、粘着包帯、包帯を留める小さな金属のクリップもある。洗面所のカウンターに中身を全て並べ、腰に手を当ててそれらを見下ろした。灯油ランプの炎が揺れ、流しのステンレスがキラキラと輝いている。仄かな明かりの下、それぞれの品と救急箱自体の影が洗面所の壁に奇妙な模様を作っていた。

台所の方から物音が聞こえたので、メアリー・メイはハッとして動きを止めた。耳を澄ませたものの、言い合う声も争う音も聞こえてこない。全ては順調にいっているようだ。今頃ドリューは椅子に座り、手首も自由になっていることだろう。ウィルの言い分は理解できるし、彼女は責める気など全くなかった。家族の問題になると、人は冷静な判断ができなくなり、通常はしないことをしてしまうのは、十分あり得る。

「弟のためにトラックごと崖から落ちて、一日二日、山の中を走り回る。それも一例よね」と、メアリー・メイは鏡に語りかけた。そこに映った自分は、ぼんやりとしたランプの明かりのせいか、疲れが色濃く顔に出ている。

「ジョンは、あんたに嫌なことから逃れるための逃げ道を与えようとしていた」

彼女はまた自分に言った。「彼は山に登るなと忠告しようとしたけど、あんたはこれを選んだ。残りの人生を懸けて、この選択肢を選んだ」

それから彼女は、シャツを改めて眺めた。血と埃と泥の染みがあちこちにできている。我ながら、ここまでひどい格好だったとは思わなかった。次に、襟を引っ張ってみた。乾いた血で肌が突っ張ったので、ゆっくりと生地と皮膚を剥がしていく。痛みで顔をゆがめたものの、どうにか布は肌から離れてくれた。タトゥーの文字を鏡越しに見てみたが、傷口の上に血と土がこびりつき、ハッキリと読み取れない。昔は、全身に熱したタールを塗り、鳥の羽を全身に貼りつけて見せしめにする刑罰があったというが、罪人を人間以下の存在に貶《おとし》めるという意味合いがあったらしい。なんだか、自分がジョンにそんなふうにされた気がしてならなかった。

ハサミを手に取ったメアリー・メイは、着ていたシャツを縦に切り裂き、肩から外して床に脱ぎ捨てた。ウィルに渡された飲料水の缶を開け、ガーゼに注いで胸を拭いていく。タトゥーの際まで、丁寧に拭いたが、患部そのものを触るのはためらわれた。文字の輪郭は血が滲み、腫れ上がっている。

それでも清浄せねばと、そっと土や埃を拭い取っていく。水で拭いた後、今度は新しいガーゼに消毒用アルコールを振りかけた。小さく息を吐いて覚悟を決める。傷にガーゼが触れた瞬間、鋭い痛みが全身を貫いた。あまりの激痛に涙がこぼれたが、感染症で苦しむことになるよりずっといい。必死に歯を食いしばり、彼女は消毒を終えた。鏡の前に立つ彼女は、彫られたタトゥーをまじまじと見た。灯油ランプの明かりの中、白い肌に刻まれたタトゥーは全体的に暗い色だが、インクを何度も入れて濃くなっている箇所もあれば、色味が薄い箇所もある。そのせいなのか、線がまっすぐではなく、大きさもばらばらに見えた。まるで子供の落書きではないか。

――ENVY《エンヴィー》――

メアリー・メイはまぶたを閉じた。次に目を開けたとき、この文字が消えていればいいのに、と願いながら。ジョンが自分の胸にこの単語を彫っているときに語っていた言葉が、ふと脳裏に蘇る。意識は朦朧としていたけれど、一字一句が耳に残っていた。

――君は大丈夫だ。自分の罪を認めてしまえば……罪がどのようにして肌に刻まれたかを見れば、君は罪への理解を深め、私のところに再びやってくるはずだ。自分の肉体から〝罪〟を切り離してくれと頼みにね――

激しい感情が込み上げ、彼女はパッと目を開けた。何も変わっていない。鎖骨とブラジャーで隠された胸の膨らみの間に、その四文字はあった。ジョンの言う通り、私は再び彼に会いに行くだろう。父を殺した張本人だとしたら、あの男に罪の報いを受けさせてやる。この手で。

彼女はブラのストラップを右肩から外し、左側も同じようにした。絆創膏の封を開け、赤く腫れた箇所に押し当てる。洗面所にあった軟膏らしきものは全て古びてカラカラに乾燥しており、使えそうにないし、使う気も起きなかった。それから絆創膏を押さえるようにして、粘着包帯で胸に巻いていく。粘着性の包帯なので、そのままでも剝がれたりはしないのだろうが、念のため、クリップで端を留めた。これでよし。プロの手当てと比べれば見劣りはするが、なんとか応急処置はできたと自画自賛する。

ブラのストラップを肩に戻し、ウィルから渡されたシャツを手に取った。きれいに畳まれてある。何気なくそれを鼻のところまで持っていき、匂いを嗅いだ。少しカビ臭い。だが、微かに香水の甘い香りも残っている。ウィルの妻の服。彼が彼女のために買った服なのだろうか。シャツを広げてみると、それはグレーの前開きブラウスだった。ウィルがこの一枚を選んだのは、タトゥーに張りつきにくい素材で、襟が首の付け根までしっかり隠してくれる形だったからに違いない。ただ、Tシャツに慣れている彼女にとっては、少し窮屈な感じがする。とはいえ、ありがたく借りることにした。袖を通し、ボタンをはめる。その姿がまるで別人に見えて、思わず苦笑してしまった。自分なら絶対に選ばないデザインだったから、なんだか落ち着かない。それでも、タトゥーは外からは見えなくなった。目の当たりにしないだけでもいい。そう、あの文字を消すことができるものなどないのだ。何を着ようが、どうにか隠そうといくら努力しようが、タトゥーはずっと自分について回る。

ランプを片手に洗面所のドアを開け、廊下に出た途端、おいしそうな匂いが鼻孔をくすぐった。金属の食器の音と低い男性の話し声も聞こえた。通路を進んでいたが、彼女はふと足を止めた。居間の窓が全て分厚い毛布で覆われていたのだが、一ヶ所だけ毛布が薄いのか、点滅する赤い光が透けて見えるのだ。まるでプールの底のライトのように、赤い光はぼんやりと乱反射している。しかし、プールの底のライトでないことは確かだし、どうにも嫌な予感しかしない。

その窓にたどり着く前に、メアリー・メイはすでに気づいていた。

まさか、何かが燃えている？

空気中に異臭が漂っている。ゴムかアクリルが焦げる匂いだろうか。毛布の端をつまみ上げ、隙間から窓の外を覗き込んだ瞬間、目を剝いた。

火だ。真っ赤な炎が闇の中に浮かび、黒い煙が空へと巻き上がっている。場所は、敷地の外れ。門の近くで何かが発火したのだ。風に煽られ、炎が木々の間で大きくなっていく。彼女は声を失い、その場に立ち尽くしていた。

† † †

「火事よ！」

メアリー・メイのひと言で、室内は一瞬凍りついた。だが、ウィルたちはすぐに我に返り、反応した。神父はコンロの火を消し、ウィルはライフルを摑んで窓に駆け寄った。

「燃えているのは、ジェロームの車だ」

スコープ越しに、炎が木の枝にどんどん燃え移っていくのがわかる。発火してからどのくらい経つのだろう。門近くの林のかなりの枝に火が点いている。熱い空気が上昇気流となり、燃える枝葉を狂ったように揺らしていた。その動きはあまりに奇妙で、蜘蛛が死ぬ間際に、空《くう》を摑むかのごとく脚を痙攣させている姿にも似ていた。

ウィルはライフルを置き、窓から離れて考えた。車全体が火に包まれていた。ウィンドウ越しに見えた車内は真っ赤に染まり、月の下で燃え盛る黒い車体は熱を帯び、灰色になっている。周囲に人影はなかった。だが現実はどうだ。奴らは着実に忍び寄っていたのだ。

そのとき、ウィルはあるものを思い出してゾッとした。例の部屋の壁に貼られた、タトゥーを刻まれた無数の皮膚片。あの数だけ、エデンズ・ゲートの信者は存在していることになる。なぜ、ジョンやその取り巻きだけはなく、もっと大勢がここまで来るかもしれないと考えなかったのか。その可能性は十分あり得たことなのに。

ウィルが振り向くと、仲間たちが待ち構えていた。メアリー・メイはすぐそばに立っており、ジェロームは部屋を横切ってこちらに来るところだった。ふたりはウィルを見つめている。台所の隅で椅子に縛られているドリューでさえも、こちらを見ていた。

「なんとか乗り切らないと」

ウィルは皆に声をかけた。

他の三人は黙ったままだった。困惑しているのが表情でわかる。きっと自分も途方に暮れたような顔をしているのかもしれない。ここなら安全だと思っていた。少なくとも、しばらくは凌げるだろうと。ところが、現実はどうだ？　正しかったのはドリューだけじゃないか。エデンズ・ゲートは必ず自分たちを見つけ出す。どこにも逃げ場などない。ドリューはそう言っていたのではなかったか。

「行くぞ」と、ウィルは言った。「ここを出なければ。ぐずぐずしていられない」

荷物のところに行き、中からライフルの弾薬筒を取り出して、ポケットに突っ込む。リュックを摑んで窓に戻ると、再びスコープを覗いた。ざわざわする気持ちを必死に落ち着けようとしたものの、自分の前を長い貨物列車が通過しているかのように目が泳いでしまい、焦点が定まらない。それでも何度か深呼吸をし、彼は暗闇に沈んだ敷地内を見渡していった。

いた。やっぱり奴らはそこにいた。

スコープの向こうで、集団が暗闇に紛れて蠢いている。二十人。いや、三十人近いかもしれない。全員が武装し、丘を上ってくる。しかも、敷地全体に広がり、全方向から迫ってきていた。先頭を歩くのは、案の定、ジョン・シードだ。ジョンの暗い影とその後に続く大勢の影が、燃え上がる炎に照らされていた。地獄で生まれた悪魔の子供たちが現世に繰り出してきたかのように、黙々と歩き続けている。

ウィルが横を見ると、メアリー・メイが別の窓から外の様子を窺っていた。エデンズ・ゲートの信者たちが近づいてくるのを知った彼女は、腰のベルトからリボルバーを抜き取った。毛布を元に戻し、彼女はウィルにうなずいた。台所では、ジェロームがドリューの傍らに立っていた。その片手には包丁が握られている。

「どうします?」と、神父が問いかけた。「ドリューの拘束を解くべきですか? ここから逃げ出さないといけない。すでに私たちは罠にはまりつつある」

ウィルはジェロームと、その右手にある包丁を見て、窓から漏れてくる赤い光に視線を戻した。今や、乱反射する炎の明かりは至るところで輝き、下の林だけではなく、敷地全体に火が点いたかと錯覚してしまいそうになる。

「ドリューを解放してやれ」

ウィルはそう指示をした。「ここから出る方法はあるが、彼を抱えていくわけにはいかない。まだ信用はできないものの、今は迅速に逃げ出す方を優先すべきだ」

そう言った後、彼はふたりを順に見やった。恐怖が浮かんだ、ふたつの顔。この状況下を切り抜けられると思っているのは、もしや自分だけなのか。

そのとき、メアリー・メイが口を開いた。

「私は弟から離れないわよ」

ウィルはハッとして彼女を見た。家族が絡むと不測の事態が起きる。すぐにそう思ったものの、メアリー・メイが間違っているわけではない。彼女の弟を思う気持ちは理解できる。もしも妻と娘の命を救い、自分が失ったあの生活を取り戻せるとしたら、死に物狂いで戦い抜くだろう。

「わかった」

彼は首を縦に振った。ここで議論するつもりはない。早足で部屋を横切ると、防弾チョッキとショットガンを摑んでジェロームに差し出した。そして、これで突破するしかないと伝えた。

ジェロームは一瞬驚いた顔をしたが、何も言わずに包丁を置き、片手で防弾チョッキ、もう片方の手でショットガンを受け取った。それからメアリー・メイを見て、「これは君が使うべきだ」と防弾チョッキを掲げた。

「ダメよ」

彼女は首を横に振った。「あなたが使って。もし連中が私を殺す気なら、防弾チョッキの有無にかかわらず、私を殺すでしょうからね」

ウィルはほんの少しだけ待った。自分たちには無駄にする時間は一秒たりともなく、この間にも敵は刻一刻と迫っている。それはわかっていたが、ひと呼吸だけついて、メアリー・メイに話しかけた。

「そこにある結束バンドでドリューの手首を縛り、彼を椅子に括りつけているロープを切れ。それから彼を表に連れていき、ジョンの前に立たせるんだ。連中を家の中に入れるな。君は、大勢が見ている中にいた方がいい。ジョンはエデンズ・ゲートでいくらでも君を殺せたのに、そうしなかった。ここでもまだ、あいつは君を殺そうとはしないかもしれない」

メアリー・メイとドリューと分かれ、ウィルは裏口から外に出た。ジェロームがその後に続く。夜の闇の中に踏み出したふたりは、地面の上に立って周囲を見回した。エデンズ・ゲートの信者が待ち構えてはおらず、そこにいたのは彼らだけだった。まだ裏口までは回ってきていなかったらしい。

雑草が伸び放題になっていたものの、まだらに群生しているに過ぎなかった。家の影が伸びている草地の五、六メートル先は、岩壁だ。ここを登った先は下り斜面になっており、下を走る道路につながっている。ウィルはそれを知っていた。この場所のことは隅から隅まで熟知しているのだ。この裏地を歩くのは久しぶりだったものの、どちらへ向かえばいいかはわかっていた。

草だらけの地面を急いで横切り、岩壁の際までやってきた。ジェロームもすぐにたどり着く。まだ片手で防弾チョッキを持ち、もう一方の手でショットガンを握っていた。ウィルのところまで来た神父は、肩越しに家の方を見た。家の向こうの空が赤くなっていたが、もちろん暁光《ぎょうこう》でも朝焼けでもない。夜の暗がりで己の車を包む炎の色だ。

「メアリー・メイを置き去りにするべきではなかった」と、ジェロームがつぶやいた。

ウィルは岩肌に目を凝らした。最後にここに来てから相当の年月が流れているが、この地形は利用できると、彼は確信していた。

「置き去りになんかしない」

彼は岩に手を乗せ、摑めそうな突起を探しながらそう返した。「俺はここを登る。高台になっているから、家の向こうが見渡せるんだ。もしメアリー・メイがドリューを外に連れ出した場合、彼女に危害を加えようとする奴を片っ端から狙い撃ちしてやる」

ジェロームも崖を見上げた。

「俺の娘がこれを見つけたんだ。ここでクライミングの練習ができるってね。彼女が八歳のときだった」

ウィルはふと昔を思い出した。「最初の三メートルくらいは、手で摑める箇所も、足場もある。そこまで登れば、あとは頂上まで行ける」

「メアリー・メイを守るということですか？」

神父の問いに、彼は首肯した。

「いざとなったら、ありったけの銃弾を使う」

そう答え、ウィルは岩壁を登り始めた。かつては戦場にいた。だが、今の自分は戦士ではない。一市民だ。「そのショットガンを渡してくれ。で、あんたは防弾チョッキを着るんだ」

ジェロームは言われた通りに銃を差し出し、ウィルはそのスリングを肩に掛けてから岩に顔を付き合わせた。どこにどんな突起があるかは、身体が覚えていた。不思議なことに、手と足が適度な角度と間隔で動いてくれる。娘はかつて、ここを必死に登っていた。小さな手と足を懸命に動かして。小さなあの子は必死だった。滑らないように、落ちないように、慎重に進んだが、ときには親の自分が肝を冷やすほど大胆だったりもした。ふたりでてっぺんまで登ったときの彼女の満足そうな笑顔は、自分にとって何よりの清涼剤だった。

下を見ると、ジェロームは防弾チョッキを身につけていた。そして、すぐに自分に続いて岩を登ってきた。

「姉さん、こんなことする必要ないよ」と、椅子に縛られたままのドリューが言った。

メアリー・メイはウィルに指示された通り、まずは結束バンドで弟の両手首を縛った。

それから、ナイフを上下に動かし、ドリューの身体を椅子に拘束していた胸と足のロープを切断した。ロープが切れるや、彼は、待ち切れないようにサッと立ち上がったが、メアリー・メイも同時に腰からリボルバーを引き抜き、弟に銃口を向けた。

「私はあんたの命を助けようとしてるのよ。わかんないの？」

ドリューは白い歯を見せた。

「俺だって姉さんの命を助けようとしてるんだぜ」

彼女は返事に詰まった。ふと、山で出会った羊飼いの少年を思い出し、あの子の言葉が脳裏に蘇った。

——弟さんは、お姉さんにとってとても大切な存在だよね。弟さんも、お姉さんのことを同じように考えてくれるといいな。そう願ってる——

その言葉通りだといい。しかし今、確信は持てなかった。そうなることを強く願うのみだ。

✝ ✝ ✝

彼女が居間へと進み始めると、弟も歩き出した。向かう先は玄関のドアだ。神父が調理するために使っていた小さなテーブルまで来たとき、彼女は立ち止まり、ドリューを先に行かせた。持っていたナイフをテーブルに置き、弟の背中にリボルバーの銃口を押しつける。ふたりはそのまま部屋を横切り、ドアの前までやってきた。結束バンドで結ばれた手をドアノブにかけ、ドリューは肩越しに言った。

「ここから出たら、もう後戻りはできない」

「わかってるわ。人生は後戻りできないってことくらい」

彼女は即答した。「父さんがあんたを連れ戻しに山へ向かい、死んだときに気づいた」

扉のそばの窓枠の毛布をめくり、外を覗き見したメアリー・メイの視界に飛び込んできたのは、家の近くで待ち構えているジョン・シードの姿だった。連中は丘を登り、十五メートルほど離れたところで集まっていた。ざっと見ただけでも二十人はいる。その全員が自分を待っているのだ。まるで今から外に出るのを知っているかのように。

メアリー・メイは弟のところに戻り、背中に銃を再び押しつけてから、ドアノブをゆっくり回すよう指示をした。小さな音がして扉が開くなり、生暖かくてきな臭い空気がドッと入り込んできた。まずはドリューを先に行かせた。その後ろから彼女が続く。もちろん拳銃は握ったままだ。

外に足を踏み出した途端、汗が肌を湿らせるのを感じた。圧倒的な恐怖が彼女を押し潰そうとしている。家の前にずらりと並んだ人・人・人。男もいれば、女もいる。どの信者も武器を手にしており、彼女が進むたび、にじり寄ってくる。このままでは取り囲まれてしまうだろう。

メアリー・メイは、そこにいたひとりひとりの顔を見やった。うち半分は知り合いの──知り合いだった者の顔だ。小学校の恩師。以前はバーの常連だったが、何年も姿を見せていなかった農場の人間。かつて父が牛を運んでいた牧場主。彼らの名前も知っているし、顔見知り以上のつながりだった。通りで会えば、挨拶や雑談を交わす仲だったのに。

メアリー・メイはにわかに信じられなかった。ドリューは正しかったのだ。エデンズ・ゲートはこの町を容赦なく侵食し、その目は至るところで光っている。まるでウイルス。誰彼構わず、触れる者を攻撃する。治療法が見つかる前にどんどん感染が拡大していく新種のウイルス、とでも言おうか。

メアリー・メイは、正面に立つジョンと目を合わせた。相手が自分とドリューを待っていたのは、その表情から明らかだった。

「ここでどんな手を打つつもりだったのかな？」

ジョンは腕組みをしながら、話しかけてきた。こちらに手出しする気配はなく、姉が弟の背を銃で押して前に歩かせるという異様な光景をただ眺めている。彼女は、極度の緊張で身体が強張るのを感じていた。このままでは呼吸すらままならなくなりそうだ。

「さあ、ここまで出てきてやったわよ」

前進しながら、メアリー・メイは声を張り上げた。大声を出さなければ、声が震える可能性もあった。それほど怖いのだ。しかし、相手に悟られてはいけない。一歩踏み出すごとに、胸がギュッと締めつけられたが、彼女は虚勢を張り続けるしかなかった。

そして、ついに立ち止まった。群衆が立ちはだかり、これ以上前に進めないのだ。もちろん用心して、ある程度の距離は空けてある。もしかしたら、握っているリボルバーをこれ見よがしに振れば、人垣が分かれ、ドリューと自分が通り抜けるだけの隙間を作れるかもしれない。そんなふうに最初は思っていたのだが、現実が甘くはなかった。彼女が歩みを止めるや否や、人々が近づき始めたのだ。手にした拳銃を下げたままにしつつ、彼女は周囲をぐるりと見回した。見覚えのある者たちに視線を向け、「私のこと、知ってるでしょう?」と訴える。「うちの両親を知ってる人もいるはずよ。ねえ、こんなの間違ってる。気づいてよ!」

悲しいかな、その言葉に反応をする者は、誰ひとりとしていなかった。こうなったら、武器を所持していることを誇示するしかない。メアリー・メイは、リボルバーを持つ手を少し高くした。しかし、信者たちの表情は何も変わらない。石のように固く、厳しいままだ。

「何か勘違いしているようだな」

ジョンが言った。「我々は、君が考えているような残忍非道な人殺しではない。我々は農場主。我々は店主。我々は伐採者、工場労働者、配送運転手、母親、父親、兄弟、姉妹だ。君と同じ。我々は皆、同じだ。無論、人殺しなどではない。だから、銃を振り回すのはやめるんだ。君はここにいる者たちと戦いたくないだろう？　彼らも同じように思っている」

メアリー・メイは弟の肩を摑み、銃を胸の高さまで上げた。

「どうやって私たちを見つけたの？」

その問いに、ジョンが即座に返した。

「君を見つけ出したことは、つまりその前に、我々が君を見失ったという事実があったわけだ」

ジョンは両手を広げ、「我々」という言葉を発したときに、周囲の者たちを指し示すしぐさをした。

今更、家の中には戻れない。ここにいる信者は全員武器を持っている。野球バット、山刀、ショットガン、アサルトライフルなど、とても農場主や伐採者や、かつて自分が知っていた人たちが携帯するような代物《しろもの》ではない。

「エデンズ・ゲートの人間は、いつも見ている」と、ジョンが続けた。「彼らは、想像し得るあらゆる職業、あらゆる社会的地位の人々だ。信仰によって我々は結びつき、互いの忠誠心は決して揺らぐことはない。もし誰かが我々を攻撃すれば、我々は攻撃し返す。非常に単純明快だろう?」

メアリー・メイは、再び周りを見た。とてもじゃないが、ジョンの言葉も、目の前の武装集団も信用することはできない。背中を這い回る蜘蛛のように、彼女の中で恐怖と不安がザワザワと蠢いていた。

「私はあんたたちを襲ったことなどないわ。私は襲われた方よ」

「君はエデンズ・ゲートに通じる〝道〟を示されたんだ。エデンズ・ゲートにやってきた全ての人間が受けたのと、同じもてなしだよ。他の信者とは違う扱いをされたと君は思っているようだが、決してそうではない」

ジョンも辺りに視線を滑らせ、そこにいたひとりひとりの顔を確かめるように見ていく。あたかも特定の人物を群衆から探し出そうとしているかのようだ。

「ウィルはどこだ?」と、ジョンは疑問を投げかけた。「彼もそこから出てくるのかと思っていたがね。それとも、どこか他の場所でこちらに照準器を向けているのかな」

そう言って、ジョンは家の方を見やってから、敷地の外れの松林にも目を向けた。執拗に獲物を探す捕食者のまなざし。メアリー・メイはゾッとすると同時に、ウィルとジェロームの無事を祈った。

「我々が君を見つけに来たと思っているようだね？　メアリー・メイ、君はとっくに印を刻まれている。その胸に、罪の名が記されているじゃないか。すでに祝福を受けたんだ。あとは君が受け入れるだけなんだよ」

ジョンの視線は彼女に戻っていた。「我々は君を求めてここに来たのではない。我々が来た理由は、ウィルだ。彼は信頼を裏切った。我々に背を向けたんだ。彼の兄弟姉妹、そしてファーザーに。いいかい、メアリー・メイ。もう一度言おう。我々は君のために来たのではない。ウィルを見つけるべくやってきたんだ」

そう言い終えると、ジョンはふたつのグループに合図をした。それぞれが三人組で、無表情のままこちらに歩いてくる。ひとつのグループは家の中へ入り、もう一方は家の横を通って敷地の反対側へと移動していく。

「忠誠心は非常に大切だ」

ジョンは再び話し始めた。「それはハッキリさせていたと思うんだがね。エデンズ・

ゲートでは、我々は独自のルールで生きている。ファーザーの言葉に耳を傾け、ファーザーの説教から学び、ファーザーへの忠誠を貫く。シンプルだが、とても重要なことだ。ファーザーへの忠誠を疎《おろそ》かにし、ファーザーの教えに背く行為を、我々は忘れないし、許さない」

敷地の反対側を目指す三人は、無造作に雑草を踏んで横庭を通り過ぎていく。家の裏口から出ていったウィルとジェロームは、今どこでどうしているのか。連中の狙いが自分やドリューではなく、ウィルだったと知り、メアリー・メイは衝撃を受けていた。拳銃を握る手も汗をかいている。ジェロームの車に放たれた火は常緑樹の林に燃え広がり、どんどん勢いを増していた。暗い空に、赤い火の粉が無数に舞っていた。

†　†　†

ウィルはライフルのボルトを前に押し、新しい銃弾を送り込んだ。ボルトを倒して薬室を閉鎖する。発砲準備はこれでいい。あとは引き金を引くだけだ。高台からは、屋根の向こうの集団が一望できた。タトゥーを刻まれた皮膚で埋め尽くされた壁のことを、時折思い出していたのだが、今ようやく彼は悟った。見覚えがあるものはたくさんあったが、それ以上に見たこともないものが多かった。つまり、皮膚片は至るところから集められていたのだ。この町だけではない。ホープカウンティのあちこちからも、それよりもずっと遠い場所からも。エデンズ・ゲートは各所に広がっていた。感染しても鳴りを潜めている病原体のごとく、その瞬間が来るのを静かに待っている。そして突如として、生命維持に欠かせない臓器を攻撃し始めるのだ。血管から血を吸い、肺から酸素を奪い、罹患者《りかんしゃ》を容赦なしに徹底的に苦しめていく。

まだ風は、丘の下からここまで吹き上げていた。肩にリュックと銃のスリングを下げたウィルは、できるだけ音を立てずに岩場を登った。ジェロームも同じようにして、崖を登っていた。手を滑らせたり、足を踏み外したりすれば、地面まで落下してしまうのは、百も承知だった。それだけではない。墜落時に立てる音や落石の音は敵の注意を引き、こちらの居場所が露見する可能性が一気に跳ね上がる。だからこそ、彼は慎重だった。

今、ウィルは崖の上に横たわり、荒い呼吸を整えていた。スコープを覗くと、メアリー・メイの姿が見えた。彼女の前にはドリューが立っている。姉弟から三メートルほど先には、ジョン・シードがいた。この距離からなら、狙い撃ちするのは簡単だ。しかし、彼らが何を話しているのかまでは聞こえない。ライフルの安全装置は外してあり、指は引き金にかけたままだ。少しでも危険な動きがあれば、瞬時に発砲できる。

ここでウィルが弾を放って混乱を生じさせれば、メアリー・メイは逃げ出せるかもしれない。だが、ウィルはためらっていた。単に引き金を引けばいいというものでもない。以前、同じ経験があるが、それは恐怖のあまりとった行動であり、自己防衛のためでもあった。今の状況で発砲すれば、無駄に人を射殺するだけだ。そんなことはしたくない。自分は冷血漢ではないし、そんな人間になりたいとも思っていない。彼はライフルを動かし、スコープで周囲の人間も舐めるように観察した。そこにいる全員が、以前の自分と同じような顔をしていた。

三人組が家の中に入っていくのが見え、別の三人組も集団から離れて歩き出したのがわかった。二番目のグループの動きに合わせ、スコープで追いかける。そちらの三人は、家とは垂直方向に走っていき、大きな暗がりの中に溶け込んでいった。敷地の下の方では、まだ火の勢いは衰えていない。揺れる炎が、あちこちに奇怪な影を投じていた。風に煽られる火焰は、瞬時に高さと幅を変えるので、その影は変幻自在の魔物のように見えた。

目で追っていた三人組を見失ったウィルは、すぐにライフルの位置を戻し、ジョンとメアリー・メイに焦点を当てた。

「林の間に消えた三人組だが――」

ウィルは肩越しにジェロームに話しかけた。「数分後には、この近くに現われる可能性が高い。ショットガンの準備をしておけ。もし連中に居場所がバレたら、逃げなければならない。それよりも、この高台で銃撃戦を展開する方がいい」

　神父はうなずき、銃器を取り出した。

†　†　†

　手汗でリボルバーがぬるりと滑り、メアリー・メイは握る手に力を込めた。もう一方の手は、弟の肩を摑んでいる。彼女はジョンを睨みつけ、大きな声で言った。

「あんたたちは人殺しじゃないですって？　だったら、私の父のことはどう説明する気？　父は山に向かい、二度と帰ってこなかった。ドリューを連れ戻しに行って、父は死んだ。私も同じようにしたわ。父がしたかったことだし、私もしようと決めたことだったから」

「そう言う君が今していることはなんだ？」

　ジョンが問いかけた。「まるでドリューを人質のように扱っているじゃないか。囚人でもあるまいし、手首を縛り上げるなんて。実の弟に対して、なぜそんなことをするんだ？　自分に問いかけてみたか？　なぜ君やウィル、ジェロームは彼を自由にしないのかを」

　メアリー・メイはずらりと並ぶ信者たちを見た。彼らはその場に佇んだままだ。武器を手にしてはいるものの、それを使う気配はないように思えた。威圧するための脅しなのだろうか。彼女は再びジョンと目を合わせた。

「ドリューはあんたたちの仲間。ファーザーか誰だか知らないけど、彼に変な思想を吹き込んだ奴がいる。だから、彼はすっかり変わってしまった。子供の頃に一緒に遊んだ、私の弟とはまるで別人だわ」

「それは違うな」と、ジョンは首を横に振った。「ドリューは以前より良くなった。彼の心は開かれた。彼の目も開かれた。彼は変わったんだよ。そういう意味では、君の言い分は正しい」

「家族を見捨てるのが正しいことだって言わんばかりの口ぶりね」

メアリー・メイの反駁《はんばく》に、ジョンは声を立てて笑った。腹を抱えながら、周りの信者を見渡している。あたかも「今の聞いたか？」と同意を求めているかに思えた。

「まだわかってないようだな。それはエデンズ・ゲートの問題ではない。ファーザーがしているのは、〝聞く〟ということだけ。彼は手助けをしているに過ぎない。君の父親がしなかったことだ。ドリューが君の家族を見捨てたのではない。君の父親、君の町が彼を見捨てたんだ。ずいぶんと前に。ファーザーがこの土地に来て、世の中に見捨てられた者たち、現実を見限った者たちの悲痛な心の叫びに気づいた。我々は、君の父親やその子供たちの間に起きた過去とは、なんの関係もない。教団の問題でもない。それは、家族の問題なんだよ」

メアリー・メイはジョンを睨む目に力を込めた。

「でも、あんたたちが父を殺した」

「おやおや。我々はゲイリーを歓迎したんだぞ。彼の妻、つまり君の母親もだ。エデンズ・ゲートの門戸は、君の両親を受け入れるために開かれていた。だが、君は大きな勘違いをしている。我々ではないんだ」

そこまで話して、ジョンは一旦言葉を切った。そして、その場にいる信者たちを指し示すかのように両手を大きく広げた。「──君の父親を殺したのは。ファーザーでもない。私でもない。君の父親がドリューに望んだことは、我々が口出しできることではなかった。ドリューだけが君の父親に答えることができたんだよ。そして、彼の答えは『ノー』だった」

弟の肩に置いた手の力が抜けていく。その予感は前からあった。だが、明確な自覚はなかった。まばゆい陽射しが降り注ぐ中で目撃した白昼の事故のように、詳細が白く飛んでしまっている感じだ。それでも、あまりにも恐ろしい事実ゆえ、夜の漆黒の闇と同様、何も見えないふりをし、脇に押しやっていたままだった。

　ドリューはくるりと後ろを向き、こちらと顔を合わせた。氷のようなまなざし。今まで見たこともないほど冷ややかで、眼窩《がんか》に入っているのが、ガラスの眼球ではないかと思ってしまうほどだ。

「父さんは姉さんばかり可愛がってた」

　弟の口から最初にその言葉が出た。すると箍《たが》が外れたかのように、彼は溜まっていた思いを一気に吐き出した。「なんでもかんでも、姉さんが優先。俺は二の次。姉さんは全てを与えられてたけど、俺はどうだ？　まるで生まれてこない方が良かったかとでも言わんばかりだった。子供時代も、テーンエイジャーの頃も、大人になってからも、父さんは真っ先に姉さんに何かを与える。俺に何か与えるなんて、これっぽっちも頭になかったんだろうな。父さんは姉さんに、あのバーを与えた。父さんも母さんも姉さんのものだった。俺の居場所なんてあったか？　そんなもの、どこにもなかったんだ！」

　メアリー・メイは激しく首を横に振った。たった今聞いた言葉が信じられなかった。ともに過ごした思い出も、互いの受け取り方は大きく異なっていた。

「違う」と、彼女は訴えた。「私はただ、先に生まれただけ」

「ああ、そうだよな。姉さんは俺より先に生まれ、俺より賢くて、俺より性格が明るくて、俺より心が強い。俺がしたことなんて、なんにも認められなかった。高校のときにしようとしたことも、卒業後にしたことも。俺は何をしても、父さんたちを満足させられなかった」

「そんなことないわ！」

メアリー・メイは強い口調で返した。「あんたは勘違いしてる！」

「俺は確信してるよ」と、ドリューは即答した。「父さんも母さんも俺に耳を傾けてくれなかった。彼らは俺を一度も理解しようとしてくれなかった。俺なんていなくてよかったんだよ。俺がどんな気持ちで過ごしてたか、姉さんにわかるか？　家族に望まれない子供がどんなに惨めか。自分を望まない家族と暮らすのが、どんなに辛いか」

そこまで話し、ドリューは急に噴き出した。ひとしきり笑った後、いきなり静かになった。

「もちろん、姉さんにはわかんないだろうな」

「父さんも母さんも、あんたを愛してたわ」

メアリー・メイは必死だった。弟の目に浮かぶ憎悪の炎を消さねばならない。ドリューは自分より背が高く、こちらを見下ろしている。父の死を語れば語るほど新しい命を得て、背が伸びているかのように思えた。ドリューが得る命は、メアリー・メイから吸い取った命。だから、自分はどんどん背が縮んでいく気がしてならない。

「父さんは、あんたを愛してた！」

彼女は再び声を上げた。お願い。わかって。

「嘘だ。ジョンが正しい。父さんは、俺の話を聞いてくれなかった。理解もしてくれなかった。だけど、ファーザーは違った。エデンズ・ゲートも違った。俺に印を刻み、洗礼を施すことで、彼らは新しい命を与えてくれた。そして、俺を生まれ変わらせてくれたんだ。俺がずっとなりたいと思っていた自分に。家族と一緒のときに、そうありたかった自分に」

ドリューは振り返り、ふたりを取り囲んでいる信者たちに目を向けた。そして、再びこちらに視線を戻した。「俺は新しい人生を得た。父さんが俺を連れ戻しに来たとき、俺は古い人生には戻りたくなかったんだ。昔に戻ってなんになる？　同じことの繰り返しじゃないか！　俺と父さんの関係だってそうだ。過去の全てが必要なかったんだ。だから、そう父さんに伝えたよ。でも、父さんは俺の話を聞いてくれなかった。『自分の言い分は正しい』『おまえは間違ってる』の一点張り。無理やり手を摑まれたが、俺はもう、父さんが思ってるような子供じゃなかった。俺は成長したんだよ。精神的にも大人になった。かつて父さんは俺を力で抑えつけようとしてたけど、そんなやり方は通用しなくなってたんだ」

ドリューの心の叫びは、メアリー・メイの全身に矢のように突き刺さった。

「……でも、あれは自動車事故だった」

彼女は弱々しく言葉を絞り出した。弟に告げる言葉がこれ以上見つからず、そう口から出てしまった。胸のどこかでくすぶっていた疑念。その真相を知るのは恐ろしかったのに。

こちらに向ける弟の目は、相変わらず冷たかった。「姉さん」と呼ぶものの、そこになんの感情もない。「木」や「川」と口にするのと同じ。いや、それ以下かもしれない。血のつながった家族。生まれたときから長い間一緒に過ごしてきた姉弟。ともに遊び、ともに笑い、ともに泣き、喜怒哀楽の感情をぶつけ、分かち合った時間。ドリューが抱え込んでいた苦しみは、その全てを真っ黒に塗り潰している。

弟の頬が少し緩み、こちらを嘲笑《あざわら》うかのような表情になった。

「そんなの嘘だって知ってたじゃないか。姉さん、自分でそう言ってたぜ」

ドリューは呆れたように首をすくめた。「わかってないなぁ、姉さんは。見えてないだけだ。俺と父さんの関係がどれだけ最悪だったかを、な！」

彼は興奮し、結束バンドで縛られたままの手首を上下に振った。その手のひらは広げられ、伸びた指を見ると、爪の先まで力が入っているのがわかる。

「俺のところに来て、せっかく作り上げた新しい人生から俺を引き離そうとする父さんを想像してみろ。俺の手を乱暴に掴み、無理にでも引きずっていこうとする父さんを」

やめて。聞きたくない。

メアリー・メイは耳を塞ぎたいくらいだった。だが、ドリューはかまわずしゃべり続けた。

「――俺は、ようやく強く、俊敏になった。以前とは比べものにないくらいに。姉さんは、あれが自動車事故なんかじゃなかったって薄々勘づいてる。真相を知った自分を想像してみろよ」

ああ、それ以上話さないで。

「――父さんは嫌がる俺を無理やり連れていこうとした。あいつは、それまで俺にしてきた間違いの代償を払ったんだ」

彼は前傾し、こちらに顔をグッと近づけた。「なんてことなかったよ。死体にナイフを突き立てるようなもんだったな。姉さん、もうわかっただろ？」

ドリュー、お願いだから、もう――。

「父さんを殺したのは、俺だ」

メアリー・メイは目を剝いた。ドリューも大きく目を見開く。

一体何が起こったのか、誰にも即座にはわからなかっただろう。乾いた音が鳴り、手にしたリボルバーの銃口から硝煙が上がっていた。ドリューの顎の下に穴が開き、何かで濡れている。目の前で、弟の身体がぐらりと揺れ、ゆっくりと横に倒れていく。ほんの一瞬の出来事だったのだろうが、全てがスローモーションに見えた。地面に倒れたドリューの後頭部から何かが噴き出し、見る見るうちに、彼の下に液体が溜まっていく。目にする光景はモノクロの世界だった。自分はおろか、ここにいる全ての人間、いや、この瞬間すらも存在していないのではないか。

ドリューが言葉を重ねるたびに、ドロドロに熱された怒りの塊は彼女の体内でマグマ溜まりのようになり、弟の最後のひと言で、火山の噴火のごとく一気に外に噴出したのだ。

自分の足元に、弟が倒れている。その目は、やはりガラス玉に見えた。

「ドリュー?」

拳銃が手から離れ、地面に落ちた。彼女はひざまずき、弟を揺さぶった。

「ドリュー?」

動かない。メアリー・メイはすすり泣いていた。涙がとめどなく流れ、頰を濡らしていく。

「ねえ、起きて。起きてよ!」

彼女は弟の身体を起こそうとした。弛緩した身体はずしりと重く、とてもひとりでは抱き上げられない。

なんでドリューは起きないの？　私は一体何をしてしまったの？

メアリー・メイは混乱していた。

頭を上げて辺りを見回すと、そこにいた全員がこちらを見つめていた。もはや無表情ではなく、彼らの顔には衝撃と恐怖が浮かんでいる。今にも後ずさりを始めそうな感じだった。いや、事の一部始終を目撃した彼らは、実際にその場から逃げようとしている。

弟をなんとかしなければ。その一心で、彼女はドリューの頭を持ち上げて抱き締めた。

どうして彼の頭はこんなに水浸しなの？　水にしては、ずいぶんとぬるぬるしている。しかも、透明じゃない。これは血？　私、何をしたの？　ドリューを撃った？　まさか。

これは彼自身がしたこと。彼が自ら――。

違う。

引き金を引いたのは、私。他の誰でもない。そう、これは自分がやったのだ。

初めは混乱のあまり記憶が飛んでいたが、ゆっくりと現実が見えてきた。彼女は激しい義憤を覚え、衝動的に事に及んだ。嵐の中で稲妻が光るように、瞬時に激情がほとばしったのだ。

「父親の敵討《かたき》ちか。たとえ弟でも手にかけるとは、君の父親を想う気持ちには胸を打たれたよ」

ジョンがそう語りかけてきた。彼はまだ同じ場所に立っていた。しかし、その周りに並んでいた信者たちは、彼から離れ、斜面を降り始めている。

「私は君に〝嫉妬〟という罪の名を刻んだ。だが見る限り、君は、父親が娘に感じたような誇りには値しないし、君の中に嫉妬の心は見えない。どうやら〝憤怒〟という言葉を選ぶべきだったらしい。いつか、君がそれを受け入れるときが来るまで、待つとしよう」

その発言を聞き、メアリー・メイは相手を睨みつけた。涙で視界が曇り、ジョンの輪郭はぼやけている。頬を伝う涙は、止まる気配がない。

「あんたは、ここにウィルが目当てで来たわけじゃなかったのね」

涙に暮れながら、彼女は言った。「あんたは私にドリューの秘密を明かすつもりだった。その結果、私がどうするか、わかってた。銃の引き金を引いたのは、あんたも同然よ！」

必死に泣くのを堪えようとした。しかし、噴き出した怒りが、今は大きな悲しみとなって彼女を覆い尽くし、どうすることもできない。

「ドリューが父親を殺したことで、彼が我々に逆らっていたことが明らかになったのだ。

我々は彼の罪を忘れることも、許すこともできなかった。彼は、己の罪である〝嫉妬〟がなくなったと話し、我々は愚かにもその言葉を信じてしまった。ファーザーがドリューのために用意した真なる道に、彼は従っているのだと思い込んでいたんだ」

ジョンの説明に、メアリー・メイはまばたきをした。何を言っているのか、すぐには理解できなかったのだ。弟は死んでしまった。自分の腕の中で冷たい骸《むくろ》となっている。それは揺るぎない事実で、変えることはできない。なのに今更、ドリューがこうなったのは自業自得だと言いたいのか？　全ては己の行いの報いだと？

「あんたたちのせいよ。彼がこうなったのは」

メアリー・メイは再び口を開いた。「他の誰でもない。あんたとファーザーがドリューを殺したのよ！」

ジョンは微動だにしなかった。あたかも自分がメアリー・メイの創造主だと言わんばかりの態度で、こちらを見下ろしている。

「父親は、君を尊大な人間に育てたようだな。自分がやることは全部正しいとでも？　思い上がりも甚《はなは》だしい。たった今、君は最大の過ちを犯した。我々はその全てを目撃していた」

両手をわざとらしく広げ、ジョンはエデンズ・ゲートの信者たちを指し示した。その大半が、列を成して坂を降りる途中だった。「我々はここに来て、君が実の弟に何をしたかをこの目で見た。それは、君の家族がドリューに何をしたか、ということにもなるな。言っておくが、我々が招いた結果ではない。君が招いたものだ。そして、我々はこれをずっと心に留めておく。君をコントロールするために。メアリー・メイ、覚えておくがい い。君は正しくなかった。私が見えていなかった君の中の罪。君はその権化《ごんげ》となった。君は〝憤怒〟そのものだ」

そして突然、彼の口調は柔らかくなった。

「私は覚えておくよ。いつでも君を助けられるように。というのも、私も正しくなかったからだ。私は君を誤って判断していた。メアリー・メイ、君の罪は〝憤怒〟だ。そして、時が来たら、私がその罪を君から剝ぎ取ってやろう」

彼女は黙ったまま、相手が語るのを聞いた。胸に刻まれた傷が急に疼いた。

† † †

ウィルは己の目を疑った。スコープ越しに見える世界は、いつもパントマイムのように見える。遠く離れた場所にいる登場人物が、言葉を発することなく、動きだけで現実世界を表現しているかに思えるのだ。だから、ときには、本当に起きたことではないと錯覚してしまう。しかし、あの銃声は本物だった。

これだけ離れていても、発砲音は瞬時にウィルの耳に届いた。スコープのレンズを通し、ドリューが倒れ、メアリー・メイが彼にすがるのを見ていた。今は、ジョン・シードが佇み、彼女に話しかけているのを眺めている。だが、もちろん会話は聞こえてこない。

彼はライフルから顔を上げ、まばたきをして汗を拭った。スコープから離れても、視線は、下の方で小さく見えるメアリー・メイとジョンに向けたままだ。エデンズ・ゲートの信者たちは、次々に丘を下っていく。連中はここに、ドリューの死を見届けに来たのか？

まるでジョンが演出した舞台が終演し、観客が帰途に就き出したかのようだ。

「彼女なのか？」

ジェロームが訊ねた。神父は立ち上がり、ウィルを見下ろしている。ショットガンを手にし、防弾チョッキを着た姿は、神が地上に据えた見張り番かと思ってしまう。

「ああ、そのようだ」と、ウィルはうなずいた。「撃ったのはメアリー・メイだと思う。理由もわかる気がする」

「どういうことです？　これは……メアリー・メイ、あるいはエデンズ・ゲートにとってどんな意味が？」

ジェロームの困惑が伝わってくる。当然だ。姉が弟を殺すなど、誰が想像できただろうか。そもそも、メアリー・メイはドリューを連れ戻すために、エデンズ・ゲートに出向いたのだ。あのふたりがこのような結果を迎えるとは、夢にも思わないだろう。

ウィルは、指で目の周りを擦った。スコープを押しつけていたため、汗で皮膚が湿っている。彼は頭の中であれこれ思い描き、考えがうまくまとまらないでいた。しかし、再びスコープを覗き込むと、そこに立っていたジョンが、何かを言い放って背を向けるのが見えた。他の信者たちとともに、あの男も門へと歩き出した。大勢に紛れ、すぐにジョンの頭が他の者たちと区別がつかなくなった。いつもエデンズ・ゲートの人間が言っているように、「我々は彼らであり、彼らは我々である」の言葉通り、ジョンも彼らであり、彼らもジョンなのだ。ジョンとて、その他大勢のひとりに過ぎない。

「この一件で、連中がメアリー・メイの秘密を握ったことになる。彼女はその事実に向き合い、闘っていくだろうが、俺にも、あんたにも、彼女自身にもどうすることもできない。それは一刻も早く気づいた方がいい」

「そんなこと、私は認めません」

ジェロームは眉をひそめ、首を横に振っている。「救いに、遅すぎるなんてことはない。あなたにも、私にも、メアリー・メイにも、それは当てはまります」

ウィルは何も返さなかった。正直言って、最悪だ。こんなひどいことが起こるとは。事態は良くなるどころか、さっぱり出口が見えてこないではないか。それでも、彼には「諦める」という選択肢はなかった。やれるだけやろう。少なくとも、諦めるよりはいい。

ウィルはライフルを静かに岩の上に横たえた。

CHAPTER 5

その瞬間が来るまで、

死の訪れを信じる者など誰もいない。

さらには、今際《いまわ》の際《きわ》でさえも、

信じようとしない者がほとんどなのだ。

——モンタナ州ホープカウンティ、

エデンズ・ゲート教祖“ファーザー”

これは、戦争から帰還したときに抱えていた感情と同じだ。結局、何も達成できなかった、という忸怩《じくじ》たる思い。しかし今、ウィルは考える。結局、あのとき成し遂げるべきだったのは、戦争に勝つこと以上に、戦を生き延びることだったのではなかろうか、と。ほとんどが生きて戻れない場所からの生還。それが達成すべきことだったのだ。そして、それは今も同じ。彼は、目の前のミノボロが群生する林に沿って歩いた。これまでの十二年間、〝自宅〟だと思っていた場所。エデンズ・ゲートがウィルに与えた丘の上に建つ山小屋。そこに近寄るべきではないと、本能が訴えていた。そして、その勘は当たった。

ホリーとエデンズ・ゲートの三人の男たちが、彼の小屋で待っていたのだ。もしかしたら、そこで待ち続けて数日になるのかもしれない。木陰から、彼は連中を観察した。彼らは家具を運び出し、夜間にそれを燃やした。彼がいつも寝ていたベッドのマットレス、毎日の食事で使用していた椅子とテーブル、さらには衣類までも火にくべていた。ホリーは何度も丘の端まで来て、眼下に広がる森に目を向けている。自分もよくその場所に佇み、森を眺めたものだ。あの嵐の夜もあそこに立っていて、丘の下にいたグリズリーベアを見つけた。しかし、ホリーは熊を見つけようとしているのではない。このウィル・ボイドの動向を窺おうとしているのだ。あたかも彼が、猛獣――雄大な自然に潜み、次の獲物を求めてさまよう危険な生き物――同様の脅威だと思っているかのように。

もちろん、ウィルは危険な野獣ではない。今の彼はサバイバーだ。彼は生きて戦地から戻ってきた。故郷は彼を温かく迎えた。だが、今はどうだ？　見た目は変わっていないものの、もはや彼の住処も居場所もない。ホープカウンティは、変わり果ててしまった。かつての故郷はなくなったのだ。

戦場は地獄だったが、生き延びて国、故郷、自宅、家族のもとに帰るという一縷の希望があった。そう考えると、現状は当時より過酷なのかもしれない。帰る家を失った衝撃と恐怖と不安は、言葉では言い表わせないが、「生き延びる」という目標は、少なからず残っている。だから、ウィルは諦めることなく、自暴自棄にもなっていない。逆に、心は落ち着いていた。行動には時間をかけ、用心に用心を重ねていた。彼は夜通しホリーたちを観察し、朝を迎えつつあった。男たちが小便をしに森に入ってきたとき、放尿の音や排尿後の安堵の吐息すら聞こえるくらい近くにいたのだが、彼はひたすら息を殺して待ち続けた。奴らが水汲《みずく》みに行き、戻ってくるのも見ていた。その際、ウィルが長年使っているバケツを利用していた。連中が食事するのも観察した。ウィルが仕留めて下処理をし、保存していた肉を遠慮せずに食べていた。

見る限り、彼が小屋を出る前と大きく変わったところはない。それでも、もはや自分の〝家〟ではない。彼はその場を立ち去った。

六時間ほどかけて川沿いを歩き、スコープで周囲を調べるために、何度も立ち止まった。もはや何を探しているのか、わからなくなっている。それでも、どこに行こうが、自分は大丈夫だろうと自負していた。その気になれば、この土地の恵みで生きていける。かつて野宿して過ごしていたこともあるので、その暮らしに戻るだけの話だ。自分には、代々受け継いだ猟師としての知識がある。罠の道具もある。ライフルと弾もある。服もある。持っていないものがあれば、作るか、調達すればいい。

ウィルの計画は、奥地に身を隠すことだった。山脈の森林、谷、岩だらけの崖に戻り、木々と岩山の間に居場所を作ろう。振り返ってみると、これは全て、運命で決められていたことではないのか。自分は過去の行いの代償を払ったのだ。おそらく、エデンズ・ゲートとファーザーは、ウィルとその罪に関しては正しかったのかもしれない。心の中に巣食う悪魔は、敵と愛する家族に負わせた苦しみを彼が忘れないように仕向けたのだ。メアリー・メイの手助けをすれば、罪悪感が少しは和らぐのでは、と考えた。果たしてそうだったのか。今も定かではない。

自分には、まだ何かやれるのではないか、と思っている。己の心が定まらないことへの答えも得ていない。浅瀬を利用して川を渡り、彼は北上を続けた。進むにつれて、周囲には剝き出しの岩肌が多く見受けられるようになってきた。影の中を移動し、藪を搔き分け、尖った岩の輪郭を横目で見ながら歩く。岩の頂きは高低差があったが、壁が高くなる地点では、下の方を流れる川のきらめきは完全に遮断された。山の中で黙々と足を動かしていると、ふと、奇妙な感覚に襲われた。

——見えない何かが、徐々に迫りつつある。

気のせいと言われれば、それまでだ。確証などない。ただ、胸騒ぎのように心の中でチリチリと何かが蠢いているのだ。ウィルはその感覚に囚われ、時折足を止めた。川を横断するのに、石から石へと飛び移っている最中でも、はたと川の中央の石の上で佇んでしまう。また、幾度となく後ろを振り返ったり、水流や風の音に変化がないか耳を澄ませたり、神経を尖らせていたりした。落ち葉に覆われた土や砂利を踏みつつ、エデンズ・ゲートにも思いを馳せた。山小屋で待ち伏せしていた男たちのことも考えた。自分を追ってきている得体の知れないものは何か、何が望みなのかという疑問も、頭から離れなかった。

ある意味、ウィルはメアリー・メイを救った。だが、望んでいた、あるいは予想していたような類の救いではなかった。あのとき、信者たちが去ったのを見計らい、彼とジェロームは崖から降りた。家の前まで行ったふたりが見たのは、弟の亡骸を抱える姉の悲痛な姿だった。そのとき、ウィルはふと思ったのだ。ドリューが死んだことで、状況は何か変わったのか。生きていた場合とどう違うのか、と。メアリー・メイは弟——かつて彼女が知っていた弟――を取り戻そうと必死だった。だが、エデンズ・ゲートに乗り込み、再会を果たしたものの、すっかり変わってしまったドリューに戸惑っていたはずだ。彼が死んだことで、メアリー・メイはこの先、弟がいなくなった事実を思い知るたびに心を痛めるだろう。とはいえ、生きていたとしても、「自分の知っていた弟はいなくなってしまった」と、喪失感を抱えることになったに違いない。家族を失った気持ちがどんなものか、ウィルは痛いほどわかっていた。

森を抜け、川の上流を目指す自分のあとをつけてくるもの。それが何か、彼は知っていた。それを触ることも、抱き締めることもできないのも知っていた。それは、自分が置き去りにした妻と娘の幻影だ。罪悪感と希望だ。もしや全くの虚構だったのではないか、ただの夢だったのではないかと思いそうになる過去の人生の記憶だ。

彼は、メアリー・メイの心中を察することができた。人は、望む未来を想像する際、過去を作り変えてしまう。彼女がそうしたとしても、責められない。人間は、何千年もそうしてきたのだから。希望を持ち、変化を願い、それを試みる。過去を否定し、未来を受け入れる。長い歴史の中、人は同じことを繰り返してきた。

少し開けた草地にたどり着き、ウィルはリュックを下に下ろした。谷の底から五百メートルほど上にある地点だろうか。どちらを見ても、白樺の林と低木の茂みが広がっている。彼は水筒を持って川まで行き、それを水の中に浸した。ゆっくりとした流れの中で、小さな泡が生まれては消えていく。喉がカラカラだったウィルは、心置きなくがぶ飲みした。口元から水が垂れ、顎髭を濡らしても全く気にしなかった。思えば、これが自分の暮らしだった。今に始まったことではない。ロニーが熊の退治を依頼してきたとき、すでに半分はこのような生活だった。夜露や雨風をしのげる山小屋は与えられていたものの、狩りに出れば、平気で山の中で寝泊まりをしていた。食事も洗濯も野外で済ませられた。多くを望まず、多くを求めず、多くを持たないシンプルな日々。朝日とともに起きて、排泄して、歩いて、罠を仕掛け、狩りをして、調理して、食って、休んで、ときどき川で身体や服を洗い、ひたすら歩いて、火を熾して、また食って、寝る。ただそれだけだ。

妻と娘と暮らしていた家を出るとき、備蓄品を持ってきた。サヤインゲンの缶詰を取り出したウィルは、缶切りで蓋を開けた。あの後、彼は一旦家に戻り、必要な物を大急ぎでリュックに詰め込んだのだった。そして、かつての我が家にも、思い出にも、別れを告げることなく立ち去った。最初からやり直せる過去など存在しない。頭ではずっとわかっていたが、長い間、納得はしなかった。ウィルは時間と経験を重ね、ようやくそれを納得した。メアリー・メイも同じように、自分自身と向き合った先で何かを見つけるはずだ。そうであってほしいと切に願う。

太陽は空高く昇り、彼はリュックを背もたれにするように座っていた。帽子を目深に被り、顔に日陰を作る。缶詰に指を突っ込み、サヤインゲンを少しずつ口に運んだ。食事の間も、暗くなっている場所に目を向け続けた。木々の下、水際の岩場の陰、森の奥。記憶でも幽霊でもない何かが、そこにいる。今しがた彼が抜けてきた森から、こちらを見ている。

その場を動かず、缶詰をそっと下に置いた彼は、ライフルに手を伸ばし、雑木林の一画に目を凝らした。自分を追ってきたものがなんであれ、そこにいる。間違いない。すると、視線の先の木々が揺れた。まるで、その場所に根づいていた何かが、満を持して起き上がろうと枝を引っ張ったかのように。

やっぱり、何かいる。

ウィルの全神経がギュッと引き締まった。彼は立ち上がり、音を立てぬように慎重に近づいていく。必要とあれば、逃げ出す準備はできていた。発砲する覚悟もできていた。相手の正体にかかわらず、臨機応変に対応できるはずだ。

最初に彼の視界に飛び込んできたのは、一瞬だけ見えた〝色〟だった。茶色。

樹木が再び動いた。次に見えたのは、柔毛だった。

グリズリーベア⁉

ウィルはゴクリと唾を飲み込んだ。しかし、大きさまではわからない。もしかしたら、あの小熊の可能性もある。明白なのは、ここにいるのが自分だけではない、という事実だった。彼は、雷雨の夜に見たグリズリーベアを思い出した。あの二、三日後、同じ熊を川向こうで見かけた。それとも、ほんの短い間だったが、一緒に過ごし、多少なりとも自分に懐いてくれた小熊が帰ってきたのだろうか。ここは、お気に入りの餌場なのかもしれない。

しばらく見かけなかったとしても、あの熊たちは消えたわけではなかった。どこへ行こうとも、存在がなくなったのではなく、いつもどこかにいたのだ。色褪せることのない思い出や、神出鬼没の幽霊のごとく。

また木々が揺れた。呼吸音が聞こえる。大きな肺が取り込んでは吐き出す、空気の流れる音が、ウィルの耳まで届いている。今度はどこかで枝が折れる音がし、ウィルは飛び上がるところだった。ライフルを握ったまま、足を滑らせ、音が鳴った方角を探す。一体そこに何がいるのか、彼はわからなくなっていた。これまでの人生で、多くの命を奪ってきた。二本足で直立歩行する生き物も、四つん這いになって歩く動物も。それらの命の犠牲のおかげで、今の自分がいる。そうだ。自分は罪人だ。繰り返し奪ってきた。何かを返そうと努めてきたものの、決して十分ではないと常に感じていた。

フォールズエンドの町の墓地に眠る家族。行動をともにしたメアリー・メイとジェローム。エデンズ・ゲートの者たち。脳裏に彼らの顔が浮かんでは消える。ウィルはわかっていた。これまで起きたことは、全て始まりに過ぎない。暗がりの中で待っているものが何であれ――グリズリーベアであろうと、他の何かであろうと、それは自分をじっと待っている。彼が顔を背ける限り、ずっと待つつもりだろう。

対峙しなければ。

ウィルは一歩、また一歩と前進していった。雑木林の入り口で手を伸ばし、行く手を塞ぐ枝を押し分ける。その奥には闇が広がっていた。不気味な空間が彼を誘っている。さあ、足を踏み入れて、何時間も、何日も、何年も、もしかしたらこの世に生を受けてからずっとおまえを追っていたものの正体を見ろ、と――。

†　†　†

町の教会の敷地に、ドリューは埋葬された。数日が経つが、メアリー・メイは足繁く通い、三つ並んだ墓の前に佇むのが日課となっていた。両親の墓石の上には、木の枝葉の影がどこか幾何学的な模様を描き出している。母の名前が刻まれた石が右端にあり、隣には父の石。そして、その左側にドリューのものが加わることになる。彼の場所だけ、盛り土がまだ柔らかい。

彼女とジェロームが協力して、夜中に二メートルほどの穴を掘った。町の人々は彼らが何をしているかわかっていただろうが、立ち止まって声をかける者はいなかった。新たな墓穴が追加され、新たに死者が出たという事実にも、驚く様子も見せなかった。

ただひとり足を止めたのは、ホワイトホース保安官だった。傍らに佇んだ彼は、帽子を被り直し、ふたりが掘った穴を覗き込んだ。しばらく無言だったが、メアリー・メイに目を向けると、ようやく口を開いた。

「つまり、君は弟を見つけたということになるのかな」

「ええ、そうよ」

彼女はジェロームと並び、木陰に座っていた。彼らは夜通し作業をし、気がついたときには辺りは明るくなっていた。今、太陽は教会の真上にあり、敷地の半分は日向になっている。

「彼はなんで死んだんだ？」

「ドリューの心《ハート》が根を上げたのよ」

「心臓《ハート》？　そいつは本当か？」

保安官の問いに、メアリー・メイは「本当よ」とうなずいた。

「若いのに……。遺体はどこに？」

「ホープカウンティの死体安置所にある。両親のときと一緒」

彼女は、保安官がこちらをじろじろと見ているのがわかった。彼はそれから墓石に目を向けた。父と母の墓地を見やってから、再びメアリー・メイと視線を合わせた。

「もし私が検死官のところに行って死因を訊ねたら、同じ答えをするのかな？」

「さあ、そこまではわからないわ」と、彼女は肩をすくめた。「父が運ばれたときも、検死官はすぐに判断したと思う。事故だってね」

「あのときはそういうことだった」

「それ、どういう意味？　検死官の言い分が変わったの？　例えば、父は事故死じゃなかった、とか？」

「いや、そういうことじゃない。だけど、この状況を見過ごすわけにはいかない」

「どんな状況よ？」

メアリー・メイは眉をひそめた。

「家族が三人も、数週間のうちに立て続けに亡くなるなんて。この状況を見過ごすことはできない」

保安官を見上げ、彼女はこう返した。

「さっきと同じことを言ってる」

「ああ、知ってるよ」

彼は首を横に振り、再び墓地を見た。「もし私が死体安置所に行って、検死官に何が起きたのかを訊ねたら、直接答えてもらえるかな？」

「あの検死官、まだ顎髭を生やしてるの？」

「最後に会ったときは、そうだった」

メアリー・メイは保安官の目を睨み返した。

「答えてくれると思うわ。父が死んだとき、保安官に直接死因を説明したようにね。そうでしょ？」

保安官は視線を逸らし、メアリー・メイの隣で芝の上に座っているジェロームを見た。彼は、神父服のカラーを外していた。汗をかいたので、シャツの第三ボタンまで外し、袖もまくり上げている。

「君は一連の出来事をどう見る？」

その保安官の質問に、ジェロームはこう答えた。

「信仰は力なり。ときに、想像を超えるとても強い力となるものですよ」

† † †

メアリー・メイは、カウンターの後ろでグラスを片づけていた。ひとつ、またひとつと、洗っておいたグラスを磨いては棚にしまっていく。この作業を五分ほど続けた頃だろうか、四人乗りのトラックが店の前を通り過ぎていった。そのトラックは、後ろに馬運搬用のトレーラーを牽引していた。車が止まる音に続いて、バーの窓にブレーキランプの赤い色が反射した。

背後の棚の上に常備している野球のバットを咄嗟に掴み取り、彼女はバーのカウンターの下に立て掛けた。ブレーキランプが消え、ドアが開き、そして閉まる音がした。緊張して身体が強張るのを感じても、メアリー・メイはそ知らぬふりをした。磨いたグラスを持ち上げ、きれいに磨けているかどうかを確認してみる。そのグラス越しに、ドアから入ってきた痩せ型の人影が見え、全身の力がふわっと抜けた。

「あら、いらっしゃい」と、彼女が声をかけた。

「店、開いてる?」

羊飼いの若者が訊ねた。頬にはひどい痣ができていたが、治りかけている。彼の顔には満面の笑みが浮かんでいた。

「開店時間は三十分後よ」

店内を見回しながらカウンターに歩み寄ると、少年はカウンター席の椅子に腰掛けた。常連客のようなその自然な仕草に、メアリー・メイはクスッと笑い、相手に聞こえないくらい小さな声で「生意気坊主め」とつぶやいた。

「弟さんのこと、見つけたんでしょう？」

「ええ、見つけたわ」

彼女はうなずき、拭き終わったグラスを棚にしまって別のグラスを手に取った。

「弟さん、変わってなかった？　お姉さんが覚えているままだった？」

その問いに、メアリー・メイは首を横に振った。

「確かに私の弟なんだけど、まるで別人だった」

「そうか。残念だったね」

少年は、まだ店のあちこちを興味深げに見ている。開店前のため、テーブルには逆さまにした椅子が載っていたが、彼はそれを眺めてからこちらに視線を戻した。

「僕、手伝うよ」

「手伝う？」

「うん。椅子をテーブルから下ろしてあげる。ここで働き始めたとき、お姉さんは何歳だったの？」

「そういうあんたはいくつなの？」

「十五歳」

「働き始めたのは、あんたと同い年だったわ。このスプレッドイーグルは、以前私の両親の店だったの」

少年がてきぱきと椅子を下ろしていく様子を見ながら、彼女は答えた。

「じゃあ、この店を受け継いだってこと？」

「そう」

「なら、店を捨てて出ていかない？」

「そんなことしないわ」

彼女はグラスを磨きつつ、チラチラと少年を見ていた。彼が三つ目の椅子を下ろしたところで、そこに座るよう告げた。水を注いだグラスを彼の前に置く。

「私は、ここで育ったの。このバーでね」

彼女は少年に微笑みかけた。「初めてのキスもこの店だった。間抜けなカウボーイと、十五歳のときにね。もう少しで父さんに見つかるところだった」

懐かしい記憶が次から次へと脳裏に蘇ってくる。「父さんはここが大好きだった。あまりにもお気に入りだったから、店自体は変わらなくても、店の外の世界が変わっていってることに気づかなかったのよ。今なら、それがわかる。私は父さんよりも、現実をちゃんと見てるから」

「あいつらがお姉さんを脅して、店を奪おうって作戦は成功してないみたいだね」

「その通り」と、彼女は返した。「連中の脅しなんて怖くない。奴らは、私の母さんを奪い、弟を奪った。父さんはやれるだけのことをやったけど、十分じゃなかった」

「お姉さん、ひとりぼっちになっちゃったのか」

少年は悲しそうな顔をした。

「ひとりぼっちじゃないわ。私みたいな人間が他にもいる。変わっていく世の中を見て、なんとかしようと思ってる人々がね」

「つまり、お姉さんはここで世の中をなんとかしようとするわけだ」

「ここは最高の場所だもの」

メアリー・メイは、カウンターの上の一枚の便箋に目を落とした。先日、店で偶然見つけた手紙だった。そこには懐かしい筆跡でこう綴られていた。

メアリー・メイへ
今日がどんなにつらい一日だったとしても、真夜中には新しい明日が始まる。
そのことを忘れないでほしい。愛してる。

――父より

ふいに少年は立ち上がると、こう言った。

「向こうに着いたら、ここのことをそこの人たちにも教えるよ。もちろん、お姉さんのこともね」

「向こうってどこ？」

「ここじゃないどこか」と、少年は茶目っ気たっぷりに答えた。「僕らにとっては、どこだって構わないんだ。これから父さんが運転して、僕と知り合いふたりをここから連れ出してくれる。いつか大切にしたい誰かを見つけて、ここの場所の話を聞かせるよ」

「違う土地に行けば、人生も変わる。あんたはそう思ってるのね？」

メアリー・メイにそう訊かれ、少年は一瞬考えた後、首を横に振った。

「わからない。あの山で見たことが、僕を変えた。それは事実だ」

彼は振り向き、外で待っているトラックを見やった。こちらに顔を戻し、少年は「同じ地で、人生を良くしていく。それが、お姉さんがやろうとしていることだよね」と続けた。「僕たちはみんな、人生や世の中を良くするために何かを変えようとするべきだ。そうでしょ？　とにかく試してみないことには、何も始まらないから」

「ええ、もちろん。やってみないとね」

メアリー・メイはにっこりと笑い、曇りひとつないグラスを棚にしまった。

著者あとがき

この小説は、テレビゲーム『ファークライ』シリーズを成功に導いたファンがいなければ存在しなかった。プレイヤーはキャラクターの人間性を借りて、『ファークライ』ワールドを駆け抜け、大冒険を繰り広げる。このゲームで描かれる世界、ストーリー、キャラクターを信じ、愛してくれたファンに心から感謝したい。

私にとって、テレビゲームは、昔も今も現実世界から逃避する手段のひとつだ。だが、ゲームが新たなレベルに達し始めたとき、逃避手段という側面は、どんどん問題ではなくなっていった。そして、現実世界とゲームの世界は融合するようになっていった。こうして、テレビゲームは現実逃避のツールという役割というよりも他の何か――よりパワフルで、自分にとって価値のある何か――に変わった。ゲームの世界にどっぷり浸かり、そこで展開する物語に喜んで関わってやろうというプレイヤーの気持ちを求めるだけでなく、「人間とはなんぞや」という究極の難題に対する知識や理解をも求める何かになり、実に様々な視点から人間の生態や反応を提示し、それら全てに共感と理解をさせてくれるようになったのだ。つまり、ゲームの世界は、私が長いこと、そこに救いを見出そうとしてきたもうひとつの世界――小説の世界――のようになったと言ってもいいだろう。

ユービーアイソフトは、優良ゲームの数々を生み出し、新作ごとにゲームの世界を進化させてきた、世界でも有数の会社だ。その努力と偉業に礼を言いたい。今回の企画に携わったユービーアイのカロリーヌ・ラマシェ、アンソニー・マルカントニオ、ヴィクトリア・リネルは、私の過去の著作を読み、このような素晴らしい機会を与えてくれた。これは、私がずっと夢に描いてきたことだった。文章を書き上げるたびに、完璧なものに近づくよう、皆が導いてくれた。

ゲーム業界の革新者、先導者であるユービーアイソフト・モントリオールのダン・ヘイ、ダヴィ・ベダール、ジャン＝セバスチャン・デカ、ネリー・コング、マニュエル・フルーラン、アンドリュー・ホームズに特別な感謝の言葉を贈りたい。彼らは私の度重なる質問に答えてくれ、縁の下の力持ちとなってくれた存在だ。ユービーアイソフトで創られているのは、決して『ファークライ』シリーズだけではない。世界屈指の人気を誇るタイトルが他にも生み出されているのは、彼らの惜しまぬ努力と労力の賜物《たまもの》だ。私は彼らから本物の感銘を受けた。

小説家として食べていけるようになって八年、私は自分が年齢を重ねるごとに、賢くなっていると考えたい。しかし、今でも日々学んでいる最中なのは確かだ。この作品は、私の四作目の小説となる。どの作品も出版されるたびに新たな角を曲がり、新たな方向へ私を導いてくれた。私を支え、この小説を執筆する空間を与えてくれた人々がいなければ、本書はでき上がらなかっただろう。

ナット、君はずっと私を見守ってくれている。小規模な文学雑誌に載った僕の最初の物語から、君は私の読者でいてくれた。いつも最高の言葉をありがとう。

ミネラル・スクール・アーティスト・レジデンシーと創設者のジェーン・ホッジは、この小説を書くための一室を提供してくれた。実際に、その大部分がそこで執筆されている。本当に感謝する。デブラ・ディドミニコは、ワシントン州ダーリントンの少年たちと建物を紹介し、リサーチの協力を惜しまなかった。心から礼を述べたい。トム・ハイの山小屋は、本作の最初の章を描出するのに大いに役立った。ジム・ヘイニー、リック・ナイト、デヴィッド・グロンベック、君たちはダーリントンの建物を美しく維持し、私を快く受け入れてくれた。ありがとう。

メアリー・パーキンス、アーニー・シーヴァーズ、君たちふたりは、執筆に没頭したい私のために素晴らしいスタジオを用意してくれた。追い込みで大変な最中でも、常に私に寄り添ってくれた。感謝している。

そして、妻のカレンなしでは、私はこの仕事をやり遂げられなかっただろう。私が執筆に夢中になり、精神的にも肉体的にもそばにいることができなかった日々を、彼女は耐えてくれた。君はいつでも私のために隣にいてくれる。君への感謝の気持ちは、どんな言葉でも足りない。それでも、私は伝えられるよう努力していくつもりだ。君と、私と君の両親に、私たちの子供らの面倒を見てくれていることに礼を述べたい。ティティ、ポピー、ゴンゴン、ポーポー、君たちは全てのことを可能にし、世の中のあらゆることの素晴らしい価値を教えてくれる。君たちがいるからパパもママも笑顔でいられるんだ。本当にありがとう。

アーバン・ウエイト

訳者あとがき

「私は選ばれし者だ。そして、使徒を得た。盲《めし》いた者を導き、魂を救う。ただし、多くの先達《せんだつ》とは異なり、神も手出しはできない。私には――」

両手を広げ、抑えた声でそう語る〝ファーザー〟は、一見して普通の聖職者には見えない。神父服など着ておらず、時には、上半身裸で説教を行う。その身体のあちこちにタトゥーが刻まれ、腰には拳銃を携えているという、なんとも物々しい出で立ちだ。

彼の本名は、ジョセフ・シード。カルト教団〈エデンズ・ゲート〉の教祖だ。そして、ユービーアイソフトの人気ゲーム『ファークライ5』の重要な登場人物。ゲームでは、プレイヤーが主人公の新人保安官を操作するが、実は、この〝ファーザー〟がもうひとりの主役と言っていいほど、圧倒的な存在感を放っている。

『ファークライ』シリーズは、主に大自然が舞台のオープンフィールドのＦＰＳ（ファーストパーソン・シューティング）ゲームだ。これまで、南海の孤島やアフリカのサバンナや砂漠、南アジアの雪に覆われた山岳地帯、原始時代の大地など、変化に富んだ地形や自然条件の中、様々な武器や乗り物（マンモスにも乗れる！）を駆使し、敵を倒していく。ただし、襲ってくるのは人間だけではない。敵が近くにいないと思って油断していると、突然、虎、熊、サメ、ワニなどの猛獣にガブリとやられてしまう。それでもフィールドが広大なため、のんびりと自然の美しさに見とれるもよし（本当に海も山もきれい！）、ミッションそっちのけで釣りや狩り三昧の時間を過ごす……といった遊び方もできる自由度の高いゲームなのだ。そして、『ファークライ5』はシリーズで初めて、実在する国と州が設定された。

アメリカ、モンタナ州。米北西部に位置するこの州の名前が、スペイン語で山を意味する「Ｍｏｎｔａñａ《モンターニャ》」に由来することからもわかるように、北はカナダから南はニューメキシコ州まで連なるロッキー山脈の一部をはじめ、山脈を数多く有している。山と山の間には景観豊かな渓谷、河川、草原が生まれ、なんと州面積の約二十五パーセントは森林に覆われているという。

カナダと国境を接する同州北部のグレイシャー国立公園には、五十以上の氷河、大小二百以上の湖が点在し、千種類を超える植物と数百種類にも及ぶ動物が生息している。自然のままの巨大な生態系が保持されていることから「大陸生態系の頂点」「大陸の王冠」、また、氷河に削られた岩壁や氷河湖が特徴的なので「氷河が作った美術館」などと称される。私も同園に訪れたことがあるが、その雄大な景色にひたすら圧倒された。延々と続く山道を進み、視界が開けた先に待っていたのは、白い氷塊が浮かぶミルキーグレーの氷河湖。あの絶景は本当に感動的だった。そのようなモンタナ州の美しい自然が、ゲームでは見事に再現されている。山、丘、森、川、湖、草原が画面いっぱいに広がり、木々の中に足を踏み入れた途端、梢《こずえ》を揺らす風が感じられるのではないか、と思うほど。あちこち歩き回っているだけで、モンタナ州の雰囲気をたっぷりと疑似体験できるのだ。

しかし、このゲームは自然を楽しむのがメインの目的ではない。モンタナ州の架空の地ホープカウンティは、大自然の恵みを受け、人々がのどかに暮らしている場所だった。ところが、平和なその地で、突然カルト教団が過激な宗教活動を展開し始めたことで、地元民の生活は一変する。住民は洗脳され、土地や住宅はどんどん教団のものとなり、邪魔者は容赦なく排除されていったのだ。教団に支配された結果、閑静な田舎町は恐怖と不安が渦巻く混沌の地と化した。ファーザーたちに対抗するレジスタンスと協力し、囚われた人々を解放し、かつてのホープカウンティを取り戻さねばならない。それが、プレイヤーが操作する主人公の目的だ。

『ファークライ5』は、このように対カルト教団という構図を持っていたことも、話題を呼んだ。「カルト教団」という言葉自体は、すでに耳慣れたものになっているが、そもそも、何をもってして「カルト」と定義されるのだろう。

英語の「ｃｕｌｔ《カルト》」は、もともとは「崇拝」「礼拝」を意味するラテン語「ｃｕｌｔｕｓ《クルトゥス》」から派生した言葉。純粋に宗教的な儀礼や礼拝を指すだけで、そこに否定的なニュアンスは含まれていなかった。しかし、時代とともに意味合いは変化し、今では、狂信者を生み、犯罪行為を含む反社会的な行動を取る団体に対して使われることが多くなった（ただし、「カルト映画」など、趣味の範囲で一部の熱狂的な支持を言う際には、ネガティブな意味合いを含まない場合が多い）。

欧州では、社会と断絶するほどの過激な主義を持つ宗教グループを「セクト」と呼ぶが、こうした宗教団体によって深刻な社会問題が頻発したため、法整備が進んでいる。一九九五年にフランス国民議会で採決された『アラン・ジュスト報告書』では、通常の宗教団体か、それともセクトかを見分けるのに、次のような十項目を定義した。

・精神の不安定化
・法外な金銭的要求
・住み慣れた生活環境からの隔絶

・子供の囲い込み
・肉体的保全の損傷
・反社会的な言説
・公共の秩序に対する錯乱
・頻発する裁判沙汰
・従来の経済ルートからの逸脱
・公権力へ浸透しようとする試み

対象団体の活動内容がいずれかの項目にあてはまれば、その団体はセクト判定されるということだ。これは、信者に洗脳、マインドコントロールを施したり、膨大な寄付を要求したりして、独自のルールを押しつける「カルト教団」の定義にも通じると言っていいかもしれない。また、このような団体の指導者には、自己陶酔の傾向があり、他人の弱みを見抜いてそこに付け込む能力に長《た》け、慈悲と憤怒を極端に表現し、相手を不安にさせる術《すべ》を身に付けているというカルト専門家の意見も見受けられた。

我が国では、一九九五年に地下鉄サリン事件を起こし、テロリスト認定された〈オウム真理教〉や、合同結婚式や霊感商法で知られ、芸能人の入信、信者の拉致監禁騒動が話題となった〈世界基督教統一神霊協会（旧名称。現在は〈世界平和統一家庭連合〉〉などが知られているが、世界には、なんと約四千のカルト教団が存在すると言われている。『ファークライ5』のエデンズ・ゲートは、「世界の〝崩壊〟に備えよ」と訴える団体で、ファーザーは自身を〝現代のノア〟と信じ、最期のときに向け、ひとりでも多くを〝救済〟する使命を担っていると信じて疑わない。そして、同様の終末思想で人々を不安に陥れようとする現実のカルト教団は少なくなく、それゆえに悲惨な結末を迎えている事例がいくつも見られるのだ。

例えば、一九五五年に米インディアナポリスで設立された〈人民寺院〉。創始者のジム・ジョーンズは、核攻撃が差し迫っており、神に選ばれた生存者たちで地球に新しい社会主義者の楽園を作ると説いた。彼は南米のガイアナに、その〝楽園〟となるコミューン〈ジョーンズタウン〉を作り、外界の邪悪から自由になると信者に約束。移住者はどんどん増えて、一九七八年には、ジョーンズタウンの人口は九百人を超えた。だが、同年十一月、調査のためにジョーンズタウン入りした米下院議員が殺され、翌日、警察が駆けつける前に、教祖、信者九百十八人が集団自殺を遂げていた。うち三割近くが子供だったという。この集団自殺は、二〇〇一年の9・11同時多発テロが起こるまで、アメリカ国民の故意の殺人における最多被害者数の記録を保っていた。

一九九七年、ＵＦＯを信じる宗教団体〈ヘヴンズ・ゲート〉が、ヘール・ボップ彗星《すいせい》出現の際に集団自殺を決行し、四十人近い信者が死亡した。人類が生き残るには、地球から旅立つのが唯一の道だと頑なに信じる彼らにとって、人間の肉体は〝旅〟の手助けを行う一種の乗り物に過ぎないと解釈していたようだ。彗星の到来は、〝天の王国〟から迎えに来たＵＦＯが自分たちの魂を引き上げてくれる絶好のチャンスと考えたらしい。

アフリカのウガンダで創始された〈神の十戒復古運動〉は、敬虔なカトリック信者であり、ローマ・カトリック教会の神父であったジョセフ・キブウェテーレが、一九八九年に立ち上げた団体だ。彼は聖母マリアから啓示を受けたとし、「一九九九年十二月三十一日にこの世は滅び、信じる者だけが天国に行ける」と高唱。この終末思想に恐れをなして入信した者は千人を超えた。ところが、何ごともなく新年を迎えると、今度は「世界の終わりがマリアによって延期された。新たな終末の日は、二〇〇〇年三月十七日である」と訴えた。そして、Ｘデー当日、「この世の終焉は近い。教会に集え」との指示を受け、大勢の信者たちが教会に集まったが、閉じ込められた建物で火災が起き、大半が焼死することとなった。当初は集団自殺だと見なされていたものの、のちの調査で、世界の終わりが実際に来ないと判断した指導者たちが起こした大量殺人と判明。最終的な死者は九百二十四人となり、ジョーンズタウンで起きた人民寺院の集団自殺の死者を上回る結果となった。

なんとも胸が悪くなるような話だが、これらは実際に起きたことだ。『ファークライ5』では、そんな危険な匂いのするカルト教団の雰囲気がリアルに味わえると同時に、モンタナ州の美しくのどかな大自然も満喫できる、「狂気」と「平穏」が隣り合わせの絶妙の世界観となっている。ふと思えば、それはまさしく現実社会の縮図だと言っても過言ではない。世界情勢はあちこちで不安定で、紛争も凶悪犯罪も頻繁に起きている。一方で、今日も空は青く澄み、周囲の木々や草花が移り変わる季節を知らせ、通りには人々の笑顔があふれている——そのどちらも現実。実際に私たちを取り巻く世界の二面性を、このゲームは鮮烈に描き出しているのだ。

私は以前、『ファークライ3』の特典だったサバイバルガイドの翻訳に携わったが、今回、縁あって『ファークライ5』の前日譚《ぜんじつたん》であるこの小説『ファークライ　アブソリューション』の邦訳版に関わることとなった。タイトルになっている「アブソリューション」とは、「罪の赦し」の意味。ファーザーが率いるエデンズ・ゲートは、信者の身体に罪の名前を彫り込むのだが、相手が罪を告白して認めた後に、そのタトゥー部分の皮膚を剥がすことで救済を完了するという、非常に猟奇的な一面を持つ。小説版では、ゲーム以上にその猟奇性が浮き彫りにされている。本書は、ゲームにも登場したバーを営むメアリー・メイ・フェアグレイブが、エデンズ・ゲートに傾倒して行方不明となった弟を奪還しようと行動を起こすところから物語が始まる。

教団の〝審問者〟であるジョン・シードがメアリー・メイを追い回し、それを手助けすることになったのが、信者のひとりウィル・ボイドだ。ウィルはゲームには登場しないキャラクターだが、辛い過去を持ち、ファーザーによって救われたと信じていた。彼は自給自足をモットーとした教団に食料を調達すべく、ひとり山小屋に住むことを許され、狩りに勤《いそ》しんでいたのだが、ハンターとしての知識を駆使して、山中を逃げ惑うメアリー・メイを執拗に追跡することになる。ところが、ジョンたちの異様なやり方を目の当たりにし、教団側でない人間と接触するようになったことで、ウィルの心の中に疑問が芽生えていく。これが、エデンズ・ゲートの真の姿だったのか——と。


海外で発売されたこのゲームの限定特典に〝THE《ザ》 BOOK《ブック》 OF《オブ》 JOSEPH《ジョセフ》（ジョセフの本）〟という書籍があったのだが、これには、エデンズ・ゲートを率いるファーザーこと次男のジョセフ・シード、長男ジェイコブ、三男ジョンの生い立ちと、彼らがエデンズ・ゲートを設立する経緯が詳しく記されている。

シード三兄弟は、ジョージア州ロームの犯罪が多発する貧困地区の出身。呑んだくれの父親は虐待を繰り返し、ベルトで叩かれる三人の背中はいつも傷だらけだった。母親は子供たちに関心がなく、彼らは愛情をかけられたことがなかった。

ジェイコブは長男という立場もあって、三人の中で最も暴力を受けて育った。ティーンエイジャーになると、反抗的な態度で常に父親と揉《も》め、その父親と同じくらい凶暴になった。それでも兄弟思いの側面もあり、幼い弟たちのためなら菓子を万引きすることもいとわず、末っ子のジョンが殴られると必ず止めに入り、激しく殴打される日々を送った。

ジェイコブの父親に対する怒りは、次第に猛烈な憎悪へと変わっていく。

神の〝声〟を次男のジョセフが初めて聞いたのは、彼がまだ両親と暮らしているときだった。しかし、学校の教師がジョンの背中に残る無数の傷痕を見つけ、三兄弟は両親から離れて施設に入ることになる。両親はすぐに監獄行きとなり、その後、父親は獄中死した。母親の生死は不明。もはや子供たちにとっては、存在しないも同然だった。

シード兄弟たちは里親に引き取られたものの、預けられた先の農場では、無料の労働力としてしか見られず、ひどい扱いを受けた。堪《たま》りかねたジェイコブは、ある晩、里親の家と農場に放火して少年院へ。ふたりの弟は孤児院に戻され、ジョンは裕福な家庭に引き取られたものの、ジョセフは里親候補の家庭を転々とする日々が続いた。なぜなら、彼が「〝声〟が聞こえる」とおかしな発言をするたび、孤児院に送り返されたからだ。

自立できる年齢となって孤児院を出たジョセフは、すぐさま生まれ故郷のジョージア州ロームに戻った。目的はひとつ。離れ離れになった兄弟と再会するためだ。彼は、ホテルのエレベーター係やゴミ清掃員、バーやスーパーマーケット、病院での職で細々と食いつなぎながら兄弟探しに奔走し、ジョージア州全域からテネシー州まで足を伸ばした。そして、とうとうジョンを見つけ出した。金持ちの家にもらわれた弟は、高度な教育を受け、若手弁護士として成功していた。だが、里親は狂信的とも言えるキリスト教信者で、ジョンに事あるごとに懺悔を強要した。告白することがなくなると、彼はわざと罪を犯してまでも懺悔しなければならないと精神的に追い詰められていった。生まれてからずっと実の親と里親の顔色を伺い、いい子として振る舞っていたジョンは、自《おの》ずと他人の心を読み、操作する術に長け、それが弁護士という職にも生かされていたのだ。彼の弁護士としての特権を利用し、ふたりはジェイコブの行方を追った。

ジェイコブは陸軍に入隊し、イラクとアフガニスタンの第一線で戦い、負傷して勲章も受けていた。ところが、怪我をしてもすぐに戦場に舞い戻るほど、戦い――暴力――に飢え、敵兵だけでなく一般市民や同僚にも手をかける危険な存在となっていたのだ。やがて、ＰＴＳＤと診断され、病院送りを経てホームレスになっていたジェイコブは、ジョセフとジョンと再会を果たす。こうして、シード三兄弟は再び結びついたのだった。

ひとりで兄弟探しをしている間も、ジョセフは神の〝声〟とともにあった。世界の崩壊に備えなければいけない。崩壊後に生き残るためには、エデンの園の時代に戻らなければならない――そう信じる彼の説教に、実は、イエス・キリストやヤハウェなどの具体的な神や救世主の名は登場しない。聖書を引用しているものの、彼の用いる〝聖書〟は、白い表紙にエデンズ・ゲートのシンボルが描かれている教団独自の聖典だ。故郷で宗教活動を始めたものの、救済すべき人々をさらっては地下壕《ちかごう》に集めたことが失踪事件に発展し、彼は警察とＦＢＩの監視下に入ってしまう。新たな拠点を決めるべく、ジョセフが地図を広げると、モンタナ州のある地名が目に留まる。ホープカウンティ。いずれ灰と化す古き世界から、新たな人類に命を与え、より純粋かつ公平で友愛に満ちた社会を築く希望の地には、ぴったりではないか――。こうして、エデンズ・ゲートはモンタナ州ホープカウンティで、門戸を開いたのだった。

先日、『ファークライ5』の続編となるゲーム『ファークライ　ニュードーン』が発売された。舞台は十七年後のホープカウンティ。「あのラストから続編が⁉」と驚きを隠せなかったファンも多いだろうが、いろいろな意味で想像を絶する凄まじい世界が広がっている。本著で前日譚を楽しみ、『ニュードーン』で後日譚《ごじつたん》に興奮すれば、『ファークライ5』の世界を二重、三重に堪能することができるはずだ。

本書の翻訳するにあたり、寛容なお心遣いと細やかなご指導で支えてくださった編集者の藤井宣宏氏、魚山志暢氏、英語や銃火器の知識をご教示くださったＣｈｒｉｓ Ｏｓｗａｌｄ氏、温かく見守ってくれた家族に、この場を借りて感謝の意を表したい。本当にありがとうございました。

二〇一九年二月

阿部清美

ファークライ アブソリューション

FARCRY ABSOLUTION

2019年3月22日　初版第一刷発行

著者　アーバン・ウエイト
翻訳　阿部清美
編集協力　魚山志暢
DTP組版　岩田伸昭
装丁　坂野公一（welle design）

発行人　後藤明信
発行所　株式会社竹書房
〒102-0072
東京都千代田区飯田橋 2-7-3
電話 03-3264-1576（代表）
03-3234-6301（編集）
http://www.takeshobo.co.jp

印刷所　凸版印刷株式会社

ISBN978-4-8019-1805-4 C0197